Éditeur en free-lance de livres d'art, Eric Reinhardt travaille avec des artistes aussi divers que le chorégraphe Angelin Preljocaj, l'architecte Christian de Portzamparc, le plasticien Sarkis ou le créateur de chaussures Christian Louboutin. Il est également romancier. *Demi-sommeil* est son premier roman.

DU MÊME AUTEUR

Le Moral des ménages
*Stock, 2002*
*et « LGF », nº 15544*

Existence
*Stock, 2004*
*et « LGF », nº 30600*

Cendrillon
*Stock, 2007*
*et « LGF », nº 31075*

Tour Granite
*(avec Jean Gaumy et Harry Gruyaert)*
*X. Barral, 2009*

Tours : Denis Valode et Jean Pistre
*X. Barral, 2010*

Eric Reinhardt

# DEMI-SOMMEIL

ROMAN

*Actes Sud*

TEXTE INTÉGRAL

ISBN 978-2-7578-1239-6
(ISBN 2-7427-1849-4, 1re publication)

*à Marion*

*Ou bien sommes-nous, tous les Moi*
*que j'ai ici été ou qui ont ici été,*
*Un chapelet de perles-êtres reliées*
*par un fil-mémoire,*
*Un chapelet de rêves de moi rêvés*
*par un autre que moi ?*

FERNANDO PESSÕA,
*Lisbon Revisited (1926).*

# Prologue

C'était dans la file d'attente d'un bar de Las Vegas, ils patientaient derrière une jeune femme brune. À peine Wasmuth avait-il dit qu'elle devait parler français qu'elle pivota, et regarda Bruno droit dans les yeux : oui, avait-elle murmuré avec un sourire, un peu. Bruno n'avait prêté à cet instant la moindre attention ; il n'avait été électrisé, lèvres, doigts, chevilles, par aucun détail exaltant. Alors, pour quelles raisons se souvenait-il de cette scène avec une telle précision ? Un œil perspicace avait-il pressenti, au fond de lui-même, enregistrant l'instant, que cette jeune femme entrerait dans sa vie ? De fait, cette seconde scintillante, cette seconde en amande, cette seconde faite de cils, de rides souriantes, de deux pupilles minuscules aussi profondes qu'un puits, marquerait la césure douloureuse à partir de laquelle il pourrait dire *avant*, il pourrait dire *après*, à vingt-six ans. Et cette seconde indifférente serait la seule seconde innocente des six mois qui suivraient, ces six mois coupables qui ruineraient sa vie, qui l'obligeraient à entreprendre ce récit, sommé par la nécessité vitale de tout détruire. C'était il y a douze mois, le 2 juin 1990.

# I

## *Las Vegas, vendredi 1er juin 1990*

Des grooms couraient sur le parvis, débarrassaient les voyageurs de leurs valises, accompagnaient d'une main distraite la rotation des portes à tambour. Une chaleur qui semblait millénaire abritait Las Vegas, Bruno sortit du taxi climatisé et marcha vers l'entrée du Bally's ; des voituriers claquaient courtoisement les portières, retiraient leur casquette un instant pour éponger leurs tempes, il poussa la porte à tambour et pénétra dans l'hôtel. Le groom posa sa valise le long du comptoir, Bruno lui donna un pourboire, thank you very much, sir, lui dit-il en s'inclinant, have a good stay, et s'adressa à une réceptionniste. L'hôtel était complet, comme prévu – all week, avait ajouté l'hôtesse avec un sourire. Can you tell me the number of the room of Mr Wasmuth, please, l'interrogea Bruno. No, I can't, lui répondit-elle, I'm sorry ; but you can call him, ajouta-t-elle en désignant du doigt un téléphone scellé à un pilier, dial 17 and ask for the operator. Bruno posa sa valise brune au pied du pilier, introduisit une pièce dans l'appareil et composa le 17. Yes, hello, articula-t-il, may I talk to Mr Wasmuth, please ? En contrebas du hall, à l'abri du soleil et des rues, s'étalaient des centaines de machines à sous ; un panneau d'affichage électronique indiquait, à la décimale près, la masse d'argent qui circulait ; trois jeunes femmes perchées sur des sandales descendaient les marches vers la salle de jeu, on entendait le cliquetis des pièces dans les entrailles métalliques des machines, les stridulations qui jaillissaient des consoles ; l'atmosphère liquoreuse du hall de l'hôtel semblait colorée par des verres de lunettes de soleil, la moquette était rose, des miroirs noirs tapissaient les colonnes, des dorures scintillaient dans la pénombre ; no answer, lui répondit l'opérateur, I'm sorry. Would it be possible for you, please, lui demanda Bruno, to tell me the number of his room ? I must meet him in his room, that's what we've said that we would do as soon as I would arrive ; I mean, reprit-il, embourbé, transpirant, Mr Wasmuth asked me to go... La coupure survint brutalement, vouant son *to go* au néant téléphonique, condamnant son humeur chancelante au néant climatisé du Bally's, dans cette ville toc érigée au milieu du désert.

À l'extrémité d'une galerie marchande, un porche éblouissant jeta Bruno sur le terre-plein carrelé d'une grande piscine. Il se procura une serviette et un maillot de bain, posa sur le comptoir un billet froissé, vit disparaître la préposée à travers un rideau de perles ; il grattait d'un doigt distrait les canisses de la cahute en attendant sa monnaie, le ciel de Las Vegas englobait l'oasis comme un planétarium turquoise, un avion de ligne miroitait dans la lumière. Ne sachant trop s'il pourrait rester dehors en pleine chaleur parmi cette foule assoupie, il disposa sa main droite en visière et vit trois piscines rondes, un poudroiement incalculable de jolies femmes, deux serveuses plantureuses qui sautillaient le long des bassins, une prolifération de chaises longues ; les pierres crème de l'esplanade absorbaient les empreintes des pieds mouillés, des parasols tressés contenaient dans leur ombre autour des buvettes des sculptures brunes sanglées dans des maillots, les couleurs drôles des cocktails de jus de fruits luisaient dans la lumière ; thank you, dit-il à la jeune femme en empochant sa monnaie, have a good day. Il s'avança dans la chaleur, d'immenses palmiers délimitaient l'esplanade, laissa traîner ses yeux sur des cuisses brunes, des ventres, des pieds, des poitrines lourdes, localisa un emplacement à l'ombre, enfila son maillot de bain, commanda un cocktail à une serveuse qui s'était présentée et s'allongea sur un transat. Une femme d'âge mûr somnolait à ses pieds, enduite d'un bronzage luisant – un serpent doré enroulé autour d'une croix pendait à son cou. Bruno leva la tête, l'hôtel surplombait l'esplanade, des milliers de fenêtres identiques miroitant dans la lumière.

L'avion avance lentement sur la piste, le steward annonce que leur appareil se trouve en troisième position pour le décollage. Des écriteaux sont plantés le long de la piste qui font écho aux manuels de bord, à l'affairement des pilotes dans le cockpit, sur l'herbe soufflée tournoient des lièvres. La piste s'arrondit, l'avion pivote et s'immobilise ; le voisin de Bruno, devant l'imminence silencieuse de l'envol, suspend sa lecture. Puis les réacteurs rugissent, l'avion immobile inspire avec force et s'élance sur la piste, le goudron et l'herbe deviennent flous, les hangars se succèdent dans l'ovale du hublot, des fétus de paille chassés par un ventilateur, l'avion tremble, le monde se vide, les têtes se vident, la vitesse et les hurlements des réacteurs aspirent le monde et les pensées, l'appareil se détache de la piste et s'incline, il s'enlève du bitume et s'élève, laissant sous ses ailes l'aéroport et les champs ; la pensée revient en même temps que le dong du signal *No smoking* qui s'éteint, un sentier abrupt mène à la cabine de pilotage : l'appareil forme avec la terre l'angle emblématique de la fuite.

L'appareil est plongé dans une semi-obscurité où afflue par endroits la lumière du soleil, une lumière de montagne. La plupart des voyageurs regardent l'écran, d'autres sont assoupis, discutent, lisent, dévisagent les voyageurs qui passent dans les allées ; Bruno infuse dans cette atmosphère de sieste sans pouvoir dormir, la rumeur des réacteurs s'étale en arrière-plan avec la monotonie d'un feuillage, la même fleur rouge éclot dans son cerveau toutes les minutes, suffocante : c'est la première fois qu'il survole l'Atlantique, qu'il va si loin dans un pays où il n'a rien vécu. Dans l'appareil en plastique gris où il somnole, l'ensoleillement du ciel, les Américains qui l'entourent, leurs paroles caoutchouteuses, les ongles carrés et rouges de l'hôtesse agissent sur lui comme un vif avant-goût prometteur de son séjour ; les pensées qui l'encordent à sa mission sont déjà aussi pâles que les silhouettes des acteurs sur l'écran, une mélodie mentale de vacances scolaires entretient ses rêveries. Au-delà de l'écran, deux hublots béants sur le ciel éclairent la cuisine : une hôtesse éclate de rire et pose sa main baguée sur l'épaule d'un steward. Loin sous les ailes, aussi indifférent qu'une prostituée dont on caresse le ventre, l'Océan se laisse faire.

Allongé sur son transat, Bruno est abruti par la chaleur. Près de lui, sur les dalles, sont entassés son blue-jean, sa chemise et ses chaussures. Pour le protéger du soleil, il a glissé son Walkman à l'intérieur de son pantalon ; sa cigarette se consume dans une fournaise aussi brûlante que la braise, il l'écrase sur les dalles. Depuis qu'il s'est immobilisé au bord de la piscine, il sent bien qu'il s'enlise ; sa bonne humeur et son excitation de la matinée, mêlées à une angoisse diffuse, se sont éclipsées. Il a envie d'aller dormir, de s'enfermer dans une chambre, de tirer les rideaux – et de s'endormir. Et si Wasmuth ne rentre qu'à onze heures du soir ? Et son patron qui l'envoie comme ça du jour au lendemain à Las Vegas quand tous les hôtels de la ville sont complets ! Une femme d'âge mûr, la cinquantaine, occupe le transat voisin ; l'une de ses jambes est étendue, le pied pointé vers le bassin, elle le bouge de temps à autre distraitement, l'autre est fléchie, le pied à plat sur la toile du transat ; le galbe noirci des mollets et des cuisses se détache sur la blancheur des dalles. Il fait chaud, très chaud, trop chaud. L'ombre du palmier qu'il avait choisie pour s'abriter du soleil progresse lentement sur le sol ; déjà, une partie de sa tête est exposée. La femme étend sur le transat sa jambe fléchie et fléchit sa jambe étendue, la graisse de ses cuisses pleines tremble au soleil, Bruno passe un doigt le long de son sexe. Sa tête tambourine sous la chaleur, il n'est plus que deux yeux exorbités qui vagabondent, coupés de son corps ; son corps est muré dans la chaleur, une cathédrale, qui pèse sur l'esplanade. Une faible lueur de conscience lui dicte de se lever pour se rafraîchir mais il est incapable de faire un geste. Un homme poilu se dirige vers la femme d'âge mûr en lissant ses cheveux mouillés, il s'accroupit près d'elle pour lui dire un mot à l'oreille ; il s'allonge sur le transat voisin, se penche vers elle et dépose un baiser sur sa bouche. Nul souffle de vent sur l'esplanade, les palmiers sont figés dans l'air bétonné par la canicule.

Bruno se lève pour aller tremper ses jambes dans l'eau, il rassemble ce qui lui reste de force pour se soulever et serpenter entre les transats ; il se soulève, se lève et serpente entre les transats. Alors, garçon !, entend-il derrière lui, la vie est belle ? Vêtu d'un short à carreaux, Wasmuth lui sourit ; il y a longtemps que tu es là ?, l'interroge-t-il en lui tendant la main. Je suis arrivé ce matin, répond Bruno, et toi ? Moi aussi, répond-il, avec Susan ; on arrive de New York. Susan est allongée sur une serviette turquoise, les yeux fermés, une masse morte sous la chaleur, les ongles de ses pieds sont peints. Tu as fait bon voyage ?, l'interroge Wasmuth. Deux heures d'attente à Orly, répond Bruno d'une voix terne, sept heures de vol, trois heures de transit à New York, cinq heures de vol jusqu'à San Francisco, j'ai passé la nuit là-bas. J'adore cette ville, commente Wasmuth en allumant une cigarette, pas toi ? J'ai dormi près de l'aéroport, répond Bruno en s'efforçant de sourire, j'avais un avion trop tôt ce matin pour Las Vegas ; je n'ai pas eu le courage de chercher un hôtel dans le centre. Toujours aussi paresseux !, s'exclame Wasmuth en s'allongeant sur son transat. Comme tu peux voir, répond mollement Bruno.

Il déballa ses affaires, suspendit son pantalon dans une penderie où Wasmuth avait déjà remisé deux costumes, rangea ses vêtements dans un tiroir de la commode, vida les poches de sa valise et disposa ses affaires de toilette dans la salle de bains. Wasmuth avait aligné sur la tablette plusieurs tubes de crème, une bouteille d'eau de toilette, une bombe de mousse à raser, des rasoirs jetables, une brosse à dents et du dentifrice. Bruno se lava les mains, ses yeux étaient rouges, et retourna dans la chambre.

Il replaça avec soin dans la serviette de Wasmuth les documents qu'il avait eu l'indiscrétion de consulter et jeta un coup d'œil par les vitres. La chambre était au vingt-quatrième étage de l'hôtel et dominait la ville ; il localisa l'aéroport où il avait atterri, le soleil se couchait. La chaîne de montagnes qui barrait l'horizon était rose, le ciel bleu sombre et la poussière du désert saumonée, une atmosphère d'antichambre s'était substituée à la violente blancheur de la lumière ; anticipant la tombée de la nuit, les enseignes de Las Vegas crépitaient sans éclat sur les boulevards. Un avion s'élança sur la piste, le fuselage s'inclina, amorça un large virage, il volait dans la beauté mélancolique du soir vers les ténèbres nocturnes de Los Angeles, Bruno s'imagina soudain sur l'un des sièges. Il s'éloigna des vitres, chercha ses cigarettes dans les poches de sa veste et s'allongea sur le lit. Prétextant la fatigue du voyage, il avait échappé au cocktail auquel Wasmuth l'avait convié ; il était sept heures du soir à Las Vegas, lut-il sur la télévision, donc sept plus neuf : quatre heures du matin à Paris, Margot dormait. Bruno frotta sa cigarette sur les parois du cendrier, les buildings de la ville et les flamboiements du soleil se reflétaient sur un pan de verre de l'hôtel ; il disposa l'oreiller à plat sur le lit et ferma les yeux.

Le lendemain matin, il avait ouvert les yeux sur le sexe de Wasmuth. Celui-ci marchait nu dans la chambre, les cheveux mouillés, et rassemblait ses vêtements. La veille au soir, Bruno s'était réveillé vers onze heures ; allongé sur le lit tout habillé, il avait vu les vitres du bâtiment refléter les lumières de la ville. Il était descendu manger un hamburger et, de retour dans la chambre, s'était couché. Wasmuth était rentré une heure après, avait voilé la lampe de chevet d'une serviette de toilette et fumé plusieurs cigarettes ; Bruno avait attendu qu'il éteignît, tout éveillé derrière ses paupières closes. On frappa à la porte, Wasmuth alla ouvrir, une jeune femme traversa la chambre en poussant un chariot vers les vitres, déchargea deux plateaux sur la table, Wasmuth lui glissa un billet froissé dans la main et s'approcha du lit. Regarde un peu ce que je nous ai commandé, s'exclama-t-il, c'est pantagruélique ! Je ne t'ai pas entendu rentrer, enchaîna Bruno, c'était bien ? Pour dormir, s'exclama-t-il, tu dormais ! C'était chiant, ajouta-t-il en nouant sa cravate, tu as bien fait. Bruno enfila un caleçon propre et vint s'asseoir à la table, Wasmuth était vêtu d'un pantalon de costume, d'une chemise rouge et d'une cravate fleurie légèrement dénouée, sa veste en soie gisait sur un fauteuil. Mon premier rendez-vous est à neuf heures, lui dit-il, tu me rejoins ? Non, je pars avec toi, répondit Bruno en versant du lait sur ses céréales, je n'en ai pas pour longtemps. J'ai loué une Cadillac, ajouta Wasmuth, on va bien s'amuser ; Susan ne va pas tarder, on va l'emmener. Bruno avala une gorgée de café, vida son verre de jus d'orange et s'enferma dans la salle de bains.

Wasmuth et Susan disposaient, sur le stand des exposants français, d'une table et d'une vitrine. Wasmuth aligna sur les rayonnages les livres qu'il avait apportés, déposa une pile de catalogues sur la table et rangea ses affaires dans un placard. Des techniciens en salopette achevaient d'aménager les espaces d'exposition, vissaient des ampoules, clouaient des écriteaux, transportaient des échelles. Attablés au milieu des ultimes aménagements, des exposants conduisaient leurs premiers rendez-vous ; d'autres remontaient les allées lentement, la tête levée vers les panneaux indicateurs, et cherchaient à localiser leur stand. Comment tu vas t'organiser ?, l'interrogea Wasmuth en triant des papiers. Je ne sais pas, lui répondit Bruno, sans doute faire un premier tour pour repérer les boîtes les plus intéressantes ; après, j'irai les voir les unes après les autres. Une jeune femme courtement vêtue passa devant leur stand, hissée sur des talons très hauts, plantureuse, encombrée d'une énorme poitrine, ses hanches larges bousculant l'allée ; si tu veux, lui proposa Wasmuth, on peut déjeuner tous les deux ; d'accord, répondit-il en suivant des yeux la jeune femme, c'est une très bonne idée ; ici à treize heures, ajouta Wasmuth ; à treize heures, répéta Bruno mécaniquement, ensorcelé ; je peux laisser mes affaires quelque part ? Bien sûr, tiens, répondit Wasmuth en ouvrant la porte d'un placard d'angle, il y a encore de la place. Le cœur battant, un début d'érection bosselant son entrejambe, Bruno introduisit sa sacoche et ferma la porte ; bon, j'y vais, lui dit-il précipitamment, à tout à l'heure ; à tout à l'heure, bon courage !, s'exclama Wasmuth, et tâche de faire de bonnes affaires ! Bruno emprunta l'allée principale et tourna à droite, aiguillé par les signaux pornographiques laissés dans son sillage par la jeune femme.

La matinée était bien avancée, le hall d'exposition dérivait lentement au fil des heures comme un cargo en panne de moteur, quand Bruno l'aperçut au milieu d'une allée. Elle accosta une table, fit défiler les pages d'un livre avec son pouce et survola un paragraphe ; elle se remit à flâner, tournant la tête à droite et à gauche, s'éventant avec un prospectus, et s'arrêta. Il passa derrière elle, l'éclairage révélait sur ses cuisses les moirures d'une discrète cellulite, deux sèches entailles fendaient ses genoux, ses jambes blanches étaient grasses, elle prit des notes sur un calepin et rejoignit l'allée ; elle s'immobilisa un peu plus loin, soulevant la trappe d'une encyclopédie, caressa d'un doigt la couverture d'un livre et ramassa un catalogue. Elle marchait dans sa direction, elle s'avançait vers lui en laissant traîner ses yeux sur les tables, il se posta sur sa trajectoire et leurs corps se heurtèrent. Oh, I'm sorry, s'excusa-t-elle en souriant, excuse me ; that's OK, lui répondit-il, never mind ; elle le dévisagea fixement, un sourire sur les lèvres, et balaya d'une main une mèche dorée qui s'était écroulée sur ses yeux. Your smile is very beautiful, s'extasia-t-il, may I invite you to have a drink ? Thank you, that's very nice of you, but I can't. After the work ?, insista-t-il, at the end of the afternoon ? Well…, hésita-t-elle en l'inspectant, I don't know… La poitrine de la jeune femme se soulevait rythmiquement, colossale, des grains de beauté ponctuaient la pâleur de sa gorge, un léger duvet blond miroitait sur ses bras ; I really would like to know you, la supplia-t-il en plissant les paupières, you're very nice. OK, capitula-t-elle après une brève hésitation en lui tendant la main, une main grasse d'une blancheur éclatante, my name is Deborah ; my name is Bruno, exulta-t-il, nice to meet you. Elle écrivit sur son calepin l'adresse de son hôtel, grosse écriture bouclée rudimentaire n'ayant d'égale que la bestialité primaire des sentiments qu'elle inspirait, il vit sa main pornographique pétrir son sexe, ses longs ongles déchirer son dos, il aurait voulu sucer ses doigts, elle détacha la feuille de la spirale ; here's my address, lui dit-elle, you can come around seven ; thank you very much, balbutia-t-il, I'll come around seven. Bruno observa ses cuisses, ses chevilles, ses escarpins vernis ; son érection et les hanches larges de la jeune femme se touchaient presque, une forte odeur de transpiration imprégnait leur toute récente intimité. See you tonight, conclut-elle en lui tendant la main ; see you tonight, répéta Bruno en caressant ses doigts, around seven.

Bruno s'enferme dans une cabine, s'assoit sur la cuvette et sort son sexe. Un interstice autour de la porte lui laisse entrevoir, devant les lavabos, patientant le long des murs, des hommes aux mises sérieuses qui rajustent leur cravate, se lavent les mains, attendent que des cabines se libèrent. Il frappe à la porte de la chambre, des gouttes translucides se sont mises à perler, la porte s'ouvre et révèle la poitrine de Deborah, elle est vêtue d'un maillot de bain et porte des escarpins à talons. Elle marche devant lui sur les dalles d'un sentier, la graisse de ses fesses blanches tremblote dans la lumière. Elle apporte deux verres de scotch et s'allonge sur le lit ; elle le suce, elle est encore en maillot, sa langue furète, sautille, vagabonde, ses mains tavelées pétrissent son sexe. Ils lèvent leurs verres, se sourient, il s'enferme dans la salle de bains. Elle est allongée sur le lit, il s'assoit près d'elle, caresse ses cuisses d'une main distraite, des poils blonds s'échappent du maillot. You like my body ?, l'interroge-t-elle. Il va et vient en elle violemment, Deborah hurle, haletante, déchire avec ses ongles les épaules de Bruno ; maculés d'aréoles violettes, ses seins dansent lourdement ; fuck me, fuck me, l'encourage-t-elle en l'emprisonnant avec ses cuisses, fuck me ! Deborah est à quatre pattes, sa chevelure blonde déferle sur les draps ; une onde gélatineuse parcourt la chair de ses fesses à chacun des coups de bassin qu'il donne ; elle s'agrippe aux draps, mord l'oreiller, une odeur âcre s'échappe de son sexe, Bruno violente ses fesses du plat de la main. Ils boivent un verre au bord d'une piscine, les jambes blanches de Deborah sont croisées, la lumière exaspère leur blancheur et fait apparaître sur la peau des veinules arachnéennes ; un tee-shirt échancré contient avec difficulté sa lourde poitrine, les aréoles dessinent sur le tissu deux larges taches sombres, Bruno éjacule puissamment dans ses doigts, trois puissantes salves frappent ses phalanges, le premier jet s'est écrasé sur la porte, le sperme coule de sa main sur le carrelage ; par l'interstice, il voit un homme en costume beige qui attend qu'une cabine se libère. Il pince son sexe, une dernière goutte coule sur le carrelage, et déroule du tambour en métal trente centimètres de papier rose.

Ça va faire combien de mois que tu nous as quittés ?, lui demanda Wasmuth dans la file d'attente, six ? À peu près, répondit Bruno ; qu'est-ce que tu vas prendre ? Je ne sais pas, il y a des salades ? Oui, d'après ce que je peux voir, il y a aussi de la viande froide. Il te plaît, ton nouveau travail ? Oui, beaucoup, répondit Bruno ; j'étais à Londres la semaine dernière, à Madrid celle d'avant, et j'ai un rendez-vous à Barcelone dans dix jours. C'est pas trop dur, l'interrogea Wasmuth en grimaçant, de passer son temps dans les avions ? Non, pas du tout, ça me convient tout à fait ; en fait, ajouta-t-il en riant, je passe mon temps à ne pas travailler ! C'est comme une double vie, cette vie d'hôtels et d'aéroports, une vie d'aristocrate : quand tu es dans une ville étrangère, ton travail est très loin, ta vie conjugale n'existe plus, et tu es seul avec toi-même ; tu dînes seul, tu marches seul, tu dors seul dans une ville où tu ne passes qu'une nuit, tu vis dans un truc qui n'a plus rien à voir avec la réalité. Et c'est pour ça, je pense, précisa-t-il en visualisant les rondeurs tangibles de Deborah, qu'il peut se passer des tas de choses : parce que tu n'es plus dans ta vie, mais uniquement dans ta tête. La jeune femme qui les précédait fit mine d'estimer la longueur de la file et dévisagea Bruno furtivement ; vêtue d'une longue jupe paysanne et d'un chemisier aérien à manches longues, de collants blancs et d'une paire de chaussures plates à languettes, elle était complètement empaquetée. Quel corps avait-elle ? Bruno n'aurait pu le dire. Je ne pense pas que j'arriverais jamais à vivre les choses de cette manière, commenta Wasmuth, j'ai assez peu de talent pour les dédoublements ; d'une manière générale, les voyages professionnels, ça m'emmerde. Moi, c'est différent, plaisanta Bruno, c'est un peu comme si l'entreprise sponsorisait ma schizophrénie ; si mes précédents patrons m'ont viré, c'est qu'ils se sont aperçus que je vivais ma schizophrénie pendant les heures de travail ; dans ce cas, autant m'envoyer dans des aéroports ! Oui, c'est une façon de voir les choses, admit Wasmuth ; tu continues à voir des gens de chez nous ? Non, pas tellement, répondit Bruno, un peu Margot, Hervé, Emmanuel, c'est tout. À mon avis, murmura Wasmuth d'une voix grave en désignant du doigt la nuque de la jeune femme, elle parle français ; elle est américaine, c'est sûr, mais elle parle français. La jeune femme pivota, confuse, et s'adressa à Bruno : oui, je parle un peu français ; excusez-moi d'avoir souri, ajouta-t-elle à l'attention de Wasmuth, mais votre conversation est assez drôle… Vous avez bien de la chance, enchaîna Wasmuth ; moi, je ne trouve pas que les névroses de notre ami fassent un sujet de conversation très rigolo ! La jeune femme jeta un coup d'œil malicieux à Bruno et tourna la tête vers Wasmuth : si, ajouta-t-elle, je comprends très bien ce qu'il veut dire. Je m'appelle Paul Wasmuth, lui dit-il en lui tendant la main, et voici Bruno Stepffer. Mon nom est Judith Agatstein, leur dit-elle ; enchantée.

Qu'est-ce que vous faites, dans la vie, Judith ?, l'interrogea Wasmuth. Elle suspendit son sac au dossier d'une chaise et s'assit, je travaille pour une association qui prend la défense des artistes confrontés au problème de la censure ; c'est passionnant, mais pratiquement bénévole ; après le salon, je commence à travailler dans une agence photographique. Bruno vida son verre de bière, s'essuya les lèvres, avala un morceau de viande et inspecta la salle autour de lui.

Il reconnut, barbu colossal ligoté dans un costume gigantesque, le directeur d'une entreprise avec lequel il souhaitait s'entretenir ; il était accompagné d'un garçon coquet dont la présence délicate lui sembla aussi ridicule que l'eût été une fleur à sa boutonnière, l'éphèbe invitait l'obèse à s'asseoir sur une chaise libre en déroulant comme une cordelette autour de sa massive silhouette la mélodie d'une exquise courtoisie ; il patienterait debout, insistait-il en caressant l'étoffe grise du costume, qu'il ne s'inquiète pas ; une blonde sèche s'adressa au jeune homme pour lui dire qu'elle allait bientôt partir, de grosses gouttes coulaient sur les tempes de l'obèse. Je ne sais pas, je vais voir, répondait Judith à Wasmuth en épluchant une banane. Vous êtes de New York ? Oui, j'y vis depuis huit ans, c'est une ville que j'adore. Bruno va bientôt y aller, j'imagine, affirma Wasmuth, non ? Si, sans doute, peut-être, répondit-il évasivement, je ne sais pas encore. La jeune femme pivota vers Bruno : il faut absolument venir me voir, alors ! New York est une ville très dure, quand on ne connaît personne ! Volontiers, répondit-il sans conviction, c'est une très bonne idée ; je vais vous laisser mes coordonnées, lui dit-elle, vous avez de quoi écrire ? Bruno sortit son calepin, irrité, qu'est-ce que Wasmuth avait besoin d'aborder comme ça des jeunes femmes dans les allées, elle approcha son visage de la page et leva ses yeux bleus sur lui : Judith Agatstein, lui dicta-t-elle, A, G, A, T, S, T, E, I, N, 132 East 18th str. ; Appt # 6V, ajouta-t-elle lentement, 10012 NY NY. Bon, il va falloir que j'y aille, annonça Wasmuth, j'ai un rendez-vous à quatorze heures. Moi aussi, sursauta Bruno en glissant son carnet dans une poche de sa veste, j'ai beaucoup de travail ; je vous écrirai si je viens à New York, ajouta-t-il sèchement, c'est promis. Wasmuth intervint : vous faites quelque chose, ce soir ? Non, répondit-elle, rien ; rejoignez-nous au Bally's vers vingt heures, alors, si vous voulez, chambre 2432. Avec plaisir, s'exclama-t-elle, c'est très gentil ! Ses iris scintillaient sous ses arcades sourcilières comme si elle avait gagné le gros lot avec un billet de loterie portant le numéro 2432.

# II

## *Las Vegas, soirée du samedi 2 juin 1990*

Déjà vingt heures !, marmonna-t-il en descendant du lit ; il enfila une paire de chaussettes propres et alla ouvrir, le sourire de Judith lui apparut par l'entrebâillement de la porte ; entrez, lui dit-il, asseyez-vous. Judith s'installa sur le lit pendant qu'il traversait la chambre vers les baies vitrées illuminées, vous voulez boire quelque chose ? Assise en tailleur, elle regardait Bruno déranger les bouteilles, une vodka, s'il vous plaît, répondit-elle ; je crois que j'ai ça, oui, voilà, il sortit deux flacons qu'il posa sur la tablette du réfrigérateur, trouva deux verres, les remplit ; il tendit à Judith l'un des verres, merci, dit-elle, et s'assit en face d'elle dans un fauteuil. À votre santé, comme on dit chez vous, déclara-t-elle ; Judith leva son verre comme si elle avait voulu regarder Bruno à travers la vodka, à votre santé, répondit-il, ils burent silencieusement deux gorgées puis posèrent leur verre sur leur genou. On ne se tutoie pas ? Si, bien sûr, c'est mieux, répondit Bruno ; il se leva pour ramasser ses cigarettes sur la table de nuit, promena son regard autour de lui, qu'est-ce que j'ai fait de mon briquet ?, il alla sonder les poches de sa veste suspendue dans la penderie, entra dans la salle de bains, y trouva son briquet sur la tablette scellée à la glace et revint s'asseoir dans le fauteuil ; Judith, son verre de vodka à la main, détaillait les affaires dispersées dans la chambre, elle ramena son sourire sur lui tandis qu'il s'asseyait. Tu fumes ?, lui demanda-t-il ; non, j'ai arrêté, répondit-elle. Bruno alluma une cigarette, souffla la fumée et laissa tomber son briquet près du cendrier ; Judith était vêtue d'un jean 501 délavé et d'un tee-shirt blanc, elle portait des ballerines noires très échancrées, ses cheveux étaient tirés en arrière et noués sur la nuque par un ruban ; elle avait l'air d'avoir une assez forte poitrine, constata-t-il avec étonnement, et ses manières étaient gracieuses. Si, je vais en prendre une, finalement, lui dit-elle en souriant. Elle planta une cigarette entre ses lèvres, Bruno s'inclina pour l'allumer, il appliqua la flamme longuement au bout de la cigarette, Judith souffla une bouffée de fumée, merci, dit-elle, il se rassit et posa son cendrier entre eux sur un tabouret rectangulaire. Tu fais quoi, ici ?, l'interrogea-t-elle. Bruno se leva, sortit des documents d'un tiroir du buffet et les tendit à Judith. C'est un livre sur les poissons-clowns ? Je ne savais pas qu'il existait des poissons qui s'appelaient comme ça ! Elle tournait les pages du livre attentivement, restait plusieurs secondes à contempler chaque illustration, c'est un poisson très agressif qui éloigne les autres espèces de son territoire, commenta-t-il ; on s'est aperçu par exemple qu'il y avait beaucoup plus d'algues sur les territoires des poissons-clowns qu'au-dehors, car ailleurs les algues sont grignotées par des brouteurs nomades comme les poissons-perroquets et les chirurgiens. Mais dis-moi, s'exclama-t-elle, tu es un vrai spécialiste ! Pas du tout, répondit-il en esquissant un sourire, j'ai seulement appris une ou deux choses sur chaque espèce pour pouvoir en parler. Tandis qu'il tirait sur sa cigarette avec nervosité en inspectant la chambre autour de lui, elle lut une page entière et la tourna. Il se dirigea vers la salle de bains, tourna l'interrupteur, approcha son visage de la glace et s'inspecta fixement, émettant des grimaces de dépit, mimant l'amertume, la nausée, l'exaspération, mon pauvre Bruno, murmurait-il, mon pauvre garçon, il s'éloigna du lavabo et s'assit sur la cuvette, nouant et dénouant ses doigts. Dans quel merdier il m'a mis, ce con, putain, pensa-t-il, quelle idée d'avoir invité cette fille à dîner ! Et si Hervé n'arrive pas, on va devoir passer toute la soirée dans cette putain de chambre ! Et Deborah qui m'attend, à moitié nue, sa peau flétrie trempée de sueur, ses seins serrés dans un tee-shirt moulant ! Il essaya de bouger un doigt et celui d'à côté remua faiblement, par surprise ; il éclata de rire silencieusement, sortit de la salle de bains en éteignant la lumière et vint s'asseoir en face de Judith. Las Vegas clignotait derrière les baies vitrées, l'osmose hébétée de la chambre avec la lumière aveuglante du désert n'était plus qu'un souvenir ; les montagnes avaient disparu, le ciel encrait les vitres, la chambre appartenait désormais complètement à la ville illuminée et à la chaleur de la nuit, comme une loge d'opéra. Judith était penchée sur le livre, c'est très intéressant, lui dit-elle, très intéressant, elle tourna plus rapidement les dernières pages, détailla la couverture avec attention, posa le livre près d'elle sur le lit en levant les yeux et s'étira. On attend Wasmuth ?, lui demanda-t-elle. Non, répondit-il en palpant sauvagement la poitrine tombante de Deborah, il a une soirée : il me prie de l'excuser, il est désolé ; en revanche, j'attends un ami qui arrive de

Paris ; je ne comprends pas ce qu'il fait, il devrait être là… Judith étendit l'une de ses jambes sur le tabouret rectangulaire, fit pivoter son pied avec lenteur et leva les yeux sur Bruno : on va attendre ton ami, alors, proposa-t-elle suavement, il doit y avoir des cacahuètes dans le bar. Judith fléchit sa jambe tendue, posa son pied droit sur la moquette, déplia délicatement sa jambe pliée, s'éleva au ralenti comme une danseuse orientale et s'élança avec souplesse vers le frigo – préciosité chorégraphique comme Bruno n'en avait jamais vue chez aucune femme, véritable séquence de comédie musicale.

Hervé entra dans la chambre, déposa son sac de voyage sur le lit en soufflant, putain, c'est lourd, serra la main de Bruno et salua Judith d'un sourire. Hervé, intervint Bruno, je te présente Judith ; et voici Hervé, déclara-t-il à Judith, l'animal que nous attendions : comme tu peux le constater, il est un peu déplumé par le voyage ! Hervé avait le visage défait, il n'était pas rasé, ses cheveux s'étaient collés sur son crâne, il poussa l'accoudoir du fauteuil d'un genou las pour le dégager de son tête à tête intime avec le lit et s'écroula. Judith n'osait pas se rasseoir, elle les dévisageait alternativement, deux temps pour Bruno, un temps pour Hervé, debout sur une seule jambe. Hervé s'aplatit les cheveux des deux mains et éclata soudain d'un rire magistral, il s'arrêta aussitôt et posa doucement ses yeux sur Bruno comme un pigeon en vol plané s'arrête sur une statue ; il y avait dans son regard un sourire, un sourire d'enfant qui constate avec une fierté rongée par la lucidité qu'il a gagné un pari ridicule, un sourire puéril destiné à courtiser leur indulgence, il éclata à nouveau d'un rire tonitruant en étirant les lobes de ses oreilles ; putain, putain, putain !, hoqueta-t-il, quel con !, qu'est-ce que je fous ici !, c'est pas possible !, quel con !, qu'est-ce qui m'a pris ! Hervé arpentait la pièce, il s'approcha des vitres comme d'un aquarium et pivota brusquement vers Bruno : t'as pas à boire ? Si, qu'est-ce que vous voulez, répondit Judith en s'approchant du bar ; un scotch bien tassé, s'il vous plaît, sans glaçon ! Immobile, aussi gracieuse qu'une tanagra dans un musée, Judith versa lentement dans un verre le contenu d'une petite bouteille de scotch, merci beaucoup, mademoiselle, lui dit-il, ça va me faire du bien ; bon, voilà, ajouta-t-il avec cet air d'ingénuité enfantine qui compensait la laideur de son visage, il s'écroula à nouveau à l'intérieur du fauteuil et dégusta son whisky en silence ; il balançait la tête en arrière de temps à autre comme s'il offrait sa chevelure sale aux mains d'une shampooineuse, Judith riait d'Hervé à l'intérieur des yeux de Bruno, son verre vide à la main. En plus, poursuivit-il, où je vais dormir ? Tout est complet dans cette putain de ville ! Tu dors avec Wasmuth, toi ? Putain, j'ai quitté Paris il y a douze heures, mon boss n'est même pas au courant, j'ai oublié de prévenir ma femme ! Neuf heures, déclara-t-il en consultant sa montre ; putain, neuf heures ! Il se leva, neuf plus neuf dix-huit, six heures du mat', il arpenta la chambre en vidant son verre, six heures du mat', c'est un peu tôt pour lui téléphoner ! Vous me filerez un oreiller, il doit y avoir des couvertures dans les placards !

Bruno et Margot avaient passé leur dernière soirée dans une brasserie du boulevard Arago ; Margot était vêtue d'une brève robe noire boutonnée sur sa poitrine, d'escarpins noirs à talons qui mettaient en valeur la cambrure de sa voûte plantaire et révélaient la naissance de ses orteils. Ils avaient dîné en terrasse, abrités du trafic par des troènes, et bavardé avec ivresse toute la soirée. Tu n'es jamais allé aux États-Unis, lui disait-elle, tu n'en sais rien ! Mais si, j'ai vu les villes américaines dans *Starsky et Hutch* ! L'idéologie américaine me répugne ! Il va falloir se compromettre avec des Steve McQueen de la calculette ! Wasmuth est adorable, ajoutait Margot, vous allez bien rigoler ! Envisage ce séjour comme une expérience originale, insistait-elle, essaie de voir le bon côté des choses ! Il l'avait approuvée sans conviction et laissée régler l'addition, puis ils avaient répondu aux saluts chaleureux des serveurs en traversant la salle. Peut-être, s'était-il dit en tenant la porte à Margot, arriveraient-ils à faire l'amour ? Pour la première fois depuis qu'ils étaient ensemble, c'est-à-dire à peu près quatre mois, les conditions idéales n'étaient-elles pas réunies ? Margot était douce, ce soir, conciliante, elle avait abrité sa mauvaise humeur comme une tonnelle de roses. Et, surtout, occurrence inédite qui avait renfloué sa confiance, plusieurs de ses plaisanteries l'avaient fait rire. Car l'impuissance ne commence-t-elle pas lorsqu'une femme ne s'amuse jamais des phrases drôles que vous inventez ? Pour quelle raison apprécierait-elle de vous voir la pénétrer lorsque aucune de vos incursions spirituelles ne la séduit ? Peut-on pénétrer une femme en toute confiance lorsqu'elle est insensible à votre humour ? Pour la première fois depuis quatre mois, Bruno visualisa leur chambre avec sérénité, cette pièce froide qui procédait sans état d'âme à l'exécution de chacune de leurs tentatives. Il pétrissait la taille de Margot en marchant, scrutait la naissance de ses orteils le long du cuir, ses pieds diaphanes étaient sublimes. Bruno l'entraîna sur le lit, lui baisa les yeux, déboutonna sa robe ; il s'attarda sur sa poitrine, caressa ses jambes, tira les poils de son sexe à pleines dents ; Margot poussa un cri, soupira, son corps se cabra, elle griffa les omoplates de Bruno ; il se déshabilla et vint s'allonger tête-bêche auprès d'elle, descendit sur les draps, embrassa ses orteils. Prends-moi, Bruno, l'entendit-il murmurer. Ces paroles tombèrent sur lui comme la lame d'une hache sur une bûche, qu'elles tranchèrent net ; une moitié de Bruno alla rouler sur la moquette avec un bruit burlesque, et l'autre moitié, haletante, paralysée par la perspective d'un nouvel échec, s'allongea sur Margot. Il la laissa guider son membre à moitié dur, les murs de la chambre s'étaient écroulés, il sentit son sexe se distendre, se ramollir, se vider, un courant centrifuge invincible dispersa à l'extérieur de sa tête toutes ses pensées confiantes ; un désespoir océanique le liquéfia, liquéfia ses bras, ses jambes, absorba ses forces, il éprouva l'envie folle de hurler, de pleurer, de se fracasser la tête contre les murs, de se briser totalement ; il se représenta clairement dans la position grotesque d'un athlète qui fait des pompes, observa Margot qui tentait d'introduire son sexe à l'intérieur du sien comme un chiffon dans une bouteille, et fut submergé par le pathétique ridicule de la situation. Il retomba sur elle, son sexe flasque à moitié introduit, et roula sur les draps. Contrairement à son habitude, Margot resta couchée sur le dos sans entreprendre de l'égayer ; ils regardaient tous les deux sans rien dire le plafond, absorbé chacun par un point minuscule – deux points distincts sur le plafond de la chambre.

Hervé renvoya les huîtres et vida son verre de vin, alors comme ça vous avez vécu avec un Français pendant cinq ans ! J'ai cru comprendre que vous étiez américaine, avait-il commencé, et pourtant vous parlez mieux que moi ! Ne me dites pas que vous avez eu une idylle avec un Français ! Si, avait-elle répondu, amusée, une longue et sinistre idylle de cinq ans ; et je suis assez sotte pour partager ma table avec deux Français ! Elles étaient vraiment dégueulasses, ces huîtres, ajouta-t-il, excusez-moi de l'esclandre ; il y a longtemps ? Non, répondit-elle, moins d'un an ; mais notre rupture a pris trois ans. Le serveur arriva avec les plats, Bruno observait tour à tour Judith et Hervé, Hervé tour à tour Bruno et Judith, Judith dévisageait Bruno avec intensité et Hervé avec amusement, elle semblait promettre à ses lèvres le visage de Bruno et à ses gestes de compassion le désespoir d'Hervé, empaquetant les deux moitiés de la table dans des papiers cadeaux différents. Je comprends ça qu'une rupture prenne trois ans, poursuivit-il en avalant une bouchée de poisson ; il se pencha au-dessus de l'assiette de Judith, ça sent bon, ton truc, lui dit-il, puis considéra l'assiette de Bruno : steak sirloin, j'adore ça, je connais le meilleur restaurant de New York pour le sirloin ; je comprends ça qu'une rupture prenne trois ans, répéta-t-il la bouche pleine en mâchant, vous viviez ensemble ? Oui, répondit-elle, il a vécu chez moi jusqu'à la fin, et même après ; il n'avait pas d'argent pour louer un appartement ?, l'interrogea-t-il en s'essuyant les lèvres, il adressa à Bruno un clin d'œil entendu, non, répondit-elle, et puis c'était pas très facile. Hervé souleva la bouteille de vin rouge et la vida, faisant descendre la dernière goutte à l'intérieur du verre de Judith ; et puis ça prend du temps pour savoir qu'on n'aime plus, surtout, reprit-il, on a besoin d'un certain temps pour s'en rendre compte, et autant pour se persuader qu'il faut partir, et autant pour en trouver le courage, il découpa sa truite avec minuite et planta sa fourchette dans un morceau de chair rose ; moi, ça fait quinze ans que ça dure, ajouta-t-il tristement, mais c'est ma femme qui veut partir ; cette escapade inattendue à Las Vegas risque de porter un coup fatal à notre histoire ; et moi qui déploie tellement d'énergie depuis tout ce temps pour la garder, quel con ! Un rire caverneux explosa au-dessus de la table, Judith s'était laissé absorber par les paroles pathétiques d'Hervé comme par un mauvais film, elle regarda Bruno par en dessous ; Hervé avala un morceau de truite et vida son verre de vin, elle est quand même pas géniale, cette truite, observa-t-il, quand je pense qu'on a choisi le meilleur resto de l'hôtel ; please !, hurla-t-il en brandissant la bouteille au-dessus de sa tête, garçon ! Le serveur arriva et débarrassa les trois assiettes, Bruno n'avait pu achever son énorme morceau de viande ; Judith l'avait encouragé à choisir la portion la plus grosse, on ne connaissait pas ça en France, il fallait essayer, le serveur disposa en équilibre sur son bras les assiettes, fit voler les miettes d'un coup de torchon et distribua les cartes des desserts ; another bottle, please, demanda Hervé. D'un imperceptible tournoiement de tête, Judith fit comprendre à Bruno qu'elle était soûle ; elle lui sourit longuement, observant son visage avec une indécence à peine dissimulée, et son sourire communiqua à Bruno une lente érection, une érection comme un accéléré d'éclosion de fleur dans un documentaire. Rien ne me tente, dans toutes ces merdes, déboula Hervé, je vais prendre un café ; un expresso, s'ils ont, ajouta-t-il en éclatant de rire ; après les huîtres, on ne va pas m'obliger à boire un bol de café crème ! C'est vrai qu'il est vraiment dégueulasse, le café, dans mon pays !, intervint Judith en tapant sur l'épaule d'Hervé, tu aurais dû rester avec ta femme ! Three expressos, ordonna Hervé au serveur, if you have. Moi aussi, reprit Judith, je connais le meilleur restaurant de New York pour le sirloin ; il doit se trouver sur la 13e Rue, entre la Troisième et la Quatrième Avenue, mais je ne me souviens plus de son nom ; moi non plus, lui répondit-il en pliant sa serviette, mais ça doit être ça ; alors, on la finit, cette bouteille !

Hervé convertit en *quarters* deux coupures de cent dollars, il n'est pas certain que nous fassions fortune, plaisanta-t-il, mais nous aurons assez pour survivre pendant quelques heures ; en plus, profitez-en, c'est mon patron qui raque ! Ils enfilaient une pièce de temps à autre en déambulant, Judith et Bruno marchaient côte à côte et inspectaient distraitement les décorations colorées des consoles, Hervé s'installa sur un tabouret et dépensa les *quarters* qu'il avait transvasés dans sa main. Judith s'arrêta et fit disparaître plusieurs pièces, il avait rarement vu des jambes aussi longues, une silhouette aussi gracieuse, elle était comparable à une écuyère en équilibre sur les mouvements musicaux d'une jument ; sans la robe d'institutrice qu'elle portait lorsqu'ils s'étaient rencontrés, elle n'était plus la même femme. La salope, s'énerva Hervé, j'ai pas l'impression qu'elle m'aime beaucoup : dix dollars sur ma première mise, et maintenant, accroche-toi pour la faire cracher ! Bruno glissa un *quarter* dans la fente d'une machine, les quatre tambours tournèrent puis s'arrêtèrent l'un après l'autre : pomme, poire, banane, étoile ; il glissa dans la fente un autre *quarter*, la machine à sous s'anima, les figurines s'immobilisèrent sèchement l'une après l'autre de gauche à droite, tac tac tac tac : poire, banane, poire, étoile. Imitant la cadence d'Hervé, il ramassa une pleine poignée de piécettes, posa son pot par terre et misa trois *quarters* : pomme, banane, poire, pomme ; il misa trois autres *quarters*, les figurines tournèrent puis s'immobilisèrent : cerise, cerise, poire, banane. Hervé poussa un cri et éclata de rire, pivotant vers Bruno ; là, je vais toucher le pactole, lui cria-t-il, j'ai trois jokers ! Putain !, répéta-t-il en décryptant l'écriteau collé sur la console, vingt dollars ! Bruno tourna sur son tabouret et vit Judith qui s'avançait vers lui, il a une chance inouïe, ce mec, lui dit-elle, je n'ai presque plus rien ! Appuyée sur l'épaule de Bruno, lui confirmant la plénitude de sa poitrine, elle posa sa main sur la sienne avec tendresse et abaissa le levier ; on va jouer ensemble, maintenant, plaisanta-t-elle en rougissant, on aura peut-être un peu plus de chance ! Ils se dévisagèrent, leurs lèvres se touchaient presque, le vacarme d'une cataracte de pièces se fit entendre ; regarde !, s'exclama-t-elle en détournant les yeux, quatre jokers ! C'est incroyable, trépigna-t-elle en l'étreignant, je crois qu'on ne peut pas faire mieux ! L'averse de pièces dans les entrailles de la machine se poursuivait, Judith promena un doigt fébrile sur l'écriteau et l'immobilisa sur la première ligne : 300 $. Trois cents dollars !, explosa-t-elle, on a gagné trois cents dollars ! Trois cents dollars, hurla-t-elle en direction d'Hervé, viens voir ! Judith serra Bruno dans ses bras, Hervé s'arrêta à côté d'eux, un attroupement de curieux les entourait ; ça fait mille deux cents pièces !, s'exclama-t-elle, ça ne tiendra jamais ! Vous avez un de ces bols..., commenta Hervé rêveusement en contemplant la pluie scintillante de ferraille, comment vous avez fait ? Bruno sentit la poitrine de Judith posée sur son bras, ses yeux fixes brûlant son profil comme un rayon de soleil.

J'ai vu ton sac, s'exclama Wasmuth en les accueillant dans l'entrée, c'est super ! Pure folie, répondit Hervé, je suis parti en catastrophe ! Oublie tout ça !, le rassura Wasmuth, on est là pour rigoler ! Judith et Bruno s'étaient avancés dans la chambre et s'assirent chacun dans un fauteuil le long des vitres, les lumières de Las Vegas clignotaient sous leurs yeux ; pas tellement, ajouta Hervé, j'ai dû changer deux fois d'avion, c'était l'horreur ! Bruno !, entendit-il Wasmuth crier, si tu nous servais à boire au lieu de rêver ? J'y vais, répondit Judith ; non, laisse, protesta-t-il, reste assise. Il se leva, tu vas dormir par terre, sur des coussins, proposa Wasmuth à Hervé, il doit y avoir des couvertures dans les placards, il pénétra dans la salle de bains et vida les verres à dents pour les rincer ; quelqu'un peut dormir dans ma chambre, intervint Judith. Bruno leva la tête et vit s'ouvrir sur le miroir un large sourire ; putain, génial, murmura-t-il ; ça ne pose pas de problèmes, tu es sûre ?, lui demanda Wasmuth ; non, pas du tout, je t'assure, insista Judith, ça ne me dérange pas ; il s'octroya un long regard, rinçant les verres, et posa ses lèvres avec délicatesse sur le miroir ; alors, ça vient !, hurla Wasmuth, on va pas y passer la nuit ! Il détacha ses lèvres du miroir, génial, chuchota-t-il, s'essuya les mains dans une serviette, se recoiffa avec ses doigts puis réapparut dans la chambre, Judith avait installé ses jambes sur un accoudoir du fauteuil ;

je t'assure qu'il n'y a
ma chambre est au pre
canapé en bas. Qui va all
Wasmuth, toi ou Bruno ?
dérobée, un sourire moqueu
que je vous sers ? Un scotch, rép
aussi, répondit Hervé ; je ne sais pas,
autre vodka… C'est moi qui vais y aller, proposa Hervé, Bruno est déjà installé ici ; à moins qu'il ne tienne absolument à changer d'hôtel ! Bruno dévissait la capsule d'une bouteille de scotch, non, vas-y, protesta-t-il d'une voix plate, c'est plus simple ; personnellement, ajouta Hervé, je trouverais tout à fait légitime que tu préfères la compagnie d'une charmante jeune femme à celle d'un vieux bouc puant comme lui ! Wasmuth éclata de rire en réceptionnant son verre de scotch, merci, dit-il à Bruno, et s'approcha des vitres : Judith, je vais laisser ici ces deux clochards et emménager dans votre hôtel ! Bruno tendit son verre de vodka à Judith et alla prendre le sien sur le frigo, vas-y, Hervé, c'est plus simple, balbutia-t-il, toutes mes affaires sont déjà dans des tiroirs… Bon, les interrompit Wasmuth, voilà un problème de réglé ! À votre santé, intervint Judith en s'élevant du fauteuil, et à la chance d'Hervé d'avoir trouvé à Las Vegas une âme compatissante ! Tous levèrent leur verre en direction de Judith, qui regarda Bruno avec intensité à travers sa vodka.

Judith s'était installée à l'avant à côté de Wasmuth et lui indiquait de la main les rues à prendre, la Cadillac glissait sur une avenue déserte bordée par d'imposantes villas blanches ; c'est par là, hasarda-t-elle, il me

…uche, je reconnais, précisa-t-elle en …ain au-dessus du volant, nous ne sommes …loin ; les pneus crissèrent, Wasmuth introdui-…a Cadillac sur une avenue où roulaient lentement comme sur une route inondée des limousines fantomatiques, doubla une Rolls en klaxonnant et monta à cent miles ; à droite !, s'écria Judith brusquement en posant ses doigts sur la vitre, nous y sommes ! Wasmuth dérapa sur l'asphalte, s'introduisit comme par miracle sans fracasser les ailes sous une arche de pierres blanches surmontée d'une enseigne et immobilisa la Cadillac sur un parking. La vache !, s'exclama Hervé en claquant la portière, tu ne m'avais pas dit qu'il s'agissait d'une gentilhommière ! Si, commenta-t-elle en riant, c'est très mignon ; et il y a une petite piscine pour chacun des bâtiments ! Ils traversèrent le hall de l'hôtel et rejoignirent le jardin par une porte vitrée, des insectes crissaient dans la nuit ; des bâtiments d'un étage se succédaient, séparés par des rangées de palmiers ; ils marchaient sur un sentier dallé éclairé par de minuscules lampadaires, la nuit était calme, un nombre incalculable d'étoiles luisait au-dessus de leurs têtes. Demain matin, au réveil, un petit plongeon, commenta Hervé en désignant l'une des piscines ; rien de tel pour commencer une journée inutile ! Judith courut tout à coup sur le sentier en lançant ses vêtements derrière elle et plongea nue dans la lunette turquoise qui béait sur le gazon ; elle nagea longuement sous l'eau dans la lumière des spots puis, renaissant à la chaleur de la nuit au milieu du bassin, essora sa lourde chevelure ; elle est bonne !, cria-t-elle à Bruno, c'est in-cro-ya-ble ! Judith fit la planche, la pâleur de son corps affleurant à la surface de l'eau comme un crocodile ; Bruno apercevait au fil de l'onde les pointes pâles de ses seins, les poils noirs de son sexe qui s'étalaient sur l'eau, ses orteils délicats, il trébucha sur une marche. Reste avec nous !, s'amusa Hervé, tu ne vas pas te casser une jambe à Las Vegas ! Je vois que je ne suis pas la seule à avoir trop bu, enchaîna Judith en se retournant ; c'est là, à droite, précisa-t-elle en désignant un bâtiment. Ils gravirent l'escalier, Judith les précédant sur la coursive, puis ils entrèrent. Voilà ta chambre, déclara-t-elle à Hervé en lui montrant un grand canapé d'angle, et tu as une petite salle de bains ici ; elle poussa la porte et tourna l'interrupteur, Hervé passa une tête distraite à l'intérieur ; ne te fais pas de soucis, il y en a une autre à l'étage et un jacuzzi sur le palier de l'escalier ; elle désigna d'un doigt l'escalier et grimpa sur un tabouret près du bar, Hervé promena son regard autour de lui et enfonça une main dans les coussins du canapé ; parfait, commenta-t-il, ça m'a l'air confortable. Tu vas être comme un roi, ici, l'approuva Wasmuth, et avec la plus belle fille de Las Vegas ! Judith tendit ses pieds nus vers Bruno, confuse, puis posa délicatement ses orteils sur le montant métallique du tabouret ; je vous offre quelque chose à boire ? Non, merci, répondit Wasmuth en riant, il faut que j'aille coucher Bruno ; mais Hervé trouvera sans doute le bar sans aucun mal ! Ça c'est malin, protesta Hervé, bonne nuit la compagnie !, rétorqua Wasmuth en poussa Bruno vers la porte, bye bye, répondit Judith en agitant ses doigts, pas de conneries, tous les deux !, plaisanta Hervé. Bruno attrapa un battement de paupières de Judith par l'entrebâillement de la porte, la moitié du bonsoir désolé qu'il avait articulé était restée coincée à l'intérieur comme un pan d'imperméable.

# III

*Paris, mercredi 1er juillet 1992*

Bruno a éteint son ordinateur, il est entré dans la chambre et s'est allongé sur le lit ; il est seize heures, un mercredi, le ciel est couvert. Il pressent qu'il n'arrivera pas à dormir, ses pensées fourmillent dans sa tête comme le trafic de la rue, sans répit. Un camion dévale le boulevard, le moteur d'une mobylette crépite, la voix stridente de la fleuriste s'élève du trottoir, la sirène d'une ambulance survole les draps, fait résonner sur le boulevard sa mélodie élémentaire et peu à peu s'évanouit. Se peut-il que l'existence, comme un objet qui tombe derrière une commode, s'enfonce dans un entre-deux où rien n'advient ? Ni Margot, ni Judith, ni rien d'autre ? Une vie stagnante sans perspective, comme ce sommeil qu'il ne parvient pas à trouver ? Cloîtré depuis des mois dans son bureau, engagé depuis des mois dans cette sinistre entreprise de réminiscence, il n'est plus chez lui ni hors de chez lui, il n'est plus dans sa vie ni dans le monde, voilà la vérité : il souffre du harcèlement des souvenirs qui l'accablent, il est tombé tout entier dans un interstice sordide, il choit comme une pierre blanche à la verticale de sa vie. Tout autour il n'y a rien, Margot n'est plus qu'une ombre chinoise qui conjugue le verbe prospérer au présent de l'indicatif, la plupart de ses amis se sont éloignés. L'autre après-midi, allongé sur son lit, il s'est rêvé rampant sur le parquet jusqu'à la salle de bains, il progressait lentement dans l'appartement comme un reptile, léchait les lattes du plancher, il a fini par pousser du crâne la porte de la salle de bains ; il s'est masturbé allongé nu sous la baignoire, Margot suçait un inconnu, il voyait ses pieds sublimes dans des sandales à talons. Judith s'est peut-être mariée ? Et lui, non content d'avoir gâché sa vie en renonçant à elle, la gâcherait une nouvelle fois en croupissant dans cette histoire révolue ? La sirène d'une ambulance traverse la chambre, c'est peut-être la même que tout à l'heure, le monde lui-même gravite autour de lui sans l'apercevoir ni l'entendre, traverse sa chambre comme une foule anonyme qui n'a plus rien à faire avec lui : il voit les acteurs de son époque gesticuler chaque soir à la télévision, nourrir de leurs actions les colonnes des journaux, voit ses amis coiffés d'un gyrophare clamer leur réussite, et cette chorégraphie sociale s'enchevêtre autour de lui comme un ballet d'ambulances, la sirène a fini par disparaître. Il existe au présent de l'histoire qu'il raconte au lieu de la conjuguer au passé, voilà l'amère évidence qu'il lui faut admettre, il vit avec une femme réelle devenue fantôme et avec une femme fantôme devenue réelle, comme si l'écriture agissait sur lui depuis treize mois à la manière d'un pèlerinage rédempteur ; comme si, à la fin du livre, maquillant les péripéties décisives de leur histoire, transfigurant les circonstances de leur rupture, il pourrait s'absoudre de ses lâchetés et modifier la réalité. Le téléphone sonne, il se retourne sur le lit et plisse ses paupières le plus fort qu'il peut, des brûlures déchirent son estomac. Abandonner ? Après tant d'efforts ? Bonjour, vous êtes bien chez Bruno et Margot, nous ne sommes pas là mais vous pouvez laisser un message, à bientôt. Et quelle est l'alternative, maintenant ? Se soumettre à la servilité du salariat ? Faire semblant d'arpenter avec joie les rêves démesurés d'un homme d'affaires ? Tout ça il connaît, il a déjà donné, mieux vaut mourir oublié derrière une commode parmi des moutons de poussière, au moins sa vie est bien la sienne, est bien concrète, il souffre assez pour le savoir... C'est moi, murmure Margot dans le haut-parleur du répondeur, j'ai trouvé trois nouvelles annonces très intéressantes ; n'oublie pas de répondre à celle des oiseaux, j'y crois beaucoup, je t'embrasse. Les bips sonores résonnent dans l'appartement, Bruno s'approche du mur en rampant sur la couverture et rabat l'oreiller sur son visage.

Bruno a beau les raturer, il n'arrive pas à faire advenir dans ses textes les sensations qu'il éprouva au bord de la piscine. Deux ans se sont écoulés, calcule-t-il en ramenant la couverture sur ses épaules, et pourtant, malgré la distance, l'aura miraculeuse de cet épisode et de quelques autres qui allaient suivre est intacte, leur pique-nique dans Central Park, un peu plus d'un mois plus tard, les longues soirées qu'ils dilapidèrent à contempler Manhattan du haut du restaurant panoramique Windows on the world, leur course nocturne en roller-skates sur les trottoirs de Madison Avenue, et puis un nombre incalculable de moments suspendus, absurdes de banalité, qui continuent d'obséder sa mémoire sans lassitude : il marche seul dans l'aéroport de La Guardia, il marche dans les couloirs de l'aéroport en pensant à Judith, il est allé passé la journée à Boston et va la rejoindre. Comment restituer la grâce anodine de ces quelques pas ? Il longeait la vitrine d'un bureau de tabac, il s'en souvient, et avait salué d'un sourire son compagnon de vol, un homme d'affaires texan en transit à Manhattan. Voilà, c'est tout, cette simple image réfléchit dans sa tête plusieurs fois par jour la lumière du bonheur indicible qui brûlait ses pensées, il avait pris un taxi qui avait filé vers Gramercy Park toutes fenêtres ouvertes, un reggae tonitruant sortait par vagues des enceintes dissimulées dans les portières, il s'était changé dans sa chambre et était allé rejoindre Judith à son travail en courant. Il continuera à raconter cette histoire, cependant, se dit-il, même s'il doute qu'elle puisse toucher un seul lecteur, car c'est pour lui qu'il écrit ces pages, pour tuer ces images dont il ne guérit pas. Il sait, et il le savait déjà lorsqu'il a entrepris de détruire par l'écriture la plus belle histoire de sa vie, qu'il n'en guérira pas. Le déclic a eu lieu à New York dans un taxi il y a treize mois, un an jour pour jour après leur rencontre à Las Vegas : il avait rompu avec Judith pour la deuxième fois six mois plus tôt, rupture tragique et définitive, catastrophe sentimentale, et revenait à Manhattan pour la première fois depuis cet accident. Il comprit très vite qu'il ne pourrait survivre à cette semaine à New York sans la voir ; il regardait les façades défiler derrière les vitres du taxi quand un revolver gris s'insinua dans ses pensées. Le soir même il s'enferma dans sa chambre et écrivit toute la nuit, il écrivit tous les jours lorsqu'il n'avait plus de rendez-vous et qu'il était livré sans défense à ses souvenirs et à la mémoire de la ville ; il écrivit dans les taxis, les *deli*, les restaurants, il écrivit comme s'il avait une balle dans le ventre, il écrivit frénétiquement pour pouvoir survivre à sa blessure, il écrivit pour survivre mais en ne pensant qu'à la mort. Alors, Bruno, l'interrogea fébrilement son patron à son retour des États-Unis, que pense Johnson de nos monographies sur les crustacés ? Comme si on venait de lui restituer son ancien cerveau, son cerveau discipliné d'employé modèle, il se souvint brutalement qu'il avait été envoyé à Manhattan pour soumettre à Johnson un projet de collection. Son patron l'avait incité à assortir cette entrevue capitale de rendez-vous d'appoint, qu'il avait enchaînés mécaniquement comme on avale des anxiolytiques ; occupé qu'il était à s'occulter lui-même et à soigner sa plaie, il avait fini par occulter l'unique véritable raison d'être de son voyage. Alors, répéta son patron avec anxiété, que pense Johnson de cette nouvelle collection ? Je ne sais pas, répondit-il en tremblant, je l'ignore : j'ai oublié d'aller le voir. Bruno fut renvoyé chez lui du jour au lendemain avec les notes qu'il avait prises à Manhattan, il s'enferma dans son appartement pour n'en plus sortir : sponsorisé par les Assedic, assailli par Margot pour qu'il trouve du travail, il décrivait avec fureur et patience depuis treize mois les péripéties cataclysmiques de son séjour à Las Vegas.

Tout à l'heure Margot rentrera du bureau, elle lui demandera si son travail avance, il lui répondra qu'il progresse, qu'il a écrit trois pages, puis il lui proposera à boire. Il s'attardera dans la cuisine, cassera des glaçons, sortira du réfrigérateur la bouteille de Campari, regardera par la fenêtre ; il s'installera peut-être dans les toilettes, assis sur la lunette de plastique gris, et déroulera un long ruban de papier hygiénique. Il se souviendra peut-être qu'il avait révélé à Judith, un soir, à Manhattan, qu'il s'apprêtait à écrire un texte effroyable.

Un homme qui vit avec une femme qu'il ne parvient pas à aimer s'aliène à elle par paliers successifs. Il emménage chez elle, l'épouse, lui fait un enfant. L'enchaînant un peu plus à cette femme, chaque engagement lui fait sentir sans tarder à quel point il est incapable de l'aimer. Il veut absolument l'aimer, il ne sait pas pourquoi, la seule chose dont il est sûr et qu'il voudrait combattre est cette souffrance corrosive qu'il éprouve à ne pas l'aimer. Il achète avec elle un appartement, lui fait un deuxième enfant, puis un troisième. À chaque naissance, un bref répit lui laisse entrevoir la perspective d'un amour installé, puis il replonge dans les affres de la lucidité. Il se dit qu'il eût été si facile de la quitter lorsqu'il habitait seul ! Ou lorsqu'ils n'en étaient qu'à partager un appartement ! Comment avait-il pu croire qu'il pourrait l'aimer un jour ? Il ne s'en souvient plus : il ne sait plus ce qu'il fait dans cette spirale. Et comment elle se finit, ton histoire, l'avait interrogé Judith, que je sache comment tu vas finir ? Bruno sortira des toilettes, placera sur un plateau leurs deux verres, les glaçons, la bouteille de Campari, puis orientera ses pas vers le salon. Il se tire une balle dans la bouche, avait-il répondu.

Bruno se retourne sur le lit, il ne parvient pas à s'endormir, l'appel de Margot l'a perturbé, la lettre qu'il doit écrire et dont il retarde sans cesse la rédaction le préoccupe, sa culpabilité sinue lentement dans sa tête comme un asticot. Ce soir Margot va lui demander s'il l'a postée, il lui répondra oui, il mentira, elle sentira qu'il a menti, qu'il n'a pas répondu, tous les soirs Margot sort de son sac des annonces réunies par un trombone. C'est une manie, un travers qui s'aggrave, une habitude qui s'enracine : de plus en plus d'annonces sortent de son sac chaque jour, des annonces qui leur racontent un avenir possible, qui font éclore sur la table basse du salon des destins affolants. Tandis qu'elle leur concocte un apéritif, il inspecte attentivement les annonces du jour et y lit des phrases qui lui font mal. Vous avez un tempérament d'entrepreneur, c'est un pressing de tous les instants que vous effectuez pour remporter de nouveaux succès, nous vous proposons un salaire motivant à hauteur de vos performances, vous êtes doté d'une forte personnalité, vous aimez les défis et savez vous donner les moyens de réussir, d'excellentes perspectives d'avenir sont offertes aux meilleurs éléments, ce poste nécessite de nombreux déplacements à Longwy… La semaine dernière, une douzaine d'annonces décrivant des emplois divers sont sorties du sac de Margot. Il ne peut pas continuer comme ça à rester à la maison à écrire et à faire la sieste, lui répète-t-elle tous les soirs, il faut que ça change ! Elle lui dit qu'il s'enlise, se marginalise, qu'il a tous les atouts pour réussir et qu'il va finir par se disqualifier ; ses allocations chômage fondent à vue d'œil, ils ont dû abandonner leur magnifique appartement du boulevard Saint-Michel pour cette tanière vétuste du boulevard Saint-Jacques, ils vont devoir déménager à nouveau s'il persiste à refuser de chercher du travail ; ce livre qu'il écrit et dont elle n'a pas lu une ligne, lui dit-elle, l'entraîne dans un néant social préoccupant ; il faut réagir, Bruno, insiste-t-elle, il faut sortir de cette impasse ! C'est alors qu'elle lui remet une petite liasse d'annonces ; et l'une d'elles, lundi dernier, lui correspondait parfaitement. Remplace oiseau par poisson, avait-elle jubilé, et reconnais que cette annonce semble avoir été écrite pour toi ! Elle décrit trait pour trait ton expérience, avait-elle insisté, réponds-y tout de suite ! Filiale d'un groupe japonais d'envergure internationale spécialisée dans les publications zoologiques recherche, pour de nouveaux produits consacrés à l'étude des oiseaux rares, son DIRECTEUR DU DÉVELOPPEMENT. Rattaché à notre directeur général France, vous développez les marchés francophones selon les objectifs qui vous sont fixés. Vous avez acquis une solide expérience de trois ans dans le développement commercial de publications zoologiques, en France comme à l'étranger (et en particulier aux États-Unis). La connaissance des oiseaux rares serait un plus appréciable. Professionnalisme, enthousiasme, rigueur, esprit d'équipe, disponibilité totale en temps et en énergie sont des qualités que nous attendons de vous. Ce poste est basé en région parisienne. Mais je n'y connais rien, en oiseaux, avait-il répliqué, absolument rien ! Tu t'es bien débrouillé pour tout apprendre sur les poissons !, avait protesté Margot ; pourquoi pas les oiseaux ! Et puis il ne doit pas y avoir tant de différences que ça ! Il se retourne sur le lit et rabat l'oreiller sur son visage, il faut à tout prix chasser cette annonce cauchemardesque de son cerveau et dormir, ou bien écrire une lettre si dissuasive qu'ils l'écarteront dans l'instant, mais Margot va vouloir lire la photocopie… Il faut dormir, se dit-il.

Le taxi s'était arrêté devant l'immeuble de Margot, il devait être deux heures du matin, une nuit glaciale était accrochée aux griffes des marronniers ; je ne pourrai pas dormir seule ce soir, avait-elle murmuré. La phrase de Margot avait volé lentement dans l'habitacle, frôlant comme un papillon bizarre les cervelles d'Emmanuel et Bruno, Margot avait ouvert la portière et posé un pied sur le trottoir. Ils n'avaient pas rêvé, elle leur avait bien dit qu'elle ne pourrait pas dormir seule ! Elle n'avait pourtant pas laissé entendre qu'elle laisserait l'un des deux l'emporter pour la nuit, Bruno avait passé la soirée allongé sur le lit avec elle et quelques autres à lire à haute voix des poèmes de Francis Ponge, il l'avait embrassée sur la commissure de ses lèvres lorsqu'il avait fallu partir, l'heure tardive dépeuplait l'appartement et plombait les paupières de l'hôtesse. Emmanuel s'était rabattu sur une blonde pulpeuse sans quitter Margot des yeux, j'ai pas rendu les armes, mon bonhomme, avait-il dit en riant à Bruno dans la salle de bains, c'est pas gagné ! Ils avaient attendu leur taxi à Alésia, ils étaient une douzaine, Bruno et Emmanuel s'étaient débrouillés pour qu'il ne restât plus qu'eux trois sur le trottoir, ils s'étaient installés dans une Mercedes blanche. Le chauffeur avait dû attendre, avant d'engager sa limousine sur l'avenue du Général-Leclerc, que se démêlent les aberrantes propositions d'itinéraires qu'ils se renvoyaient, il s'était impatienté et Margot lui avait froidement donné son adresse. Il n'y avait plus eu une phrase entre eux, exception faite de leur dialogue silencieux avec les clignotements mécaniques des feux tricolores, Emmanuel devait réfléchir à la manière dont il pourrait descendre sur le trottoir avec Margot, Bruno pensait que lui n'oserait pas, qu'il l'appellerait en arrivant chez lui, la Mercedes s'élançait par d'obscurs raccourcis, son itinéraire complexe leur tenait lieu de raisonnement. Bruno était brusquement sorti du taxi et s'était retrouvé en face de Margot sur la chaussée, la Mercedes blanche entre eux, Emmanuel à l'intérieur, il n'avait prononcé aucune parole ; il avait claqué la portière et la voiture avait démarré en trombe le long des murs de la prison.

Et c'est ainsi qu'il fut projeté dans la vie de Margot, accidentellement, et c'est ainsi qu'ils commencèrent à s'aimer sans s'être aimés vraiment, quatre mois seulement avant son voyage à Las Vegas. Leur amour n'a pas d'origine, aucune passion fondatrice ne l'enracine à son cœur, Margot est affreusement absente d'un point de lui-même resté vierge, absente de cette petite parcelle qui ne reconnaît que la passion et qu'aucune passion baptismale n'a jamais éveillée à son existence. Et à cause de cette parcelle, à cause de cette petite roche ronde qu'aucune marée d'équinoxe n'a jamais immergée, il sent bien qu'il est libre, que Margot n'est pas ancrée en lui mais seulement présente, qu'il pourrait s'envoler et l'oublier et commencer une nouvelle vie, du jour au lendemain.

Margot tourne la clé dans la serrure et s'introduit dans l'entrée, il n'est venu chez elle qu'une seule fois, la porte entrouverte d'une penderie révèle un présentoir à chaussures, les manches de plusieurs tailleurs se chevauchent dans la pénombre. Tu veux boire quelque chose ?, lui demande-t-elle ; non, merci, bredouille-t-il, j'ai déjà beaucoup bu. Il lui sourit, Margot range ses chaussures dans une poche du présentoir et en déloge des pantoufles qu'elle chausse maladroitement en s'avançant vers le salon, elle allume un lampadaire halogène. Depuis leur périple poétique sur le lit, depuis leur baiser bref sur la commissure de leurs lèvres, l'humeur de Margot s'est alourdie ; les mots qu'Emmanuel et Bruno ne se sont pas dits, au moment où ils s'échappaient du taxi, pèsent sur ses gestes. Immobile à la lisière du salon, il regarde les lithographies accrochées sur les murs, Margot range ses affaires mécaniquement, ses yeux verts sont devenus aussi lourds que deux billes de mercure. Elle disparaît dans la chambre, il s'assoit sur le bord du canapé et délace lentement ses chaussures, le salon est carré et petit, assez froid, peu meublé, un store gris ferme la pièce avec dureté, il retire ses chaussettes qu'il dissimule sous un fauteuil, il aimerait les faire disparaître tout à fait et qu'aucune trace de sa présence n'existe, il entre dans la chambre et se glisse dans les draps. Tu dors dans mon lit ?, s'étonne Margot en sortant de la salle de bains, vêtue d'un caleçon écossais et d'un tee-shirt. Elle allume la lampe de chevet, c'est plus simple, balbutie-t-il, introduit sa silhouette gracile à l'intérieur des draps puis éteint la lumière ; bonne nuit, conclut-elle. Cette nuit-là il restera plusieurs heures à l'affût des cahots du sommeil de Margot sur les nids-de-poule de ses rêves, il l'aimera à travers les mailles d'un malaise diffus en l'écoutant murmurer des phrases inaudibles, il aimera à la folie cette angoisse nocturne et ces soubresauts maladifs, il l'aimera comme il continuera à l'aimer et l'aime encore, de tout son être, de tout son corps, mais sans amarre, comme une étrangère.

Bruno n'est pas encore avec Margot, l'épisode du taxi n'a pas eu lieu, tous les trois partagent le même bureau. Le pied calant la porte, l'oreille plaquée sur la cloison, Emmanuel écoute une conversation téléphonique ; tais-toi, j'entends plus rien, chuchote-t-il dans les rires de Margot ; merde, Bruno, dis-lui de se taire, j'entends plus rien ! Les pieds posés sur son bureau, Bruno feuillette un classeur rouge dont il arrache les pages qu'il lance à travers la pièce vers une corbeille, ses projectiles rebondissent sur le monticule de papiers froissés ; il lui dit qu'il va essayer de se libérer à deux heures, chuchote Emmanuel en ricanant, et qu'il compte sur elle pour mettre des porte-jarretelles ! Emmanuel éclate d'un rire étouffé, l'oreille plaquée sur la cloison, il est vraiment incroyable, ce mec, mais j'ai pas compris à qui il parle ! Arrête, Emmanuel, intervient Margot, qu'est-ce que ça peut te foutre avec qui il couche ! Mais c'est peut-être avec une de mes maîtresses !, proteste Emmanuel, je me suis aperçu qu'on avait les mêmes ! Arrêtez de déconner, intervient Bruno, vous allez finir par vous faire repérer ; il arrache une nouvelle feuille de son classeur et la lance roulée en boule à travers le bureau, la lettre heurte le sommet des papiers accumulés dans la corbeille et va rouler sous un fauteuil. Et toi, arrête de saloper ce bureau !, l'interrompt Emmanuel, l'oreille plaquée sur la cloison, déjà que Margot et moi on oublie de ramasser nos préservatifs ! Ça c'est intelligent, se renfrogne Margot. Ça marche à tous les coups !, ricane-t-il, elle est furieuse ! Cela dit, Bruno, il faut aussi que tu saches la vérité ; on en a justement parlé hier soir, avant d'éteindre la lumière. Margot éclate de rire malgré elle, Bruno jette le classeur à plat au pied de sa table, piaf !, égalise le tas de pages qu'il a conservées, l'introduit dans une pochette à élastiques, ouvre un classeur brun, en parcourt la première page, l'arrache, la froisse et la jette sur la tête d'Emmanuel ; c'est pas parce que je m'en vais que vous devez glander toute la journée, professe Bruno, ça fait dix jours que vous ne foutez plus rien ! Chtttt !, l'interrompt Emmanuel, la main suspendue et les sourcils froncés, il a dit Nicole ! Tu as bossé, aujourd'hui, Margot ?, lui demande

Bruno ; il a dit Nicole, répète Emmanuel, mais Nicole qui ? Margot lève la tête de son volumineux dossier et allume une cigarette, comment tu veux qu'on puisse travailler, vous n'arrêtez pas de dire des conneries toute la journée ; on va finir par être virés, nous aussi ! Surtout si le directeur général apprend que vous écoutez ses conversations téléphoniques à travers la cloison, renchérit Bruno, ça va finir par se savoir ! Ça y est, il a raccroché, annonce Emmanuel en se dégageant du mur ; vous connaissez une Nicole, vous ? Allez, va !, s'exclame Margot, t'as bien dû coucher avec une Nicole, regarde dans ton carnet d'adresses ! Margot éclate d'un rire sonore tandis qu'Emmanuel regarde sa montre, un projectile lui frôle le visage avant d'atterrir près de la corbeille ; c'est pas bientôt l'heure du champagne ? La porte s'ouvre et une tête grisonnante apparaît par l'entrebâillement ; vous pourriez peut-être rire moins fort, je n'arrive même plus à entendre mes interlocuteurs au téléphone ! Emmanuel se lève et s'approche du visage, nous aussi, vous savez, l'approuve-t-il, Margot nous empêche de nous entendre ; Bruno laisse échapper un hoquet, lance une boule de papier sur la corbeille et s'aperçoit que le directeur le dévisage avec perplexité, incrédule. La porte se referme et Emmanuel, appuyé au chambranle, se frappe le ventre en ouvrant grande la bouche.

Bruno s'est installé chez Margot tout en conservant son studio, une vingtaine de jours se sont écoulés depuis la scène du taxi. Il ferme la porte des toilettes derrière lui, dégrafe son pantalon, le ramène sur ses chevilles. Les gargouillis d'un filet d'eau lui parviennent de la salle de bains contiguë, Margot a enduit son visage d'une crème de toilette blanc cassé. Il déroule de longues bandes de papier, les dispose avec soin comme un hamac au-dessus de l'ovale bleuté et s'assoit, l'eau cesse de couler dans la salle de bains derrière la porte. Il se retient et tend l'oreille, Margot manipule des flacons qui font tinter la tablette de porcelaine ; mais qu'est-ce qu'elle fout, bordel, murmure-t-il, elle ne peut pas aller dans la chambre ! Il déroule trois feuilles de papier du tambour fixé au mur, fait céder les pointillés, plie les trois feuilles les unes sur les autres, l'étron retenu l'indispose, et commence à déchirer la ouate. Tournant la triple feuille en même temps qu'il la déchire, Bruno fait apparaître une tête approximative, déchire la ouate autour d'un cou trop étroit, dégage de larges épaules qui rejoignent les bords du rectangle, les rebuts roses parsèment le carrelage brun. Margot fait couler un filet d'eau, la promenade de la brosse sur ses dents produit des crissements contrastés, de brefs et rapides sons clairs sur les canines, de longs sermons autoritaires sur les rangées de molaires, il lâche l'étron qui meurt souplement au creux du ruban ouaté, sans un bruit. Putain, ça va mieux, commente-t-il en souriant, soulagé. Il déchire deux étroites franges de papier qui font apparaître des bras inégaux, un deuxième étron progresse, puis découpe avec délicatesse un sexe dentelé, attribut viril des marins de papier qu'il a appris à faire à l'école, il lâche l'étron que reçoit silencieusement la ouate, l'eau cesse de couler. Figé, à l'affût des déplacements de Margot, un troisième étron retenu, sa triple feuille déchirée entre les doigts, la ouate qui ne va pas tarder à fondre, rendant sonores ses défécations, il l'entend pénétrer dans la chambre et allumer la radio ; il s'abandonne alors avec allégresse en dépliant la triple feuille, l'eau bleue produit trois plofs rapprochés, trois matelots dévêtus se tiennent par la main, un sexe épais entre les jambes, ou plutôt un étron, oui, c'est ça, trois matelots avec un gros étron logé dans l'entrejambe.

Dire qu'il y a un mois à peine il déféquait avec Caroline sur ses genoux, se dit-il en tirant la chasse, elle lui disait qu'un jour elle mangerait sa merde ! Bruno sort des toilettes, jette sa frise de matelots dans une corbeille, plie son pantalon sur un fauteuil et enfonce ses chaussettes sales dans son cartable. Son sexe est minuscule, constate-t-il avec effroi, trois centimètres. Jamais son sexe ne s'est rétracté d'une manière aussi spectaculaire devant la chambre d'une femme, jamais Margot n'aura vu un sexe plus racorni, si minuscule, un sexe d'enfant, trois centimètres. Margot lit des magazines dans la chambre, il l'entend tourner des pages pleines de robes, il pénètre dans la cuisine. Appuyé au lave-linge, il malaxe savamment sa verge pour la faire gonfler ; la flaccidité pitoyable de son sexe reste insensible à toute caresse, une flaccidité aussi visible qu'une érection. Lorsqu'il sera couché, il en est persuadé, son sexe se rétractera encore ; il dira à Margot qu'il est exténué, que son travail l'épuise, qu'il faudrait réagir. Comment se fait-il qu'elle ne m'ait jamais demandé pourquoi je n'avais pas essayé de lui faire l'amour ? Par délicatesse ? Par pudeur ? Par goût du non-dit ? Avide d'obscurité, soulagé d'avoir dépassé le cap des derniers échanges de tendresse, il attendra qu'elle éteigne la lumière pour filer mentalement dans la nuit comme un navire s'éloigne des côtes. Bientôt, plusieurs dizaines de minutes plus tard, lorsqu'il entendra Margot dormir, il respirera à pleins poumons l'air du large, son identité reconquise. Son sexe est toujours aussi flasque, il ne peut tout de même pas passer la nuit dans la cuisine à tenter d'inutiles sauvetages ! Il se détache du lave-linge et marche prudemment vers la chambre, Margot a éteint la lumière.

Pourquoi a-t-il si peur, se demande-t-il en émergeant soudain d'un bref demi-sommeil, pour quelles raisons les annonces qu'il lit lui laminent-elles le cerveau ? Un embouteillage s'est formé sur le boulevard Saint-Jacques, les manifestations d'impatience des automobilistes l'ont réveillé, Bruno écarte les images vives de ces lointaines premières semaines de vie commune avec Margot et pense à l'annonce aux oiseaux. Pourquoi a-t-il si peur ? La semaine dernière il est allé à la piscine et a croisé Wasmuth dans le hall en compagnie de Susan, il ne l'avait plus vu depuis un an. Toujours au chômage ? Treize mois ! Qu'est-ce que tu as grossi ! Tu vas bientôt être aussi gras qu'un représentant de commerce ! Un représentant de commerce au chômage ! Wasmuth riait, il ne s'est pas attardé, il n'a pas eu la délicatesse de lui dissimuler son mépris, Susan patientait près des caisses. Bruno était fini, il était tombé dans la fosse aux ratés, il ne méritait plus les égards ou l'hypocrisie polie qu'on accorde aux nantis : Wasmuth lui lançait ses plaisanteries comme on jette des bananes à un singe, pour s'amuser. Il souffre encore de cette rencontre humiliante, les paroles et les rires de Wasmuth se sont gravés dans sa mémoire. Ces treize mois d'inactivité l'ont infantilisé, se lamente-t-il en pressant ses paupières pour se rendormir, l'entreprise s'est reconstituée peu à peu dans son imaginaire comme une arène qu'il n'est plus armé pour affronter. Il se souvient des prérogatives scandaleuses que s'octroyait son ancien patron, l'homme d'affaires l'avait filialisé jusqu'au plus intime de son être : il était sans cesse derrière lui à l'épier, à l'assaillir de questions, à surveiller ses faits et gestes, lui donnant souvent la sensation qu'il mangeait sa cervelle comme un œuf à la coque. Quand Bruno arrivait le matin, l'homme d'affaires s'empressait d'inspecter son visage : s'il était triste, si quelque lecture nocturne l'avait rendu mélancolique, il le voyait darder sur lui un regard réprobateur. Ça n'a pas l'air d'aller très fort, lui disait-il, qu'est-ce qui vous arrive ? Ce n'est pas le moment de baisser les bras, croyez-moi ! Il va falloir en mettre un sacré coup ! Il n'était pas permis d'être trop heureux non plus, il s'en était rapidement rendu compte, une joie durable qui n'était pas liée à la vie de l'entreprise suscitait des soupçons, et l'homme d'affaires s'employait invariablement à la détruire. Le bonheur est suspect, c'est bien connu, il désigne dans l'existence de l'employé un champ magnétique susceptible de nuire à l'intérêt général, les patrons s'imaginant en outre que les seuls motifs valables de sérénité sont fournis par eux-mêmes. Bruno devait aussi faire miroiter dans ses propos la grandeur de l'homme d'affaires, il devait en permanence le conforter dans ses idées, ses choix, ses projets, et citer régulièrement ses théories pour lui donner sa propre intelligence en spectacle ; il savait qu'il honorait là une clause tacite de son contrat, ayant compris qu'il avait été engagé pour servir de miroir et astiquer des rêves. Feuilletant dans une librairie, la veille, se souvient-il en écoutant la chatte lacérer les coussins du fauteuil, un livre d'art sur des fresques de la Renaissance, il s'est arrêté longuement sur une illustration, trois personnages rassemblés dans un espace scénique unique fixaient chacun un point distinct de l'horizon ; ils s'échappaient mentalement dans trois directions différentes, comme dans un ascenseur. Il scrutait la fresque, interrogeant l'étrange impression de tristesse qu'elle produisait en lui, quand il s'est dit tout à coup qu'il n'avait pu, pendant les dix-huit mois durant lesquels il avait travaillé pour l'homme d'affaires, envisager une direction qui lui fût propre : il avait docilement regardé son patron contempler l'horizon. Et chaque fois qu'il donnait l'impression de ne pas s'épanouir à l'intérieur de ses visions, l'homme d'affaires l'interprétait comme une traîtrise : des reproches circulaient dans ses yeux telles des carpes dans un bassin, et son visage contrarié produisait l'effet terrifiant d'une lettre de licenciement rédigée sur un parchemin. Il convoquait alors Bruno dans son bureau pour une mise à plat complète de sa personnalité. Votre esprit est désorganisé, lui disait-il, j'ai pu m'en rendre compte à différentes reprises. Votre personnalité est telle, poursuivait-il, que vous êtes incapable de gérer plusieurs choses en même temps ; j'ignore si c'est un problème d'intelligence, de puissance de travail ou d'organisation, mais il y a toujours une ou deux chèvres qui gambadent en liberté hors du troupeau. Vous n'écrivez pas très bien, lui disait-il encore, les argumentaires que vous rédigez sont confus, autant dire qu'ils sont d'une efficacité commerciale à peu près nulle. J'ai appris que vous nourrissiez des ambitions littéraires : compte tenu des faiblesses manifestes de votre écriture, je ne saurais trop vous encourager à y renoncer. J'admets volontiers, concédait-il, que les dossiers dont vous avez la charge sont bien gérés : mais ils le seraient davantage, croyez-moi, si vous étiez plus rigoureux, plus attentif, moins distrait. Vous êtes trop lent, ajoutait-il, un autre que vous obtiendrait les mêmes résultats en deux fois moins de temps ; la lenteur de votre esprit est un problème qu'il est urgent de résoudre. L'homme d'affaires s'était ainsi appliqué à renvoyer de Bruno une image qu'il avait fini par mépriser, accentuant son asservissement. Ce paradoxe vertigineux, cette astuce patronale éprouvée, il en avait subi les effets durant dix-huit mois : orphelin de lui-même, convaincu qu'il ne valait rien, il avait redoublé d'attention et cherché refuge dans les jupes de l'entreprise. Les libellés des annonces qu'il lit ne font rien d'autre que raviver ces souvenirs sordides, se dit-il en mordillant la couverture, voilà la vérité, car le fait même de subordonner son embauche à l'examen détaillé des qualités qu'on prétend fournir autorise l'employeur à émettre à l'infini sur le psychisme de l'employé des jugements définitifs. L'entreprise est avant tout le lieu de ce type de prérogative, les annonces qui pullulent dans la presse l'établissent d'emblée très clairement : l'individu qui passe le seuil d'une entreprise accepte tacitement du patron qui l'emploie des pratiques dont l'indécence et l'obscénité pourraient être comparables à celles d'un toucher rectal. Bruno avait acquis la preuve que l'homme d'affaires fouillait dans ses tiroirs, lisait son courrier, inspectait son agenda. Il lui avait reproché d'accumuler dans son bureau des effets personnels : un vieux manteau troué traînait sur l'une de ses chaises depuis des mois, effectivement, et dans ses tiroirs se trouvaient une paire de chaussures, des cravates, une chemise roulée en boule, des préservatifs, les lettres de Judith. Sa harangue matinale ne visait-elle que son manteau troué ? N'avait-il pas inspecté soigneusement, comme Bruno en avait conçu la certitude, le contenu disparate de ses tiroirs ? Avait-il lu les lettres de Judith, qu'il avait pourtant dissimulées sous une haute pile de vieux dossiers ? Ce grand spéléologue dominical était-il allé jusque-là ? Un jour, l'homme d'affaires l'avait interrogé sur un numéro qui figurait sur le relevé téléphonique d'un hôtel de Copenhague où il avait passé une nuit. Bruno avait dû lui dire qu'il avait appelé une amie à New York, l'homme d'affaires avait répliqué qu'il existait des cabines téléphoniques dans tous les pays du monde, qu'il n'était pas supposé téléphoner à ses maîtresses sur le compte de l'entreprise. Réalisait-il que cet appel lui coûtait neuf cents francs ? Qui était cette femme, l'avait-il interrogé, quand l'avait-il rencontrée ? L'avait-il connue lors de son premier voyage à Manhattan ? En d'autres termes : avez-vous rencontré cette jeune femme à l'occasion d'un voyage que j'ai financé ? Bruno ouvre les yeux, il s'est mis à pleuvoir, la pluie s'abat sur les vitres avec force, Sally grimpe d'un bond sur le matelas et progresse lentement sur le couvre-lit. Bruno ramasse sur la table de nuit les pages raturées qu'il a écrites la veille, Judith et lui sont allongés sur des chaises longues au bord d'une piscine ronde. J'ai mis un an à me remettre de cette rupture, lui dit-elle, déchiffre-t-il sur son brouillon, il y a peu de temps que j'en suis sortie, quelques semaines. David, je l'ai rencontré en France, à Nîmes, chez une amie, et j'ai tout de suite compris que je lui plaisais. J'ai voyagé toute seule dans toute la France pendant un mois et quand je suis rentrée à Nîmes on est sortis ensemble, mais je ne l'aimais pas. Bruno repose les feuilles sur la table de nuit, découragé, et décide d'aller s'acheter un parapluie britannique au Bon Marché. Il prendra un taxi à l'aller, se dit-il en se levant, et reviendra à pied sous la pluie.

# IV

*Las Vegas, dimanche 3 juin 1990*

J'ai mis un an à me remettre de cette rupture, lui dit-elle, il y a peu de temps que j'en suis sortie, quelques semaines. David, je l'ai rencontré en France, à Nîmes, chez une amie, et j'ai tout de suite compris que je lui plaisais ; on est sortis ensemble, mais je ne l'aimais pas. Je le trouvais trop jeune, précisa-t-elle, immature, pas très intéressant, il était coiffeur ; un coiffeur pas ordinaire, certes, il coiffait des mannequins, des actrices de cinéma. Ma copine, à Nîmes, m'a appris qu'il avait l'habitude de sortir avec des filles sublimes. Je ne comprenais pas ce qui se passait : il avait un succès fou et il s'intéressait à moi ! Quand je lui en ai parlé, il m'a dit qu'il me trouvait intelligente ; et puis ça lui plaisait, mais ça je l'ai compris beaucoup plus tard, que je sois new-yorkaise. Je me disais : qu'est-ce que tu vas faire avec un type pareil, un type primitif qui adore les belles filles ? Je ne suis pas vraiment une belle fille, n'est-ce pas, s'exclama-t-elle, cette situation était complètement folle ! La chaise longue de Bruno jouxtait celle de Judith, il faisait encore extrêmement chaud. Il était passé la voir sur son stand en fin d'après-midi et Judith avait suggéré qu'ils pourraient aller se baigner dans l'une des piscines rondes de son hôtel ;

Wasmuth devait aller à un cocktail, la chaleur était étouffante, il avait accepté. Ils avaient pris un bus climatisé qui avait roulé lentement dans la canicule comme à travers une tempête de neige, la lumière les aveuglait, ils regardaient par la même vitre étincelante les villas blanches de Las Vegas, les palmeraies luisantes, les étangs de lumière qui frémissaient sur le bitume, les panneaux publicitaires et les enseignes éteintes des salles de jeu, ils étaient scellés l'un à l'autre par une épaule. Derrière les verres de ses lunettes de soleil, sa tête posée sur l'armature de la chaise longue, Bruno contemplait les longues jambes de Judith, ses pieds mobiles, ses hanches fines. De temps à autre, il descendait ses lunettes de soleil sur l'arête de son nez et la dévisageait ; elle était toute à ses souvenirs, grave et scrupuleuse, et semblait décrypter sur les dalles une partition musicale écrite à la craie. Il est parti dix jours à Cannes chez des amis, il m'appelait tous les jours et j'ai fini par y aller. Et là, tout a basculé : j'ai découvert un autre homme. À Cannes, il régnait en maître ; il connaissait tout le monde, les plagistes, les barmen des palaces, les croupiers, toutes les filles étaient après lui… C'était son royaume, Cannes, il m'a introduite partout ; je suis tombée folle amoureuse de lui et on est rentrés tous les deux aux États-Unis à la fin de l'été. À New York, continua-t-elle après une pause, il s'est installé chez moi. Au début, c'était merveilleux, pendant quelques mois, peut-être un an… Et puis, poursuivit-elle en décroisant brutalement ses jambes, nos relations se sont détériorées. Il faisait des remplacements dans des salons de coiffure de temps à autre, il n'avait pas de permis de travail ; il restait chez moi toute la journée, à dormir ou à regarder la télévision.

J'avais énormément de travail, à l'époque, je rentrais tard le soir. Il a commencé à sortir sans moi, il me disait « je reste seul ici toute la journée, je ne vois personne, et toi, le soir, tu es trop crevée pour sortir ». J'ai vite appris, par des indiscrétions, qu'il était sorti avec pas mal de filles, et avec certaines de mes copines. Tout le monde était au courant, il couchait avec des filles qu'il trouvait en boîte ; et, de retour à la maison, il me réveillait pour faire l'amour ! Le même soir !, insista-t-elle en martelant chaque syllabe avec indignation, après avoir baisé avec des inconnues dans les toilettes des boîtes de nuit ! On a rompu, continua-t-elle, haletante, ou plutôt j'ai essayé de rompre ; il a dormi dans le salon pendant trois semaines, puis on s'est réconciliés. Il disait que j'étais la femme de sa vie, qu'il voulait m'épouser, il pleurait, cuisinait des plats français, m'offrait des fleurs, du jamais vu ! David, il avait un don véritable pour prendre les gens par les sentiments, c'était un séducteur qui savait désarmer les femmes. Je suis restée avec lui, émue par tant d'amour, mais je ne pouvais plus l'aimer, j'ai tout essayé. Ça m'a pris trois ans pour décider de rompre, déclara-t-elle, et la rupture a été tragique. Pour lui, bien sûr, mais aussi pour moi : après trois ans d'abnégation, de mensonges, de sacrifices, j'étais anéantie. C'était il y a presque un an.

J'écris tout le temps, disait Bruno, mais dans ma tête, dans des carnets ; voilà longtemps qu'existe en moi une histoire destinée à être écrite, cette histoire résonne dans mes pensées comme une rêverie ininterrompue mais je ne peux m'y mettre, la perspective d'écrire ce livre me paralyse. Judith rajusta son maillot de bain, une aréole bleu pâle était apparue en bordure du tissu ; il respira profondément, éprouvant dans son corps la proximité du plaisir, de l'extase, de l'abandon, c'était comme si ses os s'étaient transformés en chair. Il me semble que j'arriverai à écrire le jour où j'aurai compris qu'il ne faut pas essayer d'écrire le livre rêvé, mais sacrifier le livre rêvé pour écrire un simple livre. Peut-être que je n'y arriverai jamais ? Peut-être que c'est pour ne plus ressentir mon impuissance face à la vie que je veux écrire, et que c'est en écrivant que je ressens peut-être le plus ce sentiment d'impuissance ? Je ne sais pas, s'interrompit-il en éclatant de rire, et je ne suis pas sûr d'être tout à fait clair ! Si, répondit-elle, c'est très clair. Quand je pense à moi, c'est comme si je me regardais dans un miroir et que je n'y voyais rien ; et quand je t'écoute, c'est comme si je me regardais dans un miroir et que je m'y voyais comme jamais je ne m'étais vue ; je ne pensais pas qu'on puisse rencontrer un jour dans sa vie quelqu'un qui vous ressemble tellement.

La nuit est tombée, l'horizon est rose et la voûte céleste bleu nuit. Judith et Bruno apprivoisent silencieusement leurs confidences, elles continuent à résonner dans leur tête comme la voix claire d'une soprano dans une chapelle baroque. Le jardin est constellé de lueurs, la piscine est une flaque bleu luminescente au milieu du gazon, il n'y a plus rien à boire ; les bouteilles que Judith est allée chercher dans la chambre sont éparses sur les dalles, l'une d'elles est allée rouler jusqu'au bord du bassin, il reste une larme de gin tiède au fond du verre de Bruno. Judith s'étire un long moment, ses pieds nus tendus vers l'hôtel, et l'apparition d'un sourire semble recueillir la douceur de son corps détendu, un sourire comme un long métrage implicite qui la contiendrait toute, elle et son bonheur, qui contiendrait Bruno, béat de bien-être, et ce lieu étrangement féerique. Sa nuque appuyée sur l'armature de la chaise longue, Bruno regarde les palmiers sombres le surplomber : leurs palmes frissonnent dans la brise, des étoiles naissent. Il incline la tête vers Judith et lui sourit, ils se regardent pendant plusieurs secondes.

Leur taxi roulait lentement le long d'une avenue résidentielle. Bruno dévisageait Judith qui, accoudée entre les deux sièges, précisait leur destination. Maybe it's a restaurant, lui disait-elle, or a nightclub ; we asked the reception, at the hotel, they didn't know this place, The Venezia. Judith tourna la tête vers Bruno et lui sourit, leur taxi emprunta un large boulevard. I've never been to Europe, intervint le chauffeur en accélérant, my wife would love to go to Venice ! Lorsqu'ils étaient entrés dans la chambre pour se changer, vers neuf heures et demie, ils avaient trouvé un message de Wasmuth leur annonçant qu'il passerait la soirée avec Hervé au Venezia ; Judith avait téléphoné à la réception pour savoir s'il s'agissait d'un restaurant, yes, Venezia, avait-elle murmuré, ses yeux rivés sur les yeux fixes de Bruno, OK, we'll ask the cab driver. D'immenses villas blanches défilaient derrière son sourire, elle détourna la tête et il vit apparaître des entrepôts rectangulaires plongés dans la nuit. Le regard de Judith, qui fixait un point de la route, était aussi raide qu'une étagère. Bruno y distinguait, alignées comme des bibelots, les pensées qui l'obsédaient : elle regrettait qu'Hervé occupât sa chambre, elle redoutait que leur séjour ne leur permît de s'endormir l'un avec l'autre, elle avait peur que leur aventure ne s'achevât à l'aéroport. Une certitude qui n'était pas sur l'étagère de Judith trônait néanmoins dans la tête de Bruno, problématique : s'il convenait aux circonstances, le romantisme de leur complicité l'irriterait rapidement : elle vivait leur intimité au premier degré, extatique et démonstrative. Le taxi obliqua vers la gauche et emprunta une voie plus large qui contournait la ville, en bordure du désert. J'adore t'entendre parler anglais, avoua-t-il ; c'est très agréable, d'être transporté comme ça par toi dans cette ville inconnue, de t'entendre t'expliquer si musicalement avec ce chauffeur pendant que nous roulons ; c'est une sensation que je n'avais jamais éprouvée. Le taxi s'était immobilisé sur un terre-plein de graviers, c'est très gentil, Bruno, chuchota-t-elle, David aussi adorait ça, il me laissait toujours parler aux chauffeurs de taxi ! I'm quite proud of myself !, l'interrompit le chauffeur en désignant l'enseigne violette du Venezia à travers le pare-brise ; that's what I call good work ! Judith ouvrit son sac, tendit un billet au chauffeur en sortant de l'habitacle, there you go, lui dit-elle, good night, et claqua la portière sur ses remerciements.

Oh !, incredible !, s'exclama Wasmuth en les voyant apparaître devant leur table, here are the two lovers ! Mon Dieu, c'est pas croyable, Wasmuth, traduisit Hervé, les voilà ! Bruno approcha deux chaises et s'installa entre Hervé et Judith, en face de Wasmuth et d'une jeune femme blonde qu'il n'avait jamais vue ; Helen, murmura Wasmuth à l'oreille de la jeune femme, let me introduce you to Bruno and Judith ; Helen leur tendit la main en souriant, nice to meet you, leur dit-elle, nice to meet you, et voici Helen, ajouta Wasmuth en l'enlaçant tendrement, my favourite confrère ; elle bosse dans une boîte anglaise, précisa-t-il, on travaille ensemble depuis quatre ans ; isn't it right, my dear ?, lui demanda-t-il, I've just told them you were my favourite confrère ! On est arrivés il y a une heure, déclara Hervé en aparté à Judith, on a juste eu le temps de descendre deux bouteilles de vin ; les entrées sont infectes, mais la patronne nous a conseillé pour la suite une sorte de bouillabaisse qui n'a pas l'air trop mal ; je vais prendre comme toi, déclara Judith en écartant la carte, tu peux me servir un verre de vin ? C'est ce que je fais de mieux, s'exclama Hervé, ça tombe bien ! Helen va peut-être travailler chez nous, expliquait Wasmuth à Bruno, on était en train d'en parler ; elle remplacerait Sophie, mais c'est encore confidentiel, n'en parle surtout pas à Emmanuel et Margot. La serveuse était arrivée et s'entretenait avec Judith, un bloc-notes à la main ; qu'est-ce que tu prends, Bruno ?, lui demanda-t-elle ; je vais prendre comme vous, la bouillabaisse américaine ; what I've chosen, tenta d'expliquer Hervé à la serveuse en pivotant sur sa chaise, la tête levée, we want two more ; two more specials, commenta-t-elle en griffonnant des abréviations sur son bloc-notes, and what do you want to drink ; nothing, répondit Judith en souriant, just wine. La serveuse ramassa les cartes, plaça son calepin dans la poche de son tablier et s'éloigna. Alors, commença Wasmuth en considérant gravement Bruno, la vie est belle ? Ça va, répondit-il en rougissant, on est restés quatre heures au bord de la piscine, on s'est baignés, on a bu du gin... Le reste ne nous regarde pas, l'interrompit Hervé en fermant les yeux. Ton éthique m'étonne !, commenta Wasmuth, et tu frustres ma curiosité ! On a eu la flemme de passer vous prendre, poursuivit-il en scrutant Bruno avec malice, et vous ne répondiez pas au téléphone. Et on avait un peu peur de déranger, peut-être, Wasmuth, plaisanta Hervé en agitant délicatement les doigts, tu ne crois pas ? Tout à fait, martela Wasmuth, tu as raison de le préciser ! Mais pas du tout, bredouilla Bruno, on était au bord de la piscine ! Tu vois, Wasmuth, s'exclama Hervé, qu'est-ce que je t'avais dit ! Arrêtez vos conneries, protesta timidement Bruno, rouge de honte, c'est pas drôle ! Mais ne te défends pas, l'interrompit Wasmuth, il n'y a pas de mal à ça ! Vivez !, nom de Dieu !, s'exclama-t-il, on est là pour ça ! Tu crois qu'on a inventé les congrès professionnels dans le désert ou sous les tropiques pour qu'on puisse passer nos nuits sans soucis dans nos dossiers ! C'est ce qu'on appelle des compensations, conclut-il, et je peux t'assurer qu'on aurait tort de ne pas en profiter ! La serveuse arriva et déposa sur la nappe un plat de spaghettis et quatre assiettes de soupe, on voyait affleurer ici et là à la surface du liquide rouge l'antenne d'un crustacé. Savourant avec une évidente satisfaction les plaisanteries tendancieuses dont elle était l'objet, Judith corroborait par ses sourires ce que Bruno s'obstinait vainement à nier ; il passa sa serviette sur son visage pour éponger les gouttes de transpiration qui coulaient sur ses joues rougies, et croisa avec gêne le regard de Wasmuth. Allons bon, s'exclama Hervé en approchant son nez du bouillon huileux, il ne manquait plus que ça ! Il plongea sa cuillère dans sa soupe, remua lentement l'inerte population sous-marine du breuvage, Judith portait à ses lèvres un morceau de poisson et adressa à Bruno par-dessus sa cuillère un sourire imperceptible. Mais putain c'est pas possible !, s'emporta Hervé en jetant sa cuillère sur la nappe, c'est vraiment impossible qu'on vous serve quoi que ce soit de mangeable ! Regardez-moi cette immonde mixture ! Il vida d'un trait son verre de vin en grimaçant et posa ses deux poings sur la table, sa cuillère avait projeté sur la nappe des éclats rouges ; j'ignorais qu'il puisse exister des espèces aussi répugnantes au fond de la mer ! C'est vrai que c'est dégueulasse, murmura Bruno, j'ai rarement mangé un truc aussi horrible ; il posa sa cuillère sur le bord de son assiette, s'essuya la bouche avec sa serviette et avala une gorgée de vin. Il faudrait organiser une loterie !, explosa Hervé, au moins on rigolerait ! A game, you know, a lotery !, tenta-t-il de traduire à Helen ; comment tu dis une loterie, en anglais ? A raffle, répondit Judith en riant. OK, a raffèle, poursuivit-il à l'attention d'Helen ; you take your spoon like this, your eyes are closed (Hervé ferma les yeux, levant la tête vers le plafond), you put your spoon in the immonde breuvage (il plongea sa cuillère dans l'assiette), you remue the soup (il fit tourner sa cuillère dans l'assiette) and tout à coup you take your spoon outside of the infame mixture ; Hervé cessa de tourner, remplit sa cuillère de bouillabaisse et rouvrit les yeux : a moule !, s'exclama-t-il en éclatant de rire, I win a moule !, two hundred points ! Helen et Judith furent prises d'un fou rire, j'ai gagné une moule !, répétait-il, a moule !, Helen tapait du poing sur la table et posa ses deux mains sur l'épaule de Wasmuth, he's too funny, hoqueta-t-elle, Judith riait aux éclats elle aussi et plaça subitement sa main sur la cuisse de Bruno. À toi de jouer, ajouta Hervé en tendant sa cuillère à Helen, be careful, I've two hundred points ! Helen plongea la cuillère dans l'assiette d'Hervé, plissa les yeux, renversa sa tête vers le plafond, tourna lentement la cuillère à l'intérieur de la soupe (et pouffa de rire, les lèvres pincées), this game is so stupid, Wasmuth, murmura-t-elle entre ses dents, I can't believe it, where do you find your friends !, elle remua la soupe puis souleva la cuillère. Show me !, explosa Hervé en s'allongeant sur la table, montre-moi ! A leg of crevette !, hurla-t-il, une patte de crevette !, you're so nulle !, it's only ten points ! A leg of crevette !, répéta Helen en s'engouffrant dans une nouvelle tempête de rires, you're so funny !, a leg of crevette !, elle laissa tomber la cuillère dans son assiette de spaghettis et enroula ses bras autour des épaules de Wasmuth, Hervé roula sur le sol et Judith, qui serrait la cuisse de Bruno sous la table, posa son front sur son épaule, not only you have lost, hurlait Hervé sur le sol, accroupi, son menton sur la table, but you have destroyed your spaghettis !, you can't eat any more !, it's finished ! A leg of crevette !, répétait Helen en riant dans les bras de Wasmuth, I've never met a man like that !

La Cadillac roulait sur le Strip au milieu des lumières, Helen s'était installée à l'avant et fumait une cigarette ; assise à l'arrière sur le bord de la banquette entre Hervé et Bruno, ses mains posées sur les appuie-tête, Judith ondulait des épaules en chantant, la radiocassette emplissait l'habitacle des accords de *Street Life* ; la Cadillac dépassa d'un seul élan une ribambelle de limousines, Wasmuth klaxonnait et les accords oxydés des basses semblaient stimuler les cylindres du V6, Helen recevait en plein visage les illuminations des enseignes, les façades parodiques des palaces et les palmiers malingres qui défilaient derrière sa vitre en la frôlant, de furtifs mouvements de sa tête montraient qu'elle était absorbée par le spectacle de la ville. Look !, cria Wasmuth en désignant du doigt un gigantesque bâtiment blanc, c'est le plus grand hôtel du monde ; on va aller y faire un tour ! Bruno fumait, Judith lui présenta l'angle entrouvert de deux doigts, sa tête rythmait *Street Life* d'avant en arrière, ses épaules décrivaient des huit alanguis, elle fit grésiller la braise avec un sourire et lui rendit sa cigarette ; il y eut dans l'habitacle un bref silence, les claquements de doigt du crooner s'éloignèrent, Wasmuth sortit du Strip sur sa droite et emprunta un sentier qui serpentait vers l'hôtel ; l'énorme building blanc tapissa le pare-brise, Helen leva la tête vers la façade dans l'irruption grinçante de *Let's Stick together*.

Les trois portières prune claquèrent presque en même temps, un chasseur s'installa à la place de Wasmuth et conduisit la Cadillac vers un parking. Wasmuth s'éloigna avec Helen à travers l'hôtel, Bruno entendait Judith derrière lui qui bavardait avec Hervé, l'explosif d'une plaisanterie déclencha dans leur poitrine de nouveaux éclats de rire. Helen enroula son bras droit autour des épaules de Wasmuth en sautillant, Bruno alluma une cigarette et s'arrêta au seuil d'une forêt vierge ; le sac à main d'Helen disparut derrière un rideau d'arbres, des cris d'oiseaux résonnaient sous la verrière pyramidale, on entendait la mélodie monotone d'une chute d'eau. Putain, c'est pas croyable !, s'exclama Hervé en posant son avant-bras sur l'épaule de Bruno, une forêt vierge dans un hôtel ! Pénétrant dans la forêt, Judith et Bruno marchèrent côte à côte en contemplant les parterres de fleurs, les troncs poilus des arbres, les mousses pastel qui tapissaient les roches ; ils contournèrent une mare tranquille couverte de nénuphars et écoutèrent, s'élevant de la jungle, des cris d'oiseaux au plumage insensé. Et là, regarde !, s'extasia-t-elle, une chute d'eau ! Judith avait-elle paru un jour aussi heureuse ? Elle jubilait. Une lumière bleue colorait la langue lisse de la cascade, celle-ci s'écrasait sur le ventre indifférent d'une roche plate. Statufiée, exaltée par le tumulte, la bouche entrouverte, Judith semblait laisser se déverser en elle autant de pensées, et avec la même emphase, que les paquets d'eau qui se fracassaient sur les roches. C'est une vraie forêt de conte de fées, lui dit-elle, des larmes dans les yeux, tu ne trouves pas ? Bruno s'aperçut que les autres, trois silhouettes dans un tournant du sentier, riaient aux éclats en les regardant ; si, c'est incroyable, balbutia-t-il en s'éloignant brusquement, c'est incroyable.

L'un des lions blancs s'éloigna, tournant son échine haineuse vers la foule, puis revint le long des vitres, il remuait la gueule avec hargne et lançait pour lui-même d'inutiles coups de griffes. Seules leurs incisives rappelaient aux visiteurs que ces lions immaculés étaient des animaux sauvages, les responsables de l'hôtel les ayant emprisonnés dans un risible décor blanc. La carnation sanguine de ses gencives en gros plan derrière les vitres, le fauve hurla soudain sa haine et fit rire les touristes. C'est vraiment horrible !, explosa Judith d'une voix tremblante, il n'y a rien qui me fasse autant de peine que les animaux qui souffrent ! Ses yeux brillaient, une larme coula, elle s'éloigna en bousculant Bruno et rejoignit l'allée. Sensible, ta copine !, plaisanta Hervé, elle milite pour la défense des animaux ?! Je croyais qu'elle s'occupait des artistes censurés ! Elle est parfois un peu puérile, s'excusa Bruno au milieu des cris du public en rougissant, mais elle est sympa… Et plutôt mignonne !, s'exclama Hervé en lui tapant sur l'épaule ; si elle s'intéresse au sort des espèces en péril, en tout cas, elle ferait mieux de s'occuper de moi ; la ressemblance de cet horrible animal avec ma femme est frappante ! Grrr !, hurla Helen en bondissant sur eux, grrr !, grrr !, grrr ! Hervé éclata de rire en la poussant mollement des mains, it makes you laugh !, you're not afraid ?!, grrr !, grrr !, elle s'agrippa à lui en griffant sa nuque avec férocité puis l'abandonna aussi brutalement qu'elle l'avait assailli, s'éloignant des vitres ; let's have a drink !, folks !, s'exclama-t-elle en traversant la foule, I'm thirsty ! Sa démarche sautillante rythmant la valse de son ivresse, elle s'accrocha au bras de Wasmuth et pivota sur un talon : would you care for a lit-lit-little cocktail ?, no ?, leur cria-t-elle, come on !, let's have fun all night long !

Vous êtes sûr qu'il ne faut pas les attendre, les interrogea Judith après la porte à tambour, ils ne vont pas se vexer ? Si tu veux mon avis, lui répondit Hervé, ils ont essayé de nous larguer ; les taxis sont là, ajouta-t-il en désignant du doigt une longue file d'automobiles. Tu crois ?, insista-t-elle, tu crois vraiment ? Bien évidemment, s'exclama-t-il, tu n'as pas pigé leur manège ! Si tu le dis, consentit-elle, visiblement tracassée. Tiens, vas-y, proposa Hervé à Bruno, prends celui-ci ; non, non, protesta-t-il tristement, allez-y. Le chauffeur fumait tranquillement dans la nuit appuyé au capot, il jeta sa cigarette à moitié consumée sur le sol et ouvrit la portière ; exécutant sur le bitume des pas de danse minuscules, les mains dans le dos, Judith dévisageait Bruno discontinûment. Bon, comme tu veux, répondit Hervé en lui tendant la main, bonne nuit ; bonne nuit, bredouilla Bruno, privé d'ampli, à demain. Hervé s'engouffra dans la voiture, les laissant l'un en face de l'autre à l'intérieur de la nuit, les paupières de Judith frétillaient comme des ailes d'insecte. Bonne nuit, murmura-t-il, à demain ; elle s'approcha et appliqua sur sa joue un long baiser, il l'embrassa à son tour puis elle entra dans la voiture en claquant la portière ; un sourire qu'elle avait conçu dans l'instant réapparut sur ses lèvres à travers la vitre, elle agita les doigts. La limousine démarra, il la regarda s'éloigner au milieu des palmiers à travers la symphonie de lumières du grand building blanc et orienta ses pas vers la voiture suivante.

# V

*Paris, vendredi 25 septembre 1992*

Il y aura trop de jours dans ma vie, se dit-il en contemplant la salle de lecture de la Bibliothèque nationale, il y aura également trop d'années, plus qu'il n'en faut. On ne s'imagine pas à quel point une vie, si on redoute qu'elle soit courte, peut être affreusement longue. Que faire d'une vie entière avec les rares sensations vives qu'on abrite ? L'extrême intensité des sensations qui nous stimulent peut-elle durer et nous soutenir l'espace d'une vie ? On porte en soi, qui nous illuminent et nous orientent, qui agissent comme des approbations clignotantes, une ou deux sensations originelles : comme le souvenir d'une maison qu'on aurait vue en rêve, une masure sur une falaise, et qu'on chercherait toute sa vie dans la réalité ; dans cette masure vous avez croisé une femme dont vous n'avez vu que les pieds, des pieds très pâles dont les ongles sont peints en rose, vous chercherez cette femme toute votre vie et l'intense espoir que vous la trouverez vous fera vivre. Vous identifiez ainsi quelquefois dans la vie une parenté inexplicable entre une situation précise et l'une des sensations capitales qui vous constituent, et vous vous accrochez à cette situation, vous l'explorez comme si vous rentriez en vous à la recherche de votre point d'origine ;

telle nuit dans telle ville avec telle femme rencontrée par hasard, pareille équation miraculeuse vous rapproche du point vital de votre être, vous le sentez bien, celui-là seul qui vous fait vivre. Bruno lève la tête : la salle de la Bibliothèque nationale où il s'est retiré pour écrire lui semble aussi vide qu'un ciel pluvieux, des milliards de livres tapissent les murs circulaires sur plusieurs étages, il doit bien y avoir quinze mètres de hauteur sous les voûtes. Des journées inutiles comme celles-là, se dit-il, on devrait pouvoir les arracher d'un grand geste crépitant comme les pages d'un cahier à spirale. Ces journées-là, s'il vivait sa vie comme on écrit, il les jetterait à la corbeille. Que resterait-il d'une vie si on la relisait comme on retravaille un manuscrit ? Combien de jours nous resterait-il ? Assez peu, se dit-il, sans aucun doute. Et aujourd'hui, en dépit des efforts qu'il fait et qu'il n'a jamais cessé de faire, son point d'origine est enseveli, aucune sensation capitale ne clignote plus pour l'orienter, la voix basse des encouragements qu'il profère à l'adresse de ses ténèbres ne porte plus, elle contourne ses sensations comme la voix d'un professeur d'amphithéâtre un élève assoupi ; et Bruno, n'entendant plus que sa propre voix qui se dévide, vide de sens, vide de tout pouvoir sur lui, est suspendu dans l'espace de cette salle silencieuse comme le lustre éteint qui surplombe l'ennui des lecteurs.

La veille, en revanche, se souvient-il en longeant des yeux les coursives de la salle, il a passé la soirée à l'intérieur de l'une de ses sensations capitales comme à l'intérieur d'un palais ; il a regardé tomber la pluie rue Vivienne accoudé à une fenêtre de l'édifice, attablé à la terrasse d'un bar à vin. C'était sublime, grandiose, magnifique, une plénitude si orchestrale régnait dans l'atmosphère qu'il lui semblait que la nuit s'était alliée à son cerveau : il avait jailli à lui-même en contemplant la rue, comme si celle-ci, à la manière d'un miroir noir, avait reflété ses pensées. La nuit vient de tomber, une pluie fine dévale les parois de la nuit entre les lumières. Bruno porte le verre de vin à ses lèvres, une jeune femme surgit du trottoir sur la terrasse, lisse des deux mains sa veste trempée puis lève les yeux : la pluie continue d'enduire la nuit, d'humidifier l'éclat des lumières, de brouiller les cartouches des taxis. Il est dix-huit heures, l'heure à laquelle les entreprises déversent sur les trottoirs leurs employés. Exactement au même instant, comme répondant à l'injonction d'un carillon monumental, la nuit s'est répandue, les employés du quartier se sont dispersés sur les trottoirs et la pluie s'est mise à tomber. Fuyant dans la nuit les néons des bureaux, se précipitant sur les trottoirs pour échapper à la pluie, tous ces individus semblaient courir dans leur énigme : comme si, pour la première fois, habités par les splendeurs de l'automne, guidés par les signaux d'une sensation capitale, ils avaient tous un rendez-vous décisif. C'était bouleversant, cet élan à la fois collectif et individuel, orageusement collectif et éminemment individuel, et Bruno sentait gronder dans sa poitrine des sanglots reconnaissants. Il n'y a que les soirs de septembre qui apportent cette sensation, pensait-il, et la pluie la renforce. Seuls les soirs de septembre donnent l'impression de voir le monde pour la première fois, apportent la certitude que les passants les plus anodins, figures historiques de leur propre existence, un rêve ancien illuminé dans leurs pensées comme un monument dans la nuit, s'acheminent *quelque part*. L'aura des femmes croisées dans la rue n'est-elle pas comparable, les soirs de septembre, à une immense et mystérieuse forêt nocturne ? N'a-t-on pas la sensation de n'avoir qu'un geste à faire, qu'une parole à prononcer, parfois même qu'un coup d'œil à donner, pour entrer dans leur vie comme sur une route de forêt – et la suivre en première, guidé par le désir d'entendre dans leur intimité le hululement d'une chouette, d'apercevoir à la lumière des phares des sangliers craintifs, de découvrir des clairières féeriques ? Le sac à main d'une femme posé sur une chaise, un soir de septembre, ténèbres de cuir à l'intérieur desquelles on aperçoit des clés, une brosse, un poudrier, un portefeuille, un bâton de rouge à lèvres, n'est-il pas semblable à la voûte d'un ciel étoilé, c'est-à-dire un univers ? Ces sublimes nuits de septembre, quand les femmes écrivent leurs lettres sur les tables des cafés, en lisière des vitres, n'est-ce pas la nuit même qui coule de leur stylo ? Bruno avale une gorgée de vin, pose son verre sur la table, croise ses jambes, la pluie ressemble à un rideau de perles translucides tombant à la verticale de la bâche, un couple se précipite sur le trottoir à l'abri d'un parapluie pliant. Un autre que lui attablé sur la terrasse et le voyant courir sous la pluie vers l'abri-bus pourrait-il supposer qu'il se précipite lui aussi *quelque part* ? Bruno allume une cigarette en observant la jeune femme trempée qui hésite à entrer dans la pluie, il tient Judith dans ses bras le long des grilles de Gramercy Park ; il fait nuit, des joggers les dépassent, les klaxons des taxis résonnent comme des cris d'oiseaux, des bâtiments nervurés d'escaliers rouillés les entourent. Bruno est heureux, sur ce trottoir new-yorkais, il sent bien qu'il n'a jamais été aussi heureux, il sent bien qu'il est en cet instant au cœur même de l'une de ses sensations originelles – épiphanie hivernale au milieu des gratte-ciel. Bruno pose son verre sur la table, allume une cigarette, décroise les jambes, l'enseigne verte d'une pharmacie clignote un peu plus loin sous la pluie. Quand il était enfant, se dit-il en clignant mécaniquement des yeux de telle sorte que l'enseigne n'est plus qu'une tache baveuse suspendue dans la nuit, il construisait dehors avec des pierres plates des maisons élémentaires. La déclivité sur laquelle il avait bâti sa bergerie miniature était pour lui une colline, les pissenlis des palmiers jaunes, les brins d'herbe de hauts arbres, les graviers des roches rondes : l'univers se réduisait à l'échelle de sa maison, sa minuscule bâtisse était le centre absolu du monde. Bruno lui-même se réduisait à l'échelle de sa bergerie, marchait le long des murs, se faufilait à l'intérieur. Et c'est cette sensation, la sensation du fonctionnement parfait d'une rêverie à l'intérieur d'un lieu fabriqué, la sensation du fonctionnement parfait d'un lieu imaginaire à l'intérieur de l'univers, c'est cette sensation d'un lieu mental idéal ramenant à son échelle et aux données d'un imaginaire sans limites l'ampleur et la brutalité du monde qu'il avait éprouvée ce soir-là à Manhattan. Bruno caresse d'un doigt son verre de vin et lève la tête, il a superposé ce soir comme par miracle à l'une de ses sensations capitales un lointain souvenir d'enfance, association subite et lumineuse, victoire sur l'indicible, il lève son verre comme s'il portait un toast à la nuit ; la jeune femme qui s'est abritée sous la bâche le dévisage avec surprise et se précipite sur le trottoir à travers la pluie comme un spectateur pénétrant l'écran d'une salle de cinéma – et s'enfuit dans les lumières mouillées vers l'appel fascinant d'une fiction.

Bruno montre son verre vide au serveur à travers la vitre, lui fait comprendre d'un hochement de tête qu'il en désire un autre puis continue à contempler les jambes croisées d'une jeune femme rousse assise en face de lui, sa jupe relevée laisse entrevoir la lisière de ses bas. L'épaule d'un Américain qui s'est attablé avec sa femme sur la terrasse lui dissimule la poitrine de la jeune femme, celle-ci porte son verre de bière à ses lèvres et lui adresse un regard qui est un imperceptible acquiescement. Le serveur apporte à Bruno un verre de vin, voilà, lui dit-il, et s'éloigne en entraînant la jeune femme rousse. Un magazine de mode planté dans son sac, celle-ci pénètre dans la salle en ouvrant un porte-monnaie minuscule. Elle regarde furtivement Bruno par les vitres, sa bière à peine entamée est restée sur la table, un baiser rouge est imprimé sur le verre. Bruno avale une gorgée de vin, il pleut toujours, relève son col, jette un coup d'œil sur l'éclatante chevelure de la jeune femme, allume une cigarette. Courbés sous la pluie, trempés, grelottants, les passants précipitent leurs pas dans tous les sens. Les phares blancs des automobiles éclairent les striures de la pluie, la chaussée n'est plus qu'un parterre de papillons translucides. La jeune femme ressort, dévisage fixement Bruno, il regarde ses longues jambes crème au milieu des imperméables, elle lui sourit sans bouger les lèvres puis s'éclipse, il la voit courir sans parapluie sur le trottoir le long d'une vitrine éclairée. Bruno repose son verre de vin sur la table et Judith lui sourit, elle lui sourit en mordillant son verre de vin comme une enfant, il écorne une carte sur laquelle on peut lire Pete's Tavern. Elle le regarde en souriant, éperdue de bonheur, et prend sa main dans la sienne. Leurs mains sont froides, gelées par une longue promenade qu'ils ont faite sur les bords de l'Hudson. Ils ont marché dans Tribeca sous la pluie, ils s'enlaçaient, riaient, couraient, enjambaient les flaques, sautaient des quais des entrepôts, ils se sont ensuite orientés vers Union Square à travers les lumières de la ville, les sirènes des ambulances, les klaxon des taxis, ils ont longé les grilles luisantes de Gramercy Park avant d'aller boire un verre chez Pete's Tavern. La femme de l'Américain rejette ses longs cheveux bruns crêpés derrière ses épaules, c'est la même chevelure que celle de Judith, l'homme frotte les mains de sa femme, les guirlandes de Noël de Pete's Tavern étincellent dans les lumières de la rue Vivienne. Par quel miracle cette promenade anodine dans Tribeca s'est-elle ancrée en lui au point de hanter ses pensées deux ans plus tard comme s'il l'avait vécue la veille ? Ces souvenirs ne sont-ils pas ce qu'il possède de plus précieux ? Ne lui suffit-il pas d'évoquer cet instant où Judith et lui se sont arrêtés le long des grilles de Gramercy Park pour sentir vibrer en lui son point d'origine ? Cette sensation capitale ne va-t-elle pas guider ses pas dans la vie désormais vers ces lieux mentaux idéaux où il pourra éprouver à nouveau un bonheur identique ? Et s'il est certain de n'avoir jamais été aussi heureux qu'à New York en ce mois de décembre de leurs retrouvailles, n'éprouve-t-il pas ce soir la sensation de n'avoir jamais été aussi heureux qu'en s'en souvenant ? Reflété par les miroirs noirs de la rue Vivienne, une pluie fine de questions graves striant ses pensées, Bruno sort son portefeuille pour régler l'addition. Il voit passer sur le trottoir, portant des sacs Félix Potin, la jeune femme rousse dont la chevelure trempée s'est obscurcie ; en passant devant la terrasse, elle pense à tourner la tête vers lui.

Un homme pousse un chariot sur l'une des plus hautes coursives de la salle de lecture, plusieurs mètres en surplomb des tables. La lumière qui tombe des lucarnes s'est assombrie, les abat-jour brillent maintenant dans une pénombre propice à l'étude ; les crayons courent plus vite, l'index gauche de sa voisine se promène avec assurance sur un grimoire gondolé. Quelle heure peut-il bien être ? Cet après-midi tortueux l'a-t-il conduit sur l'autre rive plus rapidement qu'il ne l'a cru ? Bruno regarde l'heure sur le réveil de la jeune femme, il est dix-sept heures trente, et sort d'une poche de sa veste une annonce découpée dans un journal. Entrez dans le cercle de la réussite ! Leader européen réalisant un CA de 2,6 milliards de francs, nous concevons, fabriquons et commercialisons une gamme de robinetterie industrielle pour le bâtiment, l'automobile et la construction navale. La qualité et la disponibilité rapide de nos robinets sont reconnues sur nos marchés. Aujourd'hui, dans le cadre de notre développement, nous recherchons notre RESPONSABLE DE LA COMMUNICATION ROBINETTERIE, rattaché au directeur général. Mettre en œuvre les actions marketing-communication et les suivre efficacement (édition – presse – salons – promotions) sera votre réussite principale. En contact permanent avec nos équipes de vente pour les applications régionales, vous aurez à faire des préconisations pertinentes. Vous avez une formation bac + 2 minimum et une expérience de quatre ans dans la presse ou la communication. Une grande vitalité, un esprit vif et positif, le sens de l'investigation, une grande capacité d'organisation concrète et une volonté d'intégration vous permettront de réussir. Basé à Pantin (93), ce poste nécessite une grande disponibilité. Putain, Pantin... Il glisse l'annonce dans une poche de sa veste, la jeune femme transcrit les caractères gothiques du grimoire à une vitesse ahurissante ; des kleenex, un réveil, une trousse rouge d'écolière s'étalent sur la table, un paquet de Pailles d'Or dépasse de son sac. Bruno considère la jeune femme avec envie, son attitude appliquée renvoie des échos de cathédrale, de beaux échos dont la durée renseigne sur l'ampleur de la nef : derrière ses yeux noisette, une nef nocturne emplie d'abnégation, de patience, de dates, de références bibliographiques. Par quel prodige la société dispense-t-elle cette jeune femme de prendre part à ses conneries stériles, de répondre à des annonces, de promouvoir des robinets ? C'est Margot, la semaine dernière, qui a découpé cette annonce dans un journal du soir, qui l'a convaincu d'y répondre, qui a rédigé sa lettre de candidature ; elle prétend que ses compétences peuvent s'appliquer aux livres sur les poissons comme aux robinets, aux abrasifs industriels comme aux sèche-cheveux, et qu'il doit se résoudre à mettre son expérience au service de n'importe quel secteur d'activité. La jeune femme pivote brusquement vers lui et l'observe, ses yeux noisette ne laissant entrevoir de l'intérieur de la cathédrale qu'une pénombre inspirée – et la dureté de la foi. Laissez-moi tranquille, cisèle-t-elle dans un murmure, ou j'appelle le gardien. Le pull-over de la jeune femme peluche aux manches, sa jupe écossaise doit être vieille de plus de vingt ans, elle porte des souliers d'homme. Bruno se lève, vaincu par la sévérité du verdict, et fait résonner les dalles de la salle jusqu'à la porte de sortie.

À Pantin, un taxi le déposa devant une imposante façade de briques. Il poussa la porte vitrée, traversa un hall immense et apparut devant une standardiste. Bonjour, s'annonça-t-il, j'ai rendez-vous avec Bertrand Brochard à dix-huit heures. Votre nom, maugréa-t-elle ; Bruno Stepffer, répondit-il. La standardiste contourna le comptoir, pria une dénommée Monique qui tricotait sur une chaise de répondre au téléphone et précéda Bruno sur le carrelage géométrique du hall. Ils laissèrent sur leur droite un escalier monumental, une pancarte parallèle à la rampe indiquait les bureaux de la direction, et s'engagèrent dans un couloir éclairé par de simples ampoules. La standardiste poussa une porte battante et entreprit de gravir un minuscule escalier, ses bas crème laissaient voir des varices, un extincteur décorait chaque palier. Bruno en avait déjà dénombré trois, haletant et désorienté, quand sa sherpa consentit à lui fournir une explication. C'est un raccourci, s'excusa-t-elle, les ascenseurs sont en réfection ; nous serons plus vite rendus. L'extincteur du cinquième étage avait été volé, la standardiste poursuivit l'ascension jusqu'au palier suivant, poussa une nouvelle porte battante. Des dessins pâlis représentant des robinets ornaient les murs du long couloir qu'ils empruntèrent, ils s'engagèrent sur une passerelle qui surplombait la cour de l'usine ; Bruno aperçut une cheminée en brique, des ateliers vitrés, des bicyclettes rangées sous un abri, ils débouchèrent sur un couloir ténébreux. La standardiste s'approcha d'un bureau vitré, un homme d'un certain âge assis derrière une table les aperçut, il se dressa et claudiqua vers la porte en ronchonnant ; les flammes violettes d'un réchaud à gaz posé sur son bureau chauffaient une vieille casserole, une odeur de choucroute emplissait l'atmosphère. C'est pas trop tôt, dit-il à la standardiste ; Monique n'était pas là ? Si, c'est pas ça, tu sais très bien, répondit-elle en lui tendant une enveloppe en papier kraft ; tiens, les voilà. Mieux vaut tard que jamais, commenta l'homme en lançant l'enveloppe sur sa table ; et la prochaine ? J'en sais rien, répondit la standardiste, t'as qu'à voir ça avec Jean-Claude. Jean-Claude est en arrêt maladie, répliqua l'homme en caressant son bouc, tu n'es pas au courant ? Il faut que j'y aille, René, l'interrompit-elle, monsieur a rendez-vous avec Brochard. L'homme toisa négligemment Bruno, esquissa un sourire d'une imperceptible ironie, sortit d'une poche de son pantalon une pipe et un paquet de tabac ; débrouille-toi mieux avec Monique pour le 28, ajouta-t-il en considérant à nouveau la standardiste. Celle-ci s'éloigna, contrariée, traînant Bruno derrière elle, et s'approcha d'un ascenseur ; le sol était carrelé, les murs crème étaient sales, un prospectus punaisé sur un panneau du comité d'entreprise proposait un voyage en Égypte. Les portes de l'ascenseur s'ouvrirent, ils pénétrèrent dans la cabine, la standardiste appuya sur un 4 noir inscrit sur une pastille rouge. Excusez du contretemps, s'excusa-t-elle, c'était sur la route ; nous sommes presque arrivés. Bruno s'inspecta dans la glace, il s'était connu plus séduisant, la veille il était nettement plus beau, ça changeait tous les jours ; les autres s'en rendaient-ils compte ? Le timbre de l'ascenseur tinta, les portes s'ouvrirent, ils débouchèrent sur un couloir couvert d'une moquette rouge ; disposées sur les murs dans des encadrements métalliques, des photographies publicitaires sublimaient les robinets fabriqués par la firme. La standardiste s'immobilisa près d'un bouquet de glaïeuls disposé sur une console et frappa à une porte, Bruno considérait la photographie d'un robinet qui ressemblait à une sculpture ; on entendait, provenant du bureau, les assauts retentissants d'une symphonie romantique. La standardiste hésita, sachant que le directeur général n'entendrait pas ses toc toc circonspects, sachant qu'elle-même ne l'entendrait pas lui répondre, ne sachant trop si elle pouvait se permettre d'entrer, ni dans quelle posture extravagante elle le trouverait. Elle frappa à nouveau, le robinet SX-3000 équipait les surgénérateurs des sous-marins nucléaires, elle se tourna vers lui avec un sourire gêné qui semblait dire « tant pis, allons-y » et entrouvrit la porte. Allongé sur une méridienne, Bertrand Brochard lisait un livre ancien habillé d'une reliure en cuir ; un labrador qui bondissait dans la pièce étreignit la standardiste, dressé sur ses pattes postérieures comme un animal de cirque. Brochard leva négligemment la tête, ferma son livre avec un claquement sec et s'approcha, la standardiste s'était éclipsée ; je suis Bruno Stepffer, balbutia-t-il en s'entendant à peine, nous avions rendez-vous à dix-huit heures ! Brochard lui désigna un coin salon, Bruno posa sa sacoche par terre et s'installa dans un fauteuil en cuir ; le labrador dansait sur la symphonie, courait d'un bout à l'autre de l'immense pièce, improvisait des chorégraphies furieuses en bondissant sur la moquette. Vêtu d'une veste gris perle à col Mao, d'une chemise blanche ouverte sur un puissant thorax, d'un pantalon cigarette à fines rayures, Bertrand Brochard était d'une élégance et d'une beauté stupéfiantes ; Bruno s'était attendu à trouver un homme gris, terne, myope, adipeux, l'équivalent d'un robinet d'évier. Enchanté de faire votre connaissance !, commença Brochard en élevant la voix pour se faire entendre, votre courrier a retenu toute mon attention ! Je vous remercie !, répondit Bruno en tentant de percer les accords de la symphonie, c'est très aimable ! Brochard avait déposé son livre sur la table, Bruno inclina la tête et découvrit qu'il s'agissait des *Pensées* de Pascal ; aucun papier, aucun dossier, aucun parapheur ne traînait nulle part dans la pièce, la table du directeur général n'accueillait en tout et pour tout qu'un téléphone design et un stylo Mont-Blanc. Pour quelles raisons avez-vous répondu à cette annonce ?!, reprit Brochard avec un sourire malicieux ; vous vous intéressez aux robinets ?! Ça commençait bien, le manager désœuvré l'entraînait d'emblée sur une pente savonneuse, il semblait pourtant parfaitement évident que personne ne s'intéressait *a priori* aux robinets ; il était impératif d'éviter cet écueil inaugural avec talent, sous peine d'être congédié avant la fin de la symphonie. Il n'est pas dans mes intentions d'essayer de vous faire croire que j'ai toujours rêvé de travailler dans la robinetterie !, répondit Bruno en renvoyant au directeur général son rictus malicieux, ni que mon expérience dans les publications aquariophiliques me conduisait tout naturellement vers ce secteur d'activité ! Du genre : des poissons aux robinets, il n'y a qu'un pas ! Non !, poursuivit-il en s'arrachant la gorge, je n'aurai pas l'outrecuidance d'aller jusque-là ! En revanche, l'expérience et les techniques que j'ai acquises peuvent être mises au service de n'importe quel secteur d'activité ! Robinets, sèche-cheveux, abrasifs industriels, peu importe, hurla-t-il, du moment qu'il est possible de mettre à profit mes compétences ! Brochard considéra Bruno longuement, sortit un gros cigare d'une poche de sa veste, considéra sa texture rêche de la même manière attentive qu'il avait considéré Bruno et ferma doucement les yeux ; le rythme de la symphonie s'était ralenti, cet adagio lascif devait être son passage préféré, les mots « abrasifs industriels » continuaient à résonner désagréablement comme des cymbales dans la tête de Bruno. Le directeur général rouvrit les yeux, promena une langue discrète le long du cigare et sourit. Je vous ai convoqué pour voir quelle tête vous aviez !, reprit-il, pour voir la tête du type dont l'expérience est résumée dans les deux pages que j'ai reçues ! Comment pouvez-vous m'expliquer, ou vous expliquer à vous-même, qu'on puisse passer des études que vous avez faites à cette expérience élitiste de vendeur de poésie, puis à ce poste de promoteur international de publications sur les poissons, puis à cette extravagante expérience de free-lance que vous décrivez dans votre curriculum vitae, puis à cette candidature qui vous fait courir le risque d'associer votre destin à celui d'une firme de robinets ! Je peux vous dire tout de suite, cher ami, et sans doute pour votre plus grand soulagement, que vous ne correspondez pas du tout au profil du poste ! Le labrador cessa ses sprints circulaires puis s'approcha du coin salon la langue pendante, reniflant soudain l'entrejambe de Bruno ; il écarta poliment l'animal avec un vague sourire gêné, Brochard considérait la scène avec amusement. Pour quelles raisons ma candidature ne vous semble-t-elle pas adaptée au profil du poste ?!, déclara-t-il pour détourner l'attention du directeur général ; ne considérez-vous pas la variété de mes expériences comme un atout ?! Si, sans aucun doute !, hurla Bertrand Brochard, il ne s'agit pas de ça ! De quoi s'agit-il, alors !, enchaîna Bruno en écartant la truffe fouineuse du labrador, de quoi s'agit-il ! Le directeur général désigna la silhouette de Bruno d'une main descriptive : commençant son long périple accusateur par sa chevelure, elle l'acheva six secondes plus tard par ses chaussures ; cette démonstration silencieuse terminée, il alluma son cigare. Bruno avait croisé les jambes et, de la manière la plus naturelle et pacifique qui soit, un sourire artificiel sur les lèvres, tentait de maintenir le labrador à bonne distance ; il devait lutter simultanément, opération délicate en l'occurrence, contre l'animal, la symphonie, la fumée du cigare et la troublante beauté du directeur général, qui profitait des explorations fantaisistes de l'animal pour hasarder des coups d'œil circonspects sur son entrejambe : il n'avait jamais connu d'entretien plus épuisant. Cette esthétique particulière porte un nom, cher ami, conclut Brochard : dandysme ! Et je ne pense pas qu'elle soit particulièrement appréciée des industriels rudimentaires avec lesquels nous travaillons ! Plus sérieusement, ajouta-t-il, j'ai l'intuition qu'un tempérament rêveur comme le vôtre, car il n'est pas contestable que vous êtes un jeune homme sensible et idéaliste, peut difficilement s'accommoder des préoccupations bassement matérialistes de nos clients ! Vous pouvez me contredire, naturellement ! Profitant sans doute du relâchement d'attention qu'avaient produit sur Bruno les commentaires du directeur général, le labrador revint à la charge avec espièglerie et s'empara à pleines dents d'une des deux jambes de son pantalon ; Bruno enjamba l'accoudoir gauche en écartant la gueule de l'animal avec délicatesse, tout doux, gentil, murmurait-il entre ses dents, et s'éloigna du fauteuil. Sultan !, hurlait Brochard, arrête immédiatement ! Ici, Sultan ! Allez, aux pieds ! Accroupi face à Brochard, Bruno rajustait calmement l'ourlet de son pantalon ; il est très amusant, ce chien, déclara-t-il, il a quel âge ? Le directeur général se leva, caressant d'une main tendre l'encolure du labrador, et s'approcha ; deux ans, répondit-il. Vous n'avez pas tout à fait tort, quand vous parlez d'idéalisme, enchaîna Bruno lorsqu'il fut debout, même s'il me semble que dans le travail tout est affaire de détermination ! Je me sens tout à fait capable, dès lors qu'en soi la communication *business to business* m'intéresse, de supporter le prosaïsme de vos clients ! D'autant plus qu'il existe en moi une dimension matérialiste que vous ne soupçonnez pas ! Efficacité, capacité de travail, esprit d'équipe, sens de l'organisation ! Mais il me vient une idée, soudain, l'interrompit Brochard en rajustant la cravate de Bruno, il me vient une idée ! Dans un trimestre, le responsable des relations publiques de l'une de nos filiales part au Japon ! Ce poste, en revanche, vous conviendrait parfaitement ! Il s'agit d'une firme de cosmétiques ! Vous m'êtes plutôt sympathique, Stepffer ! Et Sultan, qui possède un jugement sûr, vous apprécie ! Nous passerons une annonce dans la presse, mais je vous convoquerai directement ! Merci beaucoup !, répondit Bruno, la voix cassée, j'ai été très heureux de faire votre connaissance ! Bertrand Brochard honora Bruno d'une poignée de main sportive et s'orienta vers son bureau, la symphonie s'achevait ; le labrador le raccompagna jusqu'à la porte, Bruno la ferma délicatement derrière lui ; la standardiste, qui patientait dans un fauteuil en cuir en lisant un roman rose (qui devait être meilleur que celui qu'il essayait d'écrire, pensa-t-il en éprouvant soudain une violente tristesse), se leva avec lenteur et vint à sa rencontre.

# VI

*Las Vegas, lundi 4 juin 1990*

Bally's, please, ordonna-t-il au chauffeur, la voiture suivit l'allée plantée de palmiers et s'arrêta en bordure du boulevard derrière le taxi d'Hervé et Judith. Au-delà des épaules du chauffeur et du tableau de bord illuminé, il apercevait leurs têtes tournées l'une vers l'autre ; les soudaines saccades des épaules d'Hervé indiquèrent qu'il riait, puis Judith se mit à rire à son tour et posa son visage sur la vitre, leurs silhouettes sombres tremblaient dans l'habitacle. Leur taxi tourna à gauche sur l'avenue, celui de Bruno s'éloignant vers la droite.

Wasmuth n'était pas rentré, il était tard, près de deux heures du matin, Bruno passa ses mains sous l'eau et humecta son visage, il faisait encore extrêmement chaud. Seule une lampe de chevet brûlait dans la chambre, l'obscurité silencieuse des montagnes commentait ses déplacements sur les vitres, il vida ses poches sur la table de nuit et alluma une cigarette. Il suspendit son pantalon dans la penderie, tira une bouffée colérique, déposa sa cigarette en équilibre sur la margelle du cendrier et alluma la télévision. J'aurais dû changer de chambre, monologua-t-il en inspectant la télécommande, c'est pas possible d'être aussi con ; il appuya sur une touche verte, décrypta sur l'écran une annonce préventive et vit surgir un sexe énorme. Une langue agile le taquinait, le gland dansait sous ces espiègleries comme la hune d'un navire, puis la jeune femme le planta dans sa gorge. Un plan large se substitua à l'intimité du plan rapproché : il s'agissait d'un adolescent. Bruno avait envoyé voler son caleçon dans la chambre et caressait son sexe avec application, la ville clignotait dans la nuit, il surprit sur la vitre son visage grimaçant, une goutte de sperme perla ; les fesses de la jeune femme le subjuguaient, sa poitrine tremblait, elle était accroupie sur ses talons aiguilles et portait des bas noirs, une épaisse substance blanche coula tout à coup sur les lèvres de la jeune femme qui s'empara du sexe en l'agitant, des gerbes de sperme giclèrent sur sa chevelure platine et sur son front, elle réagissait avec surprise à chacune des salves qui frappaient son visage éperdu, béate et incrédule, les yeux fermés, un sourire fixe sur les lèvres ; Bruno haletait, un orgasme fit irruption dans son sexe comme un peloton de cyclistes sur une avenue et roula vers la ligne à vive allure, il secoua son membre en dévorant des yeux les mains pulpeuses de la jeune femme et pila net en bordure de l'orgasme en hurlant, hébété. Il regarda les boulevards de couleurs de la ville en s'essuyant les tempes, l'enseigne lumineuse d'un casino ruisselait le long du reflet de son sexe. L'orgasme s'était éloigné, il le fit revenir du bout des doigts, pensa à Judith en jouant avec l'imminence de sa jouissance, elle était allongée nue sur une chaise longue et enduisait d'huile solaire son épaisse poitrine blanche, l'orgasme tournait autour de sa résolution comme la bille étincelante d'un jeu miniature autour d'une encoche. Il ferma les yeux à nouveau, putain, murmura-t-il, secoua son sexe avec frénésie en soupirant, Deborah déboutonna sa jupe, dansa en se déhanchant en même temps qu'elle tirait la jupe de ses deux mains, elle en sortit comme d'un cercle tracé à la craie sur le sol et Bruno déchargea sur Las Vegas en hurlant, Judith s'était couchée sur le ventre et l'invitait à la pénétrer, deux nouvelles salves s'écrasèrent sur les vitres. Bruno souffla, haletant, maintenant son sexe souillé à l'écart des coussins, quel con, chuchota-t-il, les giclures de sperme coulaient sur les vitres ; l'une d'elles glissait dans la nuit sur les flancs d'une montagne puis disparut parmi les lumières de la ville.

Bruno rinça son sexe dans la salle de bains et revint dans la chambre avec une serviette blanche, il acheva de nettoyer les vitres puis frotta la moquette, j'aurais dû m'imposer, marmonna-t-il, disparaître avec elle et laisser Hervé en plan, ou lui dire d'aller dormir avec Wasmuth, le pire c'est qu'il l'aurait fait, il m'aurait dit bien sûr, amuse-toi bien, elle en mourait d'envie ! Il entra dans la salle de bains, jeta violemment la serviette à l'intérieur du lavabo et la rinça, maintenant ils boivent du scotch, lumière tamisée et compagnie, demain elle t'adressera à peine la parole ; i-nou-ï, ce mec, murmura-t-il en imitant Judith, i-nou-ï ! Bruno ferma les robinets, essora la serviette au-dessus du lavabo et la disposa sur la baignoire ; en plus Hervé va lui parler de moi, c'est sûr, poursuivit-il en sortant de la salle de bains, pas méchamment, non, conversation feutrée, confidences, anecdotes… C'est drôle, susurra-t-il avec féminité en s'approchant des vitres, je ne l'imaginais pas comme ça du tout ; moi aussi, au début, je pensais qu'il était intelligent, reprit gravement Bruno, mais à mon avis il n'arrivera pas à grand-chose ; il est mal dans sa peau, c'est un complexé, et les complexés sont toujours un peu sournois, on ne peut pas leur faire confiance ; je ne pensais pas, chuchota-t-il en imitant Judith, tu fais bien de me prévenir... Bruno aperçut sa cigarette éteinte sur le rebord du cendrier, long cylindre de cendre écroulé, et feuilleta un prospectus qui traînait sur la table de nuit. Connard !, hurla-t-il en s'écroulant dans le fauteuil, homoncule de merde ! Il se leva, sortit du bar une petite bouteille de scotch et la vida d'un trait.

Bruno ramassa les bouteilles dispersées sur la moquette et les lança dans la poubelle, fait chier, balbutia-t-il en titubant, il s'allongea par terre, jeta sous le lit un long regard circulaire et aperçut dans l'ombre une bouteille de Martini, il releva la tête, engagea un bras jusqu'à l'épaule à l'aveuglette et fit rouler la bouteille à la lumière, il se leva et la jeta dans la poubelle ; il prit la poubelle, sortit dans le couloir en caleçon, chercha la porte d'une buanderie, trouva une porte sans numéro et tourna la poignée, bordel de merde, jura-t-il, un homme passa dans le couloir qui considéra sa nudité avec étonnement, il trouva à l'extrémité du couloir une nouvelle porte fermée, revint sur ses pas, appela un ascenseur, les portes s'ouvrirent, il versa les déchets dans la cabine, appuya sur le bouton du rez-de-chaussée et s'éloigna.

Le lendemain matin, Bruno fut réveillé par les déplacements circonspects de Wasmuth dans la chambre ; il avait mal à la tête, son haleine sentait l'algue, les calomnies qu'il avait proférées durant la nuit traînaient dans sa cervelle comme des coquilles d'huîtres sur une table le lendemain d'un dîner. Salut, lui dit Wasmuth, la musique ne te dérange pas ? Non, ça va, répondit-il évasivement, j'aime bien la musique californienne ; il est quelle heure ? Huit heures, déclara Wasmuth en entrant dans la salle de bains ; j'ai un rendez-vous dans une demi-heure, tu prendras la Cadillac. Bruno entendit les pschitt pschitt d'un vaporisateur, Wasmuth posa son eau de toilette sur la tablette du lavabo et sifflota ; Rod Stewart est anglais, commenta-t-il ironiquement, un pur Londonien ! Il interrompit l'écoulement du robinet, apparut dans la chambre en riant et fit glisser d'une chaise une cravate rouge qu'il noua avec une dextérité surprenante en marchant vers la table. Je pensais qu'il était californien, bredouilla Bruno en frottant ses paupières ; c'est une Versace ? Non, pas celle-ci, répondit Wasmuth avec gravité, c'est une cravate que j'ai achetée à New York l'année dernière. Il ajusta son col, perfectionna l'allure du nœud, tria des papiers sur la table et verrouilla sa sacoche ; qu'est-ce qu'ils foutent, ajouta-t-il en consultant sa montre, j'ai appelé il y a une demi-heure ! Bruno sortit des draps, enfila son caleçon de la veille, traversa la chambre avec pudeur et couvrit ses épaules d'une chemise. Tu es rentré à quelle heure ?, hasarda-t-il. Tu ne sais pas ?, répondit Wasmuth. Non, je ne t'ai pas entendu rentrer ; Bruno boutonna sa chemise, une chemise en popeline blanche, sa préférée, celle qu'il conservait pour les grandes occasions, je ne t'ai pas entendu rentrer, répéta-t-il, mais peut-être es-tu rentré il y a une heure ? Je ne dis rien, affirma Wasmuth, tu peux imaginer ce que tu veux. Tu veux dire que tu n'admettras pas que tu as passé la nuit avec Helen ? Je ne dirai pas non plus que je n'ai pas passé la nuit avec elle, précisa Wasmuth avec malice, je ne dis rien ; c'est une bonne politique, crois-moi, ajouta-t-il en riant, comme ça les gens sont toujours dans l'incertitude ; parfois ils ont raison d'avoir des soupçons, parfois tort, ils peuvent aussi avoir tort lorsqu'ils pensent qu'il n'y a rien à cacher ; et moi je suis libre, tranquille, introuvable, beaucoup plus libre que si j'essayais d'imposer ma version des faits ; et toi, avec Judith ? Bruno rougit violemment et détourna le regard, ne me dis pas que tu ne m'es pas reconnaissant de l'avoir abordée pour toi ! Si, je ne sais pas, bredouilla-t-il en bouclant sa ceinture ; j'ai un peu de mal, avec ce type de personnalité ; pas toi ? Non, qu'est-ce que tu veux dire ? Je ne sais pas, hésita Bruno, son côté démonstratif, impudique, sentimental ; elle est du genre à collectionner les peluches et à aimer les films d'amour… Tu veux dire qu'elle n'est pas comme Margot ? Qu'est-ce que Margot vient faire là ?, répondit Bruno sèchement, abasourdi. T'emballe pas, mon coco !, s'exclama Wasmuth en rangeant des cartes de visite dans une enveloppe, ou je vais finir par croire les bruits qui courent ! Des bruits ?, bredouilla-t-il, quels bruits ? On m'a dit que vous étiez très proches, mais peu importe, c'est ton problème ; en revanche, je ne vois pas ce que tu veux dire au sujet de l'Américaine ; et à tout prendre, elle me paraît bien plus sympathique que Margot ; bon, j'y vais, conclut-il, les clés de la Cadillac sont là, sur la commode.

Les portes de l'ascenseur s'ouvrirent, Bruno entra dans la cabine, effleura la pastille *basement* et s'expertisa dans la glace. Il n'aimait plus sa veste, une veste à carreaux qu'il avait achetée il y a deux ans, ni son pantalon, froissé et trop court, ni ses chaussures, douloureusement fendues, sa chaussette dessinait une nervure rouge sur le cuir noir de son pied droit, il remua les orteils, la crevasse s'élargit, plaie agaçante, l'ascenseur tinta. Bruno sortit, laissa les clés sur le comptoir, longea la rambarde au-dessus du hall de jeu, trois obèses se partageaient des pièces de monnaie, three three three, four four four, il dépassa un piano à queue enseveli sous des plantes vertes et poussa la porte à tambour, celle-ci l'éjecta d'une demi-rotation rapide sur le parvis de l'hôtel, il faisait déjà chaud. Bruno remit son bon de parking au portier et patienta à l'ombre de l'auvent, un minibus à l'effigie du Bally's déchargeait des voyageurs et leurs bagages, la porte à tambour n'arrêtait pas de tourner, des clients de l'hôtel s'embarquaient dans des taxis ou réclamaient leur véhicule, ils arpentaient les zones d'ombre aux côtés de Bruno, la Cadillac apparut. Il s'avança dans la lumière aveuglante, donna deux dollars au chauffeur, jeta sa sacoche sur la banquette arrière, déroula et verrouilla la ceinture, l'habitacle était frais et odorant, le moteur tournait. Bruno poussa le levier de la boîte de vitesses automatique, la Cadillac hoqueta puis s'ébranla, il appuya sur la pédale d'accélérateur, manœuvra délicatement sur l'étroite allée bordée de plates-bandes, la Cadillac lui semblait ne pouvoir passer nulle part, il obliqua vers le boulevard au bord duquel, d'une pression franche sur la pédale de frein, il fit danser la carrosserie sur ses essieux caoutchouteux. Bruno redémarra et s'introduisit sur le boulevard, dépassa une batterie de feux puis s'engagea à droite sur une avenue bordée d'immenses palmiers, la rotation du volant annula avec un doux déclic les tic-tac maniérés du clignotant. Il enfonça la cassette dans son réceptacle, Brian Ferry achevait d'épuiser son souffle sur une note conclusive, la guitare grinçante de l'orchestre accompagnait les ultimes vocalises du crooner, la Cadillac roulait sur l'acier gris de l'avenue, le bleu du ciel s'étendait à perte de vue sans nuage au-delà des têtes des palmiers comme une conscience tranquille, la chanson explosa dans un vacarme infernal et laissa place à de poussiéreux grésillements... 1° Ne pas se laisser affaiblir par des pensées destructrices, pensa-t-il, être fort et le montrer... 2° Se débrouiller pour être seul avec Judith au bord de la piscine en fin de journée et préparer leur nuit d'une manière inéluctable... 3° Décrocher aujourd'hui suffisamment de rendez-vous à New York pour convaincre l'homme d'affaires de la nécessité d'un nouveau voyage en juillet... Guidé par une tour de transmission qui jouxtait la Foire, Bruno introduisit la Cadillac à l'intérieur d'une rue étroite bordée de jardins, Brian Ferry patientait gravement derrière les clapotis d'un piano triste puis s'allongea dans sa chanson, l'orchestre chancela comme une chaloupe, trois notes tombèrent dans l'eau, les guitares s'oxydèrent, Bruno pila sur la bande blanche d'un stop. La Foire apparut sur sa gauche, les baies vitrées du bâtiment étincelaient dans la lumière, des silhouettes noircies par le contre-jour convergeaient vers les portes d'accès sur le parking, elles portaient des cartons, des mallettes, des glacières, pilotaient des Fenwick, poussaient des chariots d'aéroport ; Bruno tourna à droite, Brian Ferry s'obstinait à écoper sa peine, la Cadillac recopia avec application la courbe exacte de l'avenue, le rétroviseur latéral raclait la canicule comme une barre de métal un mur de briques en allumant d'aveuglantes flammèches ; Bruno entra sur un parking, gara la Cadillac, coupa le moteur, libéra la boucle de sa ceinture, celle-ci s'enroula poliment avec ce bruit inimitable des équipements de grand luxe, attrapa sa sacoche sur la banquette arrière, s'extirpa du siège en cuir, claqua puis verrouilla la portière, contempla un instant avec contentement comme il est d'usage la carrosserie du prestigieux véhicule et marcha vers l'entrée du bâtiment. Il poussa une porte en caoutchouc qui donnait sur l'envers des décors de la Foire, marcha sur une dalle de ciment encombrée d'échelles, de poutrelles, de chariots, de sacs de ciment, la rumeur de la foule grondait derrière les parois, il s'introduisit à l'égyptienne dans un interstice qui donnait sur le hall et déboucha sur une allée. Tous travaillaient déjà, absorbés par leurs affaires, s'épuisaient en conciliabules, buvaient des cafés, pointaient d'une plume experte les quadrillages des bons de commande, feuilletaient des catalogues, suivaient d'un ongle sur leur planning les huit étages de leur journée. Il tourna dans une allée à gauche, il était la seule veste à carreaux du hall, la seule chaussure gercée, la seule chevelure mal entretenue, trop longue, inégale, il évita les abords du stand de Judith et s'approcha du sien avec angoisse. Hervé buvait un café en surveillant l'allée, Wasmuth s'entretenait avec une femme, leurs cafés fumaient sur la table dans des gobelets. Salut, bredouilla Bruno d'une voix tremblante en s'approchant, ça va ? Les yeux sanglants d'Hervé, soulignés de cernes, le dévisageaient avec scepticisme, comme s'il cherchait à se souvenir de son nom ; laminé, répondit-il, très mal dormi ; ou plutôt très bien, rectifia-t-il, mais trop peu ; elle est vraiment sympa, cette fille, on a discuté une partie de la nuit ! Bruno détourna la tête en rougissant, saisi d'une crispation faciale, et fit mine de chercher Susan des yeux ; Susan n'est pas là ? Je ne sais pas, répondit Hervé, on vient d'arriver ; j'ai juste eu le temps de prendre un café. Bruno tourna la tête vers Hervé, c'est bien, chuchota-t-il, je vais en prendre un moi aussi. T'as l'air aussi éclaté que moi, s'exclama Hervé, t'as pas dormi ? Si, ça va, répondit-il en essayant de sourire, je vais y aller ; c'est le dernier jour, je vais laisser ma sacoche ici. Il s'agenouilla, posa sur la moquette l'annuaire de la Foire, enferma sa sacoche dans un meuble et se leva ; qu'est-ce que tu fais, toi ? Je ne sais pas, répondit Hervé, traîner, ramasser des idées, boire des coups, mater les gonzesses ; c'est pas mon anglais calamiteux qui va me permettre de faire des affaires ! Bon, j'y vais, murmura Bruno, à tout à l'heure ; il fit un pas puis, presque immédiatement, le souffle court, huit millimètres de piste dans son cerveau pour s'élancer, pivota vers Hervé ; au fait, Judith est là ? Oui, répondit-il, on est arrivés ensemble ; je peux te dire qu'après la nuit qu'on a passée, la pauvre, elle est dans un drôle d'état ; je lui ai promis de l'emmener dans un très bon restaurant, ce soir, si ça te dit… Foudroyé, Bruno ne put pas répondre ; Wasmuth s'approchait d'eux en riant et posa ses mains sur les épaules d'Hervé avec affection. La salope !, jura-t-il en l'embrassant, c'était la seule à qui j'avais un maigre espoir de fourguer ma camelote ! Elle était mignonne, en tout cas, plaisanta Hervé, tu n'as pas tout à fait perdu ton temps ! Si, lui répondit-il, car elle avait au moins six alliances identiques à chaque doigt ; et si elle avait pu obtenir de son mari qu'il lui en accroche aux oreilles, il est probable qu'elle l'aurait fait ! Tu veux dire par là qu'elle n'a pas été sensible à ton charme ?!, s'exclama Hervé en lui tapant sur l'épaule, mon pauvre Wasmuth ! Fiasco complet, répondit-il en allumant une cigarette, catastrophe absolue ! Bruno s'éloignait dans l'allée, enseveli sous deux mètres de gravats.

Des portraits d'écrivains, l'œil historique, tapissaient les cloisons du stand. Bruno ouvrit l'annuaire de la Foire, fit défiler les pages à l'aide du pouce, son ongle parcourut l'ours de l'entreprise, publisher, sales executive, vice-president, sales manager ; sales manager : Sharon Keller. Il ferma l'annuaire, leva la tête, plusieurs personnes s'entretenaient sur des fauteuils, pénétra sur le stand, s'approcha d'une jeune femme et déchiffra son badge du coin de l'œil comme s'il contemplait sa poitrine : Sharon Keller. Elle était séduisante, des cheveux bruns coupés court, un tailleur abricot, la peau pâle, des collants coquille d'œuf, Bruno s'approcha d'elle ; excuse me, lui dit-il, Sharon Keller ? Bruno lui serra la main, elle était douce, baguée d'or, scintillante de pierreries, I'm Bruno Stepffer, s'excusa-t-il, may I talk to you a few minutes ? Of course !, répondit-elle, have a seat ; une nuance de tendresse scintilla dans ses yeux, elle le dévisageait avec un sourire. Bruno lui expliqua qu'il travaillait pour une entreprise française spécialisée dans les sciences de la nature, science of nature, bredouilla-t-il en trébuchant sur la dernière syllabe, et qu'ils s'apprêtaient à lancer une collection d'albums monographiques sur les poissons ; really ?, intervint-elle avec enthousiasme, ses yeux remplis d'une intense clarté maritime, how interesting ! Bruno s'arrêta net, désorienté par la précocité du verdict, et baissa les yeux ; yes, dit-il. Il expliqua tant bien que mal que ces livres seraient publiés en cinq langues, français, anglais, allemand, italien, espagnol, et qu'ils cherchaient un partenaire pour distribuer la collection aux États-Unis. Really ?, s'exclama-t-elle, what a terrific project ! Yes, répéta-t-il, embarrassé ; éminemment maternelle, elle le dévisageait comme une institutrice un nouveau venu en cours de trimestre, son anglais claudicant l'avait sans doute rajeuni d'une bonne douzaine d'années. Il rectifia son regard, compensant l'indigence de sa syntaxe par un plissement des paupières, et observa discrètement sa poitrine : de gros seins. Well, poursuivit-il en rougissant, we've asked the best scientists to write a text on the fish of their choice ; il ajouta que les premiers titres de la collection seraient consacrés au poisson-clown, au poisson-dragon, au porte-écuelle, yes, porte-écuelle, répéta-t-il, it's a fish of the Indian Ocean, I don't know the name in English, à l'anguille électrique et au mérou. Indeed !, s'extasia-t-elle, great !, wonderful !, terrific ! Yes, confirma-t-il avec perplexité, it will be a good series ; I will be in New York in July, hasarda-t-il après une pause, déconcerté, would it be possible to meet with you ? Of course !, explosa-t-elle, here's my card ! Elle lui tendit une petite carte qu'elle avait extraite d'une poche de son tailleur, Bruno la prit, palpa la multitude de cartons qu'il avait accumulés dans sa veste, en sortit un : la carte de visite de Deborah. I'm sorry, s'excusa-t-il ; il replongea sa main dans sa poche, vraiment de gros seins, en sortit toutes les cartes, chercha la sienne et la tendit à la jeune femme, thank you, lui dit-elle à travers un immense sourire, thank you very much. Bruno conclut l'entretien en lui disant qu'il pourrait lui montrer les maquettes complètes des premiers titres, qu'ils avaient déjà d'excellents partenaires dans toute l'Europe et qu'il espérait qu'ils pourraient travailler ensemble. Great !, lui dit-elle, see you in New York ! Elle lui serra la main en lui souriant, deux voiliers minuscules tremblaient sur l'horizon dans ses yeux maritimes, il tourna la tête en rougissant ; elle lui lâcha la main, enjoy your trip, murmura-t-elle avec malice, Bruno leva les yeux et vit clairement sur leurs cales, imprimés sur ses iris en gros plan, soulignés d'un sourire énigmatique, deux énormes voiliers blancs.

Le président-directeur général s'est assis sur une chaise, il se tapote le crâne avec un mouchoir blanc qu'il replace avec coquetterie sur sa poitrine puis observe son personnel affairé. Il allume une Muratti, fait disparaître dans sa poche les reflets du briquet, souffle la fumée par-dessus son épaule ; il porte des chaussures britanniques, une chemise blanche éclatante endimanché ses poignets poilus, il se gratte le front. Bruno récapitule les phrases concises qu'il va lui dire d'un trait, respire profondément, prépare son organisme à une apnée présidentielle, essuie sa main droite sur sa veste et s'approche ; I'm sorry to disturb you, s'empresse-t-il de s'excuser, may I talk to you two minutes ? L'homme oriente ses luxueuses prunelles vers Bruno, la Muratti étincelante entre ses lèvres, je ne pense pas, s'empresse-t-il de se défiler, j'ai un rendez-vous dans une minute ; l'homme révèle d'un doigt précis une montre en or, les aiguilles l'attestent : il est en retard. Je suis en retard, s'empresse-t-il d'ajouter, désolé. Vous parlez français, c'est très bien, merci beaucoup, poursuit Bruno, il s'empresse de s'asseoir sur une chaise libre en lui tendant des documents, ses mains ruissellent, il a du mal à respirer, nous voudrions lancer aux États-Unis une collection d'albums monographiques sur les poissons ; l'homme entrouvre la maquette en tournant la tête vers une conversation qui se déroule à sa droite entre un homme et une femme, l'extrémité poudreuse de sa Muratti menace de s'effondrer, une hôtesse attentive approche un cendrier, thank you, dit-il, il tapote sa cigarette en tentant d'intercepter des bribes de la conversation, nous avons demandé aux scientifiques les plus fameux d'écrire un texte sur le poisson de leur choix, s'empresse-t-il de poursuivre, de très prestigieux scientifiques ; l'homme tourne trois pages de la maquette et dépose avec calme les deux perles de ses yeux noisette sur Bruno, nous cherchons un partenaire pour distribuer la collection aux États-Unis les premiers titres paraîtront l'année prochaine au mois d'avril simultanément dans treize pays, s'empresse-t-il d'ajouter, finissant d'épuiser sa réserve d'oxygène, ces livres sur les poissons seront un événement ; oui, c'est une bonne idée, laisse tomber l'homme avec tact et distance, son regard est aquarelle d'une immense sérénité seigneuriale ; vous savez, ces scientifiques n'écriront pas une simple… John !, l'interrompt l'homme ; excusez-moi, concède-t-il poliment. Il se lève et rejoint l'un de ses collaborateurs dans l'allée, glisse une main dans la poche de son pantalon, la soie miroite, il retire sa main, tapote l'épaule du subalterne, lui plante avec aplomb entre les deux yeux une ultime recommandation puis revient vers sa chaise ; je dois y aller, s'empresse-t-il d'abréger, votre projet est passionnant. Bruno se lève : je serai à New York en juillet, s'empresse-t-il de s'empresser, pourrai-je venir vous voir ? L'homme d'affaires lui tend sa précieuse main, bien sûr, s'empresse-t-il de conclure, appelez-moi ; un sourire éclaire une seconde son visage, sourire aigu dissymétrique sur une dentition palladienne, see you in New York, s'empresse-t-il de mentir, good bye ; Bruno lui tend sa carte, deux acrobates poilus l'empochent, l'homme le salue d'un geste et s'éloigne.

Bruno !, s'exclama Judith, où étais-tu passé ? Hervé m'a dit que tu étais arrivé ce matin et tu n'es pas venu me voir ! Non, mais j'ai décroché quatre rendez-vous à New York pour le mois de juillet. Génial !, s'écria-t-elle en l'applaudissant, alors tu vas venir ?! Attends, il faut encore convaincre mon patron ! Il va accepter, j'en suis sûr, trépigna-t-elle, tu vas adorer New York ! C'est un peu tôt, le mois de juillet, je ne sais pas si j'arriverai à lui faire avaler un voyage aussi proche... Mais si !, articula-t-elle avec délicatesse, mais si ! Si tu lui dis qu'à Manhattan ils attendent ses idées avec impatience, mégalo comme il est, il va avaler ça comme un bretzel ! Je ne sais pas, répondit-il avec un sourire, subjugué par les intonations capricieuses de ses phrases, nous verrons bien ; tu sais que Wasmuth s'en va tout à l'heure ? Ah bon ?, répondit-elle, il ne passe pas la soirée avec nous ? Non, il a loué une voiture de sport et il part cet après-midi à Los Angeles avec Helen. Ouah !, lança-t-elle, il y a une affaire entre eux ? Je ne sais pas, ils avaient envie d'aller dans le désert ; en tout cas, j'ai pu garder la chambre. Pourquoi tu ne viens pas dormir dans la mienne ?, suggéra Judith, ce serait mieux ! Une jeune femme qui passait dans l'allée les dévisagea, elle portait des chaussettes blanches avec des escarpins à talons ; et Hervé ?, hésita-t-il ; il a loué une chambre dans mon hôtel ce matin, il en restait plusieurs ; tu vas pas rester tout seul dans ton grand hôtel sinistre alors qu'Hervé et moi on est dans le même joli hôtel ! Mordillant ses lèvres d'une dent timide, plissant ses paupières, inclinant la tête, elle travaillait Bruno avec des expressions persuasives ; la manière dont elle avait prononcé le mot joli l'avait désarmé, la plénitude enclavée du o et l'aigu souriant du i continuaient à résonner dans l'atmosphère ; il fallait prendre le risque qu'Hervé raconte à Margot dans les couloirs qu'il avait passé la nuit dans la chambre d'une Américaine, il ignorait qu'il vivait avec elle, par chance Wasmuth n'en saurait rien, l'affaire n'était pas simple ; d'accord, capitula-t-il, c'est une très bonne idée. Super !, s'exclama-t-elle en sautillant, on va bien s'amuser ! Judith jubilait, il n'avait jamais allumé chez une femme un enthousiasme aussi visible : il eut du mal à lui sourire, tant elle souriait. C'est en ces occasions-là, lorsqu'elle exultait sous ses yeux d'une manière excessive, qu'il la trouvait sans poids, puérile, ridicule, et qu'il en avait honte. Il regarda sa poitrine du coin de l'œil, son corps était sublime, il ne pensait qu'à ça depuis le matin, à ses pieds, à ses cuisses, aux discrets cratères d'ombre qui ponctuaient ses fesses ; sa lourde chevelure brune lui plaisait, elle lui plaisait comme plaisent des sièges d'automobile en cuir, comme un signe extérieur de luxe, ses yeux pâles l'enchantaient, son sourire, son visage de juive. Comment on fait ?, l'interrogea-t-elle. Je ne sais pas, répondit-il, je dois raccompagner Wasmuth à l'hôtel pour qu'il y prenne ses bagages et les emmener au *Rent a car* ; si tu veux, on se retrouve chez toi en fin d'après-midi. OK !, acquiesça-t-elle, avec tes valises !

# VII

## *Las Vegas, nuit du lundi 4 juin 1990*

Elle ignorait qu'il écrivait, ils n'avaient jamais fait l'amour, elle le terrorisait. Margot était souveraine, complexe, indiscutable, aussi exacte qu'une soustraction ; sa mère était morte deux ans auparavant, la laissant dévastée. Rien dans ses yeux n'exprimait jamais la joie, l'amour ou l'amusement, n'éveillait l'amusement ni la joie, ils attiraient les autres par leur puissance mais n'invitaient pas : deux planètes. Bruno avait succombé à Margot sans être convié par son regard, pensa-t-il en démarrant la Cadillac, et aujourd'hui encore il ne le flattait pas, il restait lourd, il restait froid, monumental, un regard qui fascine mais qui ne séduit pas, qui ne touche ni n'émeut mais dérange, tragique et fracassant. Curieusement, le mot qui lui semblait la caractériser avec le plus d'exactitude était *qualité* : l'intelligence et les manières de Margot évoquaient l'exceptionnelle facture d'un objet rare. Acculée par cette facture à la même réclusion qu'une femme sublime dissimulée derrière des lunettes de soleil, Margot semblait aussi inaccessible qu'une très belle femme. Oui : si Judith était gracieuse, sensuelle, lascive et lancinante, Margot était belle, implacable, opaque et démesurée. Elle prétendait d'ailleurs qu'elle lui semblait valoir par les bas-reliefs de ses poses, par ses manières de métal, ses éclats de rire, et qu'elle aurait aimé poser pour un grand photographe – tandis qu'il eût fallu filmer Judith. D'ailleurs, s'il devait en juger d'après les conversations qu'ils avaient eues la veille au bord de la piscine, pensa-t-il en doublant une limousine noire, cette distinction cruciale concernait leur esprit autant que leurs gestes : si Judith disposait d'une intelligence intuitive et insinuante, si elle exprimait ses pensées comme un serpent s'enroule autour d'une branche, Margot parlait par épitaphes : elle révélait l'itinéraire de sa pensée et la conclusion carillonnante à laquelle elle conduisait en une seule phrase, comme un néon noué. Elle parlait peu, restait drapée, retenait ses confidences, pensa-t-il en arrêtant la Cadillac en bordure d'une avenue, il semblait toujours qu'elle accordât des audiences, elle attirait les autres davantage qu'elle n'avait à s'acheminer vers eux. Judith est plus proche de moi, c'est indéniable, pensa-t-il en apercevant son œil droit dans un angle du rétroviseur, elle me ressemble : inachevée, récente, émotive, attentive aux jugements des autres, elle gesticule avec grâce dans la vie comme une ballerine au cours d'une audition, se déhanche dans l'enfer de la séduction, cherche dans l'approbation d'autrui la voie labyrinthique qui lui donnerait confiance en elle. Margot est peu sûre d'elle, elle aussi, pourtant, pensa-t-il, elle ne sait pas qui elle est, ni si sa vie a un sens, mais elle se fuit, voilà la différence, le narcissisme de Judith l'exposerait au pire des périls : une croisière dans les ténèbres. Elle vit réfugiée sur les parois vertes de ses iris, tournée vers la lumière, pensa-t-il en coupant le contact, et elle porte à fleur d'yeux les scintillements de ses peurs.

Bruno gara la Cadillac derrière l'hôtel, poussa un portillon et emprunta un sentier dallé, des arroseurs tournants crépitaient dans la chaleur, une salve le fusilla ; la canicule martelait l'intérieur de son crâne, il sentait les pulsations de son sang dans les veines de ses tempes, son visage congestionné. Judith était allongée sur un transat au bord de la piscine, les yeux fermés, un couple bavardait dans l'eau, elle leva la tête en entendant ses pas sur les dalles. Bruno posa ses affaires par terre, approcha une chaise longue libre et s'installa près d'elle ; elle le suivait des yeux, désarmante, le sourire fixe, et murmura trois mots. Qu'est-ce que tu dis ?, l'interrogea-t-il ; rien, rien du tout, chuchota-t-elle en rougissant, une petite banalité de fin de journée ! Elle s'étira en fermant les yeux, un fin sourire allongeait ses lèvres, un sourire pour ses pensées cloîtrées comme l'horizon de la mer derrière des volets clos, Bruno longeait des yeux la côte de son long corps gracieux, le soleil entretenait sur sa peau des reflets miroitants ; tu ne veux pas te baigner ? Si, si, répondit-il, j'ai chaud ; la chambre est ouverte ? Judith préleva la clé sur le sol et la lui tendit, leurs phalanges se frôlèrent.

Bruno ferma la porte derrière lui et posa la clé sur le bar. Il lui restait une soirée, une nuit, une matinée, le lendemain la plupart des exposants auraient quitté Las Vegas, il avait un avion vers dix-neuf heures. Hervé partait plus tôt, pensa-t-il en délaçant ses chaussures, Judith et lui pourraient passer la journée dans leur chambre, ils pourraient faire l'amour, se baigner, rouler dans Las Vegas, s'aventurer sur une piste du désert.

Bruno lança verticalement au-dessus de sa tête une chaussette roulée en boule et la frappa d'un service percutant, le projectile écarlate fusa dans la lumière derrière le canapé ; seizième ace de la partie, chuchota-t-il, le service de Bruno Stepffer est décidément l'un des plus puissants du circuit… Il retira son autre chaussette, scruta l'abat-jour jaune d'une petite lampe, lança la balle en l'air et la frappa du plat de la main en gémissant, la chaussette heurta violemment l'abat-jour et Bruno sauta en l'air, les bras en croix. Il esquissa deux pas de danse, mitrailla la décoration du salon avec sa guitare électrique en bandoulière, street life !, street life !, entonna-t-il en imitant les accords grinçants des basses, putain que la vie est belle ! Bordel que la vie est belle, cria-t-il en bondissant sur la moquette, que c'est bon ! Bruno poussa des cris de pingouin en courant vers le guéridon, hi hi hi, hi hi hi, il ramassa la seconde balle, sauta sur le canapé, dansa sur les coussins, récupéra la première balle derrière le dossier ; la vie est quand même belle, bordel, articula-t-il en trépignant sur le canapé comme sur un trampoline, que c'est bon, que c'est bon, que c'est bon, que c'est bon, que c'est bon, que c'est bon, que c'est bon, que c'est bon ! Il sauta du canapé, enivré, tituba dans la pièce en poussant ses cris flûtés d'alcidé, hi hi hi, hi hi hi, des sanglots ventrus bousculaient sa poitrine. T'as intérêt à assurer, Stepffer, hoqueta-t-il, à être à la hauteur ! Mon pauvre ami, hurla-t-il en entrant dans la salle de bains, t'es bien capable de trébucher dans l'escalier avec ton plateau d'argent dans les bras ! Bruno tenta sur la minuscule patinoire du carrelage un pirouette audacieuse et s'écroula sur le lavabo, face au miroir ; hello, man !, cligna-t-il de l'œil en invectivant son reflet, what's new ?! Il se dressa d'un bond, attrapa une serviette, la jeta sur son épaule et dansa dans la salle de bains, heurtant du bassin l'émail impassible du lavabo. Ooouuuaaaooouuuhhh !, hurla-t-il en se suspendant comme un gymnaste à la tringle du rideau de douche ; ooouuuaaaooouuuhhh !, hurla-t-il comme un athlète en état d'ivresse ; la tringle céda et Bruno s'écroula dans la baignoire, enveloppé dans la toile ciré du rideau. C'est le bonheur, Stepffer !, hurla-t-il en gesticulant dans les plis plastifiés du rideau comme s'il sortait d'un parachute, le grand bonheur, l'immense bonheur !

Bruno et Judith, leur tête à la surface de l'eau comme deux billes sur un miroir, gravitaient l'un autour de l'autre ; et quoi d'autre ?, lui demanda-t-il en la suivant des yeux ; *Breakfast at Tiffany's*, répondit-elle d'une voix forte ; moi aussi, acquiesça-t-il, beaucoup. Le visage de Judith s'éclipsa, dissimulé par sa chevelure trempée ; Bruno s'immobilisa, ses membres battant l'eau tiède au ralenti, Judith longeait lentement les contours de la piscine, c'est peut-être même mon film préféré, conclut-elle. Son profil dissimula l'hôtel, un couple enlacé gravissait les escaliers ; les deux héros se rencontrent et vivent quelque chose d'irréel, comme par enchantement ; un peu comme nous, peut-être, hasarda-t-elle après plusieurs mouvements de brasse. Judith tournait autour de Bruno, sa voix semblait surgir de l'eau comme d'une platine ; une histoire magique, sans rapport avec la réalité ; mais en plein dans la réalité quand même, nuança-t-elle, absorbée ; c'est ce que j'attends de la vie. Judith poursuivit son périple autour du bassin en silence, reprenant son souffle, puis tourna son visage vers Bruno. Tu te souviens quand ils vont chez Tiffany's pour regarder les bijoux ! Et au supermarché, quand ils volent je ne sais plus quoi ! Ils s'enfuient dans les rues de New York ! Ils rient, ils s'enlacent, rien ne peut plus les atteindre ! Judith devint songeuse, ses brasses distraites semblaient dérouler dans sa tête le fil d'une longue pensée ; ça n'arrive que dans les films, malheureusement, ajouta-t-elle. Bruno pensa soudain qu'il la déshabillerait, qu'il pétrirait ses fesses parfaites, il l'imagina dansant sur lui avec grâce, accroupie ; elle caressait ses seins massifs en forme de poire, balançant la tête au rythme de leurs ondulations. New York est trop forte, continuait-elle, pour qu'on puisse y courir comme si c'était un décor de comédie musicale ; New York nous oblige à être aussi durs qu'elle ; tu fabriques des rêves, oui, des rêves qui restent des rêves. Bruno avait laissé s'épanouir une lente érection, son sexe se balançait souplement dans son caleçon comme une anémone de mer ; craignant qu'elle ne l'aperçût, il dissimula son érection en pliant les jambes. Les mecs, à New York, ils te parlent de leur boulot ; s'ils sont brokers, tu sors avec un brokers ; s'ils sont publicitaires, tu te promènes avec un publicitaire ; ils te parlent de leur carrière, de leur argent, il n'y a rien d'autre qui compte, ça leur semblerait inconcevable que tu puisses les aimer en dehors de leur métier. Judith s'arrêta de nager, se tourna vers Bruno, ils étaient assis dans l'eau l'un en face de l'autre au milieu des étincellements du soleil : à New York, je n'ai jamais parlé avec un mec comme avec toi depuis deux jours ; une pensée lumineuse sembla la distraire de son amertume : il faudrait que tu viennes t'installer à New York ! Judith nagea vers le bord du bassin, se hissa sur les dalles, s'avança vers sa chaise longue, souleva une serviette ; elle s'essora les cheveux, inclinée en avant, et l'érection de Bruno redoubla d'intensité.

On est sortis ensemble pendant trois semaines, il y a deux mois ; je ne l'aimais pas, mais il avait une grande expérience des femmes ; il m'a appris beaucoup de choses ! Bruno l'écoutait sans répondre, assombri, les femmes qui lui parlaient d'apprentissage l'intimidaient, j'avais besoin de reprendre confiance, poursuivit-elle, j'ai toujours manqué d'assurance. Tu n'en as pas l'air, pourtant, hasarda-t-il en allumant une cigarette ; Judith tendit deux doigts vers le paquet, tu te trompes, lui dit-elle, tu fais fausse route ; Bruno lui donna une cigarette et l'alluma, Judith souffla la fumée derrière elle et lui sourit, merci, lui dit-elle, tu te trompes, ça m'a toujours terrorisée ; tu vois, enchaîna-t-elle, je crois qu'on peut partager les femmes en deux catégories : celles qui portent des sous-vêtements blancs, et celles qui portent des sous-vêtements noirs ; il y a celles qui choisissent automatiquement les sous-vêtements noirs, comme si les sous-vêtements blancs n'existaient pas, ou qu'elles ne les voyaient pas, et les autres qui choisissent sans réfléchir les sous-vêtements blancs ; moi, par exemple, je suis une femme à sous-vêtements blancs ; eh bien, conclut-elle d'un ton doctoral, j'ai pu constater cet étrange phénomène chez la plupart de mes copines, les jeunes femmes qui choisissent spontanément les sous-vêtements noirs connaissent toutes une sexualité épanouie, et celles qui choisissent sans hésiter les sous-vêtements blancs une sexualité compliquée. Bruno porta sa cigarette à ses lèvres, pensif, songea aux épineuses difficultés qu'il éprouvait avec Margot, les inquiétudes de Judith l'affranchissaient des siennes, lui donnaient confiance en lui, lui donnaient confiance en eux, il écrasa sa cigarette et contempla les reflets des arbres à la surface de l'eau ; les rides électrisaient les balancements des palmes, tout comme leurs confidences tranquilles étaient ridées par l'urgence de leur désir, par le déferlement granuleux des minutes à la coudée du sablier ; il aimerait Judith comme aucun homme n'avait eu la science de l'aimer, avec la méticulosité d'un entomologiste. Si toi tu as des blocages, sensuelle comme tu l'es, s'exclama-t-il, alors des milliards de filles auraient d'excellentes raisons d'en avoir ! Tu es gentil, répondit-elle en rougissant, mais ça n'a rien à voir avec la sensualité ; je passe mon temps à rougir, avec toi, balbutia-t-elle en dissimulant son visage derrière ses mains, tu dois vraiment me prendre pour une idiote ! Non, pas du tout, la rassura-t-il avec malice, c'est plutôt flatteur ; tu disais que ça n'avait rien à voir avec la sensualité ? Non, ça n'a rien à voir ; je n'arrive pas à m'impliquer, tout simplement, répondit-elle en détournant les yeux ; quand je fais l'amour, la plupart du temps, mon intellect domine, et je n'arrive pas à prendre de plaisir ; elle hésita à poursuivre pendant plusieurs secondes ; en fait, dit-elle, gênée, je ; je n'ai jamais pris de plaisir. Tu veux dire que tu n'as jamais joui ? Non, répondit-elle ; non, répéta-t-elle à voix basse. Elle afficha un sourire mélancolique, le visage incliné, un air triste à la Bellini, et alluma une cigarette avec nervosité ; elle planta ses yeux dans ceux de Bruno, elle tremblait presque. Et David ?, l'interrogea-t-il prudemment. Il se contentait de me limer, comme vous dites, plaisanta-t-elle en soufflant sur la braise de sa cigarette pour la ranimer ; l'éclaircie d'un sourire déchira un instant son désarroi, elle souffla la fumée derrière elle et posa ses deux yeux sur Bruno. Et l'Italien ?, insista-t-il ; tu m'as dit tout à l'heure qu'il avait beaucoup d'expérience ; il est parfaitement clair qu'avec un homme attentif tu prendrais du plaisir ! Bruno avait soutiré à Judith un pâle sourire d'acquiescement, il frotta sa cigarette sur le montant du transat, une serveuse gravissait l'escalier ; tu n'es quand même pas complètement coincée, n'exagérons rien ! Oui, c'est vrai, répondit-elle, il a essayé ; mais je ne l'aimais pas, comme tu le sais ; sans amour, tu vois, je ne pense pas pouvoir y parvenir ; mais j'ai senti, c'est exact, que je m'en approchais ; et qu'avec lui, si je l'avais aimé, j'y serais sans doute arrivée. La serveuse réapparut sur la passerelle, un plateau sous le bras, et marcha vers les escaliers. C'est certain !, s'emporta Bruno, je ne vois pas pourquoi tu n'y arriverais pas ! Le visage de Judith s'était étoilé d'un éclat de tristesse, un impact de balle sur une vitre, elle s'anima en s'excusant puis fit surgir sur ses lèvres un sourire artificiel : qu'est-ce que tu lis ? Elle avait désigné sur les dalles un livre que Bruno avait descendu, imaginant bêtement qu'il pourrait lire. C'est un livre d'un écrivain français que plus personne ne connaît, malheureusement ; je l'ai lu il y a longtemps, j'ai eu envie de le reprendre, je ne sais pas pourquoi. C'est quel genre de livre ? C'est difficile à dire, hésita Bruno ; de la poésie. Je me souviens d'un très beau poème où l'on assiste au réveil d'une personne, poursuivit-il après une pause ; c'est l'aurore, le texte commence sans ponctuation, les phrases sont isolées les unes des autres par une majuscule ; le personnage et la syntaxe du texte sont dans les limbes, il n'y a pas un chat dans les phrases, les rideaux métalliques des magasins sont fermés, c'est la sensation qu'on éprouve lorsqu'on commence à lire ce texte, la sensation d'un texte désert. Puis, à un moment, apparaît une virgule, comme un infime battement de paupière ; c'est très fort : on imagine qu'il ouvre un œil, pétri de sommeil, et qu'il s'éveille à la conscience du monde ; il se lève en bâillant, imagine-t-on, titube à travers sa chambre et regarde dans la rue, et à ce moment-là, à la fin de la phrase, tombe un point ; peut-être qu'il aperçoit sur la chaussée l'épicière qui sort ses étals, poursuivit-il en martelant du poing l'accoudoir de la chaise longue, peut-être qu'il se rappelle avec effroi un épisode de la veille ; quoi qu'il en soit, il est tout à fait réveillé, la brutalité du point l'atteste ; et jamais un écrivain n'a inventé un point aussi significatif, un point aussi peu conventionnel, jamais un écrivain n'avait fait du point quelque chose d'aussi exceptionnel et d'aussi violent : l'équivalent d'une phrase. À partir de là, c'est comme si la vie déferlait en lui, qu'il recouvrait la mémoire de son existence et du monde, qu'il laissait derrière lui sans ponctuation l'éther de l'amnésie, et une seconde virgule apparaît, puis une troisième, sa présence au monde se structure, la syntaxe du texte s'éveille à elle-même comme une rue commerçante, les lumières s'allument, les rideaux métalliques des boutiques s'enroulent bruyamment sur eux-mêmes ; surviennent un tiret, deux petits points, la ponctuation occupe les espaces vides, et le texte se termine dans la plus pure orthodoxie grammaticale ; il s'achève sur cette phrase, précisa-t-il, que j'aime beaucoup : J'ai donc poussé en dépit du bon sens, cheval de frise, oursin tueur. Une nouvelle serveuse redescendit les escaliers, s'agenouilla pour ramasser un objet sur le sol, le considéra un instant entre ses doigts, il miroitait dans la lumière, et l'empocha. C'est magnifique, murmura doucement Judith. Le monologue de Bruno semblait avoir allumé dans sa tête une imagerie évanescente qui s'éteignait peu à peu dans ses yeux, elle grattait les dalles d'un ongle en leur souriant. Les heures filaient sans la scansion d'aucune virgule ni d'aucun point, sans une césure, le soleil s'apprêtait à disparaître, l'horizon gondolait comme une gouache rose peinturlurée par un enfant ; les palmiers étendaient leur ombre élancée sur le gazon, les miroitements du bassin reflétaient l'infini du ciel assombri, la serveuse s'introduisit sur le sentier qui conduisait à leur piscine en rajustant l'élastique de sa queue de cheval ; tu veux boire quelque chose ? Je veux bien, oui, répondit-elle, j'ai soif. Bruno leva la main et l'agita, please, hurla-t-il, miss ! Ceci étant, balbutia-t-elle en rougissant, submergée par une violente tristesse, je pense que tu as raison : avec un homme attentif, un homme que j'aime, j'y arriverais sans doute. La serveuse les avait aperçus et s'approchait, qu'est-ce que tu veux boire ? Je ne sais pas, répondit-elle en levant les yeux sur lui, pantelante, et toi ? Hello, dit-il à la serveuse, I will take a Jack Daniel's ; with Perrier, please, if you have. We have, confirma-t-elle sèchement ; et toi, Judith ? Je ne sais pas, hésita-t-elle ; la serveuse tapotait du doigt le cercle en fer-blanc du plateau et semblait s'impatienter, just a minute, la tempéra Bruno avec un sourire, it's OK. Well, songeait Judith, I don't know ; elle regarda la serveuse, puis Bruno, et éclata de rire : je ne sais pas quoi prendre ! Je ne sais pas, moi, l'aida-t-il, tu n'as qu'à prendre un gin tonic ! Tiens, bonne idée, lui dit-elle, au point où j'en suis ! A gin tonic, please, dit-il à la serveuse, thank you.

Tiens, Hervé !, s'exclama Bruno, d'où vient-il ? Courbé en deux, sa veste sur le bras, il progressait sur le sentier avec lenteur et s'apprêtait à gravir l'escalier, des papillons de sueur sur le dos. Qu'est-ce qu'il a bien pu acheter ?, s'interrogea Judith, il est chargé comme une mule ! Hervé !, cria-t-elle ; il pivota, les vit, descendit les trois marches qu'il avait gravies, Bruno voyait grésiller sur son visage et dans ses yeux des arrière-pensées facétieuses ; ses cheveux collés par la transpiration, il arriva devant eux et jeta sa veste sur les sol ; putain, quel pays, hurla-t-il, il fait au moins cinquante degrés ! Qu'est-ce qui t'arrive, mon pauvre Hervé ?, s'attrista Judith, tu t'es fait attaquer ? Non, j'ai fait des courses ; j'ai acheté un nombre incalculable de conneries, s'emporta-t-il, pour les gosses, ma femme, ma secrétaire, ma maîtresse, mon patron, il y en a pour tout le monde, rien que des conneries ! Montre !, s'enthousiasma Judith, qu'est-ce que c'est ?! Elle avait sorti un bâton de crème et s'enduisait les lèvres, elle scruta celles de Bruno avec indécence et lui déclara qu'elles semblaient sèches, il utilisa la pointe de graisse à son tour, Hervé s'était assis sur une chaise longue et déballait ses paquets ; très agréable, soupira Bruno malicieusement, c'est un peu comme si je t'avais embrassée… Tu es bête !, protesta-t-elle en rougissant. Il rendit son tube à Judith en lui souriant, elle avait tourné la tête vers Hervé et contemplait les objets qu'il avait alignés par terre ; qu'est-ce que c'est ? Quoi ?, la questionna-t-il en attrapant un boîtier rouge, ça ? Tu vas voir, ajouta-t-il en riant, attends un peu ! Hervé tourna une clé et déposa sur les dalles le boîtier, un automate actionnait une machine à sous, on entendait résonner l'enregistrement d'un déluge de pièces ; c'est pas mignon ?, s'attendrit-il, c'est pas mignon tout plein ? Si, c'est drôle, sourit-elle, c'est pour qui ? Pour ma fille, répondit-il en écartant l'objet, mais j'ai mieux ; même si tu ne trouves pas ça drôle, Bruno, l'attaqua-t-il, tu pourrais partager nos joies simples avec davantage de zèle ! Tiens, regarde, dit-il à Judith en lui tendant une bulle transparente, c'est pas mal ; Judith déchiffra la légende en souriant et passa la bulle à Bruno, elle était remplie d'eau, il y dansait une pipe, une carotte, un chapeau, il déchiffra sur le socle *Las Vegas Snowman* ; bon, c'est raté, s'excusa Hervé en jetant la bulle dans un sac, c'est pas grave, j'ai beaucoup mieux, regardez bien. Il présenta à Judith sur la paume de sa main, sérieux comme un instituteur, une nouvelle machine à sous en plastique ; vas-y, Judith, amuse-toi ! Quoi, hésita-t-elle, méfiante, tu veux que je baisse de levier ? Oui, vas-y, fais-nous un p'tit jackpot ! Judith s'empara du levier et l'abaissa : un filet d'eau gicladans son œil. Hervé partit d'un gigantesque éclat de rire, ouh !, hurla-t-il, que c'est con !, Judith s'essuyait l'œil en riant, Hervé orienta la machine sur Bruno et l'arrosa, il actionna la pompe et arrosa Judith, arrête !, lui cria-t-elle, arrête !, il s'agita sur le carrelage en les aspergeant puis s'arrêta, essoufflé, une larme sur la joue ; ouillouillouille, balbutia-t-il en respirant péniblement, qu'est-ce qu'on rigole ! Voilà, c'est fini pour aujourd'hui, annonça-t-il avec tristesse tandis que Judith essuyait son visage en souriant, le reste est nul ; on dîne ensemble ? Oui, bien sûr, répondit-elle ; il est quelle heure ? Hervé regarda sa montre : huit heures ; on se retrouve dans une heure dans ma chambre ? D'accord, l'approuva-t-elle, à neuf heures dans ta chambre.

À travers la porte de la salle de bains, il entendait le fracas de la douche sur le corps de Judith depuis une dizaine de minutes. S'attardait-elle sous l'eau glacée pour réfléchir, différant la minute à laquelle elle devrait entrer dans la chambre ? S'enroulerait-elle dans une serviette ? La laisserait-elle glisser théâtralement en arrivant devant lui ? Enfilerait-elle un tee-shirt et une jupe, s'installerait-elle avec naturel sur le lit en attendant qu'il la dénude ? Bruno posa l'appareil à côté de lui sur le couvre-lit et composa un numéro ; le combiné coincé sur l'épaule, il alluma une cigarette ; le bruit de la douche avait disparu, il entendit coulisser la porte en Plexiglas. C'est Bruno, dit-il. Ça alors !, s'exclama sa secrétaire, comment allez-vous ! Très bien, répondit-il. Quand je pense que vous êtes dans le désert, s'empressa-t-elle d'ajouter ; vous n'êtes pas au lit ? Je rentre juste de dîner, je ne vais pas tarder à y aller. Très bien, commenta-t-elle, vous nous raconterez ? Oui, sourit-il intérieurement, c'est promis ; il est là ? Oui, je te le passe, au revoir ! Bruno entendit le bruit mat d'un flacon sur la tablette du lavabo et le claquement des portes de l'armoire de toilette ; Bruno, comment allez-vous ? Très bien, répondit-il, et vous-même ? Très bien, merci, articula-t-il ; alors, ce voyage à Las Vegas ! Les battements du cœur de Bruno s'étaient accélérés, il s'était soudain rappelé les inflexions belliqueuses de l'homme d'affaires, mais curieusement la liaison téléphonique retirait à ses exclamations sévères tout ressort d'autorité, sa voix semblait avoir été miniaturisée et épinglée sous une vitrine comme un papillon carnivore. Tout se passe bien, répondit Bruno, les personnes que j'ai rencontrées ont accueilli cette entreprise avec beaucoup d'enthousiasme ; et les couvertures ont beaucoup plu. L'homme d'affaire restait silencieux, comme si une caméra avait été placée dans la chambre et qu'il suivait la scène sur un écran, Bruno toussa en surveillant d'un œil avec inquiétude la porte de la salle de bains ; surtout les couvertures, répéta-t-il, ils les ont trouvées très belles. Judith pénétra dans la chambre enroulée dans une serviette, jeta à Bruno un bref coup d'œil et marcha sur la pointe des pieds vers la penderie ; plusieurs entreprises new-yorkaises m'ont affirmé qu'elles étaient intéressées, bredouilla-t-il en suivant des yeux les orteils de Judith, ils voudraient qu'on se revoie assez vite. Des noms, s'impatienta l'homme d'affaires. Les noms ne vous diront rien, répondit Bruno, ils ne sont pas connus en France ; vous avez raison, l'approuva son patron. Judith s'éloigna en emportant des vêtements, ferma délicatement la porte de la salle de bains derrière elle, ses orteils étaient aussi fins qu'une anse de tasse en porcelaine, il vit la clenche se remettre en place avec lenteur ; quoi qu'il en soit, ils m'ont demandé s'il était possible qu'on se revoie à New York ; il respira à fond : j'ai pensé qu'il serait utile d'organiser un voyage en juillet ; mais il n'y a pas d'urgence, s'empressa-t-il d'ajouter, tout ça pour dire que tout va bien. Non, pas du tout, s'exclama l'homme d'affaires, ça me paraît être une excellente idée ; j'ai vu les banquiers, ils s'impatientent, il faut faire vite ; surtout aux États-Unis, comme vous pouvez l'imaginer, car c'est un marché important. Judith ouvrit un robinet et commença à se brosser les dents, il déposa la cendre de sa cigarette sur le plateau de la table de nuit ; par la fenêtre ouverte, on entendait des grillons. Surtout que ça semble très bien parti, ajouta Bruno, j'ai été très agréablement surpris. Parfait, s'entendit-il répondre, je suis content de vous ; on se voit après-demain ? Oui, en début d'après-midi, répondit Bruno, il y a neuf heures de décalage horaire. Parfait, acquiesça l'homme d'affaires, bonne nuit ; merci, enchaîna Bruno, bonne journée. Il se leva, alla prendre un cendrier sur la table, Judith sortit de la salle de bains. Alors ?, lui demanda-t-elle ; c'est bon, répondit-il en souriant, il m'envoie à New York en juillet ; il tira une bouffée sur sa cigarette, Judith nouait un ruban noir autour de ses cheveux. C'est génial !, s'exclama-t-elle, tu es content ? Oui, c'est bien, répondit-il, très content. Ils se dévisagèrent gravement, la chaleur était étouffante, il porta sa cigarette à ses lèvres ; en plus, ajouta-t-il, mon boulot commence à porter ses fruits ; si j'arrive à conclure un accord aux États-Unis rapidement, ce sera un grand pas de fait. Bruno pensa qu'il avait parlé comme s'il s'était senti coupable, qu'il avait été rappelé au souvenir de sa mission par la voix rude de son patron : il était là pour travailler. Chaque minute ici contenait des royaumes, chaque heure des pays, chaque journée des continents, sa vie professionnelle lui sembla tout à coup aussi lointaine et désincarnée qu'une contrée minuscule égarée sur une carte, il se souvenait à peine des rendez-vous qu'il avait eus durant la journée. Et le visage de Margot, réalisa-t-il avec effroi, n'était plus qu'un vague souvenir d'enfance.

Assise pieds nus au bord du lit, Judith scrutait silencieusement les motifs de la moquette ; elle leva les yeux sur Bruno, délia sa queue de cheval, enroula l'élastique noir autour de son poignet, secoua la tête avec grâce pour déployer sa chevelure ; elle se dressa d'un bond, conduisit sa silhouette hésitante jusqu'à la salle de bains, tourna l'interrupteur, disparut derrière la cloison, réapparut dans la chambre, s'allongea sur le lit. Elle caressait d'un doigt les rainures du couvre-lit, s'amusant des motifs qu'elle dessinait sur le tissu. Tu souris ?, l'interrogea Bruno ; il faut que je devine ? Un sourire approbateur apparut sur son visage, elle compliqua ses arabesques. Un château ? Une girafe ? Un nouveau sourire encouragea Bruno à poursuivre, mais elle fit non de la tête. Un pin parasol ? Une autruche ? Une gondole ? Judith répéta la figure, le périmètre de son sourire s'accentua, l'index furtif sema deux ou trois croches sur les rainures du couvre-lit puis grimpa sur la main de Bruno ; il y dessina une lente spirale, fila sur une ligne ondulante le long du majeur et valsa sur l'ongle. À quoi tu penses, Bruno ? Il regarda leurs mains : l'ongle de son pouce, nettement plus large que les autres, semblait lui parler. Tu ne veux pas répondre ? Le sourire de Judith trahissait, aussi visible qu'une cargaison clandestine dans les soutes d'un cargo transparent, l'embarras qui l'entravait, tandis que Bruno aurait pu éprouver des deux mains, la soulevant comme une roche, la plénitude anxieuse qui emplissait son propre ventre : une roche lisse, grise, ronde, logée vivante et lancinante à l'intérieur de son ventre. Judith tendit son corps, enfouit sa main dans une poche de son pantalon et en ramena une poignée de monnaie ; prélevant dans sa paume plusieurs pièces minuscules, elle posa l'une d'elles sur le couvre-lit devant Bruno et arbora un sourire victorieux : a penny for your thought, lui dit-elle. Il hésita : ne pouvait-elle jouir, comme lui, du vertige de cette nuit ? A penny for your thought, répéta-t-elle. Je ne peux rien dire, répondit-il, car je ne pense plus ; d'un geste rapide, il empocha la pièce. No !, protesta Judith en éclatant de rire, tu n'as pas répondu ! Comment ça, je n'ai pas répondu, ma réponse est très claire ! Ils se dévisagèrent longuement, leur sourire fit place à une expression d'une extrême gravité, il sentit qu'ils tombaient l'un dans l'autre ; Judith posa une nouvelle pièce sur le couvre-lit, lascive, a penny for your thought, murmura-t-elle. Nous pensons la même chose, répondit-il en empochant furtivement la piécette. No !, protesta-t-elle, tu triches ! Rends-moi la pièce ! Je n'en ai plus qu'une ! Tu triches ! Au contraire, répondit-il ; je ne vais pas dire textuellement ce que tu attends que je dise ! Si, dit-elle, butée ; elle posa avec détermination sa dernière pièce sur le couvre-lit : a penny for your thought…, dit-elle doucement.

Immobiles au bord d'un gouffre céruléen, d'un ciel bleu clair piqué d'étoiles, un océan houleux les surplombant, ils basculèrent dans le vide. Il s'allongea sur elle et embrassa ses tempes, il n'avait jamais vu son visage de si près, c'était un autre visage, son vrai visage, ils étaient maintenant sur la même rive et filaient vers l'extase. Bruno léchait Judith d'une langue alerte, elle soupirait doucement, tremblait, sursautait, ses doigts transcrivaient sur la nuque de Bruno la dérive de ses pensées, ils écrivaient oui, ils écrivaient enfin, ils écrivaient encore, il introduisit sa langue dans la bouche de Judith. Il s'écarta, elle respirait comme un organe mis à nu, palpitait comme un cœur sanguinolent, ils filaient dans l'espace bleu du ciel à la vitesse de la lumière, une immobilité d'éternité les entourait, l'océan qui les surplombait était alternativement écarlate et noir, bleu roi et vert, turquoise et or, pulsions stroboscopiques d'un rock cosmique ; déshabille-moi, entendit-il. Les pensées qu'avaient éveillées les paroles de Judith explosèrent dans sa tête une à une au ralenti, film super-8 d'un feu d'artifice projeté au ralenti à la surface d'un étang, il dénuda sa poitrine, fit glisser sa culotte blanche, de longues jambes nues l'emprisonnèrent. Puis il fut nu soudain lui aussi, le ciel doubla l'infini de sa mise, le ciel et l'océan se fondirent en un seul espace blanc, leurs corps nus s'étreignirent sans retenue sur l'infini des draps qui absorbaient leur chute ; le sexe de Bruno poussa l'entrée trempée du sexe de Judith, s'introduisit d'un centimètre dans les ténèbres luisantes du sexe de Judith, non, s'il te plaît, sa voix s'était répercutée dans l'espace blanc en une infinité d'échos, non, pas maintenant, s'il te plaît, puis l'univers culbuta. Allongé sur le dos, il sentait la langue et les lèvres de Judith qui emportaient son corps, il se sentait glisser comme dans une barque humide vers une chute d'eau mortelle, il s'accrochait aux draps pour ne pas dériver, des larmes coulaient sur ses joues, il lui restait assez de conscience pour se sentir s'éteindre, une tête d'épingle dans l'infini du ciel, un diablotin luminescent grimaça en crachant des verges turgescentes, il cria une dernière fois et une éblouissante lumière blanche l'engloutit définitivement, l'orgasme tomba sur son système nerveux comme la foudre et tout s'éteignit. Et sa dernière pensée fut que la mort n'était pas ténébreuse mais parfaitement blanche, blanche et pliée comme des draps repassés.

# VIII

*Paris, mardi 14 décembre 1993*

On a la sensation à chaque instant de ne plus rien vivre, écrivit-il à la hâte sur une nappe en papier, d'accumuler des instants vides, on a la conviction qu'on a vécu, vraiment vécu, certitude irréfutable, mais qu'on ne vivra plus rien

et lorsqu'on isole un épisode de son existence pour l'explorer, accroché à la corde du souvenir, on réalise que cette impression d'intensité ne procède la plupart du temps que d'un simple entassement d'instants vides,

et que seuls la cristallisation et l'éloignement sont responsables de cette impression d'absolu qui nous accable

Avec Judith, griffonna-t-il, il eut l'impression la plupart du temps de vivre des moments d'un rayonnement inégalable

ou des moments insignifiants qui s'idéalisaient d'une minute à l'autre,

les minutes lui semblaient contenir des jours, les heures des années

et la demi-année qu'il passa à l'aimer une langoureuse éternité

jamais son existence ne s'était résolue aussi vite en passé, presque instantanément,

aucune histoire n'avait été aussi liée avec la mort, écrivit-il frénétiquement, avec l'imminence d'une rupture mortelle menaçant chaque instant, offrant à chaque minute la même incandescence que si c'était la dernière, plaçant leur amour dans la seule perspective du présent le plus court, en surplomb du vide

aucune histoire d'amour ne s'était déroulée auparavant dans un contexte comparable à celui d'une maladie

il avait aimé cette femme comme un malade en sursis, comme un malade dont les jours sont comptés,

il n'avait jamais autant pensé à la mort qu'en aimant cette femme

il en avait tiré les instants les plus intenses de sa vie, des instants qui basculaient dans sa mémoire immédiatement

culminants, inoubliables

Bruno s'était chaudement vêtu, il avait traîné sa charrette de métal blanc jusqu'au supermarché et l'avait garée à l'entrée. Le directeur lui adressa un hochement de tête, Bruno lui répondit par un sourire et déambula dans les travées en remplissant son caddie d'un bras mécanique. Irrité par la mélodie dérisoire qui tournoyait comme une patineuse à l'intérieur du magasin, il acheva son périple en empilant dans son caddie des boîtes de raviolis puis s'approcha des caisses ; sa caissière préférée était là, trônant derrière un présentoir de rasoirs jetables, une blonde dodue dont la poitrine tombante tendait l'acrylique de sa blouse. Il avança son caddie dans la travée, déposa ses emplettes sur le tapis roulant et glissa un sourire à la jeune femme. Bonjour, lui dit-il, vous allez bien ? Ça va, répondit-elle, il fait froid… Ça va s'arranger, la rassura-t-il, il va sans doute y avoir un anticyclone ! La caissière l'honora d'un sourire et enregistra sur sa caisse un code-barre récalcitrant, ses yeux noirs reflétaient les rayonnages du magasin. Bruno rangea dans sa charrette un paquet de biscottes, une boîte de cassoulet, une bouteille de Perrier, tenta d'imaginer la poitrine de la jeune femme, glissa un tube de dentifrice entre deux bouteilles ; elle devait être épaisse, large, verticale, pensa-t-il, et pratiquement rectangulaire. Il s'avoua avec délice, tandis qu'il lui tendait sa carte de crédit, qu'elle pourrait être la femme de sa vie. Oui : si l'existence pouvait n'être qu'une étreinte hivernale dans une chambre, s'il n'était pas indispensable de s'illustrer, d'être estimé, d'avoir une femme intelligente, il caresserait pendant trente ans sa poitrine écroulée – et il n'aurait besoin de rien d'autre… Pardon ?, balbutia-t-il ; le code, répéta-t-elle. Il composa son code sur le clavier, les ongles de la caissière attendirent l'irruption saccadée du ticket à la sortie des mâchoires, elle déchira la facture et la tendit à Bruno avec sa carte ; la vitrine noire du supermarché reflétait la scène, comme s'ils étaient filmés. Je vous remercie, lui dit-elle, bonne soirée ! Merci bien, répondit-il, bonsoir. Il glissa la carte dans la poche de son manteau, releva son col, empoigna sa charrette et sortit.

Bruno gravit les deux étages en portant la charrette dans ses bras, la lâcha sur le palier en soufflant, introduisit sa clé dans la serrure, franchit la barre de fer du seuil, tira la porte blindée derrière lui, abandonna la charrette dans la cuisine, retira son manteau, avala un sachet de Maalox et s'écroula dans un fauteuil du salon. Depuis le début de la journée, il sentait clairement dans l'appartement l'odeur du Gramercy Park Hotel. Était-il possible que son odorat l'eût fabriquée, inspiré par ses réminiscences ? Ou bien une odeur parente s'était-elle réellement répandue ? Depuis le matin, il n'avait pas cessé d'évoquer les cinq jours qu'il avait passés à Manhattan trois ans plus tôt avec l'homme d'affaires et sa femme. L'avant-veille de leur départ, un soir de novembre, il avait reçu un pli Federal Express expédié par Judith. Alors même qu'il ne l'attendait pas, cette lettre était littéralement tombée de la nuit : elle s'était détachée du mois de novembre comme une feuille d'orme pour planer jusqu'à sa table. Quelle félicité ! Quelle grâce ! Quelle fête ! Ils ne s'étaient plus vus ni écrit depuis leur rupture, provoquée par Bruno l'été précédent ; il était bien parvenu à obtenir de son patron, à la suite des contacts qu'il avait pris à Las Vegas, de l'envoyer à New York en juillet ; puis il avait brutalement rompu avec Judith au début du mois de septembre et n'avait plus pensé à leur aventure qu'avec une légère nostalgie. Et, trois mois plus tard, fin novembre, cette année-là, trois ans plus tôt, divine surprise, elle lui avait écrit qu'il lui manquait, qu'il n'y avait plus d'intelligence dans sa vie depuis qu'il l'avait quittée ; elle savait qu'il aimait Margot, elle respectait ses engagements ; il n'était pas question pour elle de l'inciter à rompre avec cette femme, elle désirait seulement entretenir avec lui des relations d'amitié ; il pouvait la rappeler, s'il le souhaitait. Bruno huma l'atmosphère du salon et identifia à nouveau l'odeur du Gramercy Park Hotel, son patron buvait une bière à côté de lui dans la pénombre du bar. Judith était assise un peu plus loin, un grand sac de voyage à ses pieds ; elle les avait observés en silence durant une heure, l'homme d'affaires ne l'avait jamais rencontrée, il ignorait jusqu'à son existence, il ne savait pas qu'ils rentreraient tous ensemble à Paris sur le même vol, leur avion décollait dans quatre heures. Bruno avait écouté la conversation de loin, observant Judith du coin de l'œil, et réalisé qu'il n'avait rien mémorisé des réunions qu'ils avaient eues. Buvant une bière qu'un serveur lui avait apportée, il avait questionné l'homme d'affaires sur une disposition contractuelle capitale dont ils avaient débattu la veille au trente-troisième étage d'un gratte-ciel. La question avait foudroyé l'auditoire, l'homme d'affaires avait consulté sa femme d'un coup d'œil paniqué, il semblait sidéré qu'aucun souvenir de cette donnée essentielle ne lui soit resté. Bruno avait rougi, baissant les yeux, et bredouillé qu'il avait mal entendu ; j'avais mal entendu, avait-il murmuré platement ; oui, bien sûr, vous voulez parler de la clause ! De cette clause primordiale, Bruno n'avait aucun souvenir. Incapable d'accorder la moindre importance à l'incident, il avait regardé par la fenêtre et pensé qu'il avait désormais aussi peu accès à cette ville que si les baies vitrées du bar n'étaient qu'un poster punaisé sur un mur : alors même qu'ils étaient à trois blocs du deux-pièces de Judith, à une course de deux dollars de son bureau, à trente secondes d'ascenseur de leur chambre, Judith et lui n'étaient déjà plus à Manhattan. Humant l'atmosphère du salon, épluchant d'un ongle le cuir déchiré des accoudoirs, Bruno réalisa qu'il ne tentait jamais d'imaginer Judith aujourd'hui : la créature qui l'obsédait était celle qu'il avait connue trois ans plus tôt, comme si elle-même s'était arrêtée de vivre. Habitait-elle toujours sur Irving Place ? Travaillait-elle toujours dans la même entreprise ? Se souvenait-elle de lui ? L'hypothèse qu'elle s'était mariée s'accrocha soudain à son cerveau, Bruno comprit qu'il avait toujours espéré qu'elle l'attendrait et qu'elle ne l'attendrait pas : pour elle, bien entendu, c'était fini. Comment pouvait-elle se douter qu'il vivait encore dans leur histoire ? Comment pouvait-elle se douter qu'il fallait l'attendre ? Combien de fois avait-il imaginé, au cours de ses rêveries, qu'il retrouvait sa trace et lui envoyait son manuscrit ? Célibataire, malheureuse, incomprise, elle n'était jamais parvenue à l'oublier ; elle avait cherché des hommes, mais aucun n'avait pu la séduire. Son livre était sublime, lui disait-elle au téléphone, c'était la plus belle chose qu'elle avait jamais lue ; elle avait l'impression, en lisant ces pages, lui confiait-elle, de revivre ce qu'elle avait vécu avec lui, comme s'ils avaient été filmés par une caméra super-8 ; elle en lisait trente pages tous les soirs avant de s'endormir, murmurait-elle au téléphone, et n'avait jamais été aussi heureuse… Bruno comprit qu'il avait cru, et cette certitude absurde sous-tendait toujours ses efforts, que rien n'adviendrait d'insolite dans l'existence de cette femme pendant tout le temps qu'il écrirait. Si l'hypothèse d'un mariage le bouleversait, pour quelle raison avait-il choisi pour la reconquérir d'écrire un livre ? Pourquoi ne l'appelait-il pas, tout simplement ? Pourquoi ne prenait-il pas une vraie décision ? Il se leva, entra dans la chambre, s'assit dans l'obscurité sur le bord du lit et alluma la télévision. Les deux animateurs d'un magazine humoristique tournaient autour d'une génisse, l'éleveur tenait sa bête indifférente par l'extrémité d'une corde ; et vous voudriez nous faire croire que cet animal, plaisantait l'animateur-vedette, a remporté les concours de beauté les plus prestigieux ?

Bruno n'avait pas prévenu Judith qu'il viendrait. Depuis qu'il avait reçu sa lettre, il n'avait pas cessé d'imaginer de quelle manière il allait lui révéler sa présence. L'idée d'apparaître comme un miracle, d'organiser un accident sentimental, de faire irruption sous ses yeux lui plaisait. Le soir de son arrivée, s'embusquant dans un bar, il l'attendit durant quarante minutes devant l'immeuble où elle travaillait. Il se souvenait des trois semaines qu'il avait passées avec elle à Manhattan l'été précédent, il avait artificiellement prolongé son séjour d'une semaine en prétextant qu'il avait découvert de nouvelles entreprises très intéressantes, il se souvenait qu'ils étaient allés changer son billet d'avion dans une agence de Grand Central Station en parodiant les hésitations légitimes de l'homme d'affaires ; la canicule et l'humidité l'avaient indisposé, la ville semblait transpirer, l'air collait à la peau, trempait ses chemises, il se souvenait des siestes réparatrices qu'il s'accordait dans la fraîcheur de sa chambre, de leurs errances nocturnes le long des berges de l'Hudson, de leurs pique-niques dans Central Park, il l'avait attendue tous les soirs devant cet immeuble de la 22e Rue ; ils se promenaient ensuite jusqu'à Greenwich Village ou Tribeca en s'arrêtant régulièrement pour s'embrasser, pour se dissoudre dans des étreintes d'une ardeur telle qu'il lui semblait parfois qu'ils allaient faire l'amour au milieu des trottoirs, ou ils louaient des vidéos françaises qu'ils visionnaient chez elle, mangeant sur des plateaux des plats indiens qu'ils se faisaient livrer. Il avait été incapable, rentré à Paris, se souvint-il en surveillant l'entrée de l'immeuble, de rompre avec Margot ; il avait réfléchi durant tout l'été, il s'était scruté durant six semaines pour essayer de savoir quelle décision il devait prendre. Pendant ces six semaines, il n'était plus parvenu à sourire : il rétribuait la bonne humeur de ses amis par des grimaces, il avait mal au ventre, dormait deux heures par nuit, se répétait tous les matins qu'il allait partir, pleurait, vomissait, s'exprimait confusément. Il téléphonait souvent à Judith d'une cabine, en pleine nuit, sur le boulevard Arago ; propulsé par le désir d'entendre sa voix, il disait à Margot qu'il n'arrivait pas à dormir et s'enfuyait dans la rue. Sois tranquille, répondait-elle, je t'aime. Ça m'a fait du bien de t'entendre, lui disait-il, j'en avais besoin ; les feux clignotaient sur le boulevard, réglant avec le même zèle mécanique que durant la journée une circulation presque inexistante ; bonne nuit, Judith, concluait-il, à demain. Bruno longeait les façades du boulevard, vomissait sur le trottoir, s'attardait sur la place Denfert-Rochereau, s'imaginant qu'il allait suivre cette nuit confiante comme un couloir ; et, au bout de la nuit, dès l'aube, ouvrir la porte et s'en aller. Il se souvint qu'il l'avait appelée une nuit depuis son studio pour lui dire que c'était fini, Judith l'avait rappelé jusqu'au matin et Bruno n'avait pas décroché, elle avait laissé des dizaines de messages sanglotants sur son répondeur ; il avait rompu instinctivement, sans trop savoir pourquoi, sans être capable de motiver cette décision qui trahissait ses sentiments les plus intimes. Vers dix-huit heures, l'heure à laquelle Judith était censée sortir du bureau, un grand nombre de personnes s'était répandu sur le trottoir ; puis les sorties s'espacèrent, des individus quittaient l'immeuble de temps à autre et s'éloignaient à grands pas. Pendant les trois quarts d'heure durant lesquels il patienta, il ressassa jusqu'au vertige la minute de leurs retrouvailles. Allait-il l'aborder immédiatement ? Allait-il la suivre ? Voudrait-il voir comme elle marchait quand il n'était pas là ? Soudain, Judith fit irruption sur le trottoir en compagnie d'une jeune femme blonde : Bruno fut foudroyé. Elle s'arrêta sur le seuil, scruta la rue, sembla débattre avec son amie des détails d'une décision problématique. Elles s'éloignèrent vers Broadway d'un pas rapide, Bruno sortit du bar, elles coururent ; il courut à son tour, s'approcha de l'avenue, les vit grimper l'une après l'autre dans un taxi. Le taxi démarra et passa sous ses yeux, le cap sur une destination inconnue. Dans les reflets des vitres, il capta un instant le profil de Judith – une explosion dans sa poitrine.

Dans le fond, n'avait-il pas rompu avec Judith à cause de leur sexualité ? De toute son existence, lui avait-elle confié, elle n'avait joui qu'avec lui : une jouissance artisanale obtenue du bout des doigts, certains soirs de juillet. Cette accession soudaine aux splendeurs de l'orgasme l'avait-elle détendue ? Pas du tout : obsédée par l'opinion de Bruno et par l'aisance de ses rivales, elle n'accordait d'importance qu'à la résolution paroxystique de leurs ébats. Et cet éden artificiel, cette espèce de parc d'attractions érigé en pleins champs, Bruno l'y conduisait maladroitement, mécaniquement, laborieusement, en caressant son clitoris du bout des doigts. Oui, durant ces pantomimes, il n'était plus qu'un index : il lui semblait qu'il la pénétrait pour offrir à son plaisir les apparences d'un orgasme authentique, voilà tout. Indifférente à la tendresse de leurs étreintes, obnubilée par l'habileté des doigts de Bruno, elle interrompait régulièrement leurs ébats pour lui dire qu'elle était nulle, qu'elle avait perdu le fil, que l'extase s'enfuyait dans sa tête comme un oiseau. Ses yeux perdus dans le ciel, très loin de Bruno, elle semblait n'accorder d'importance qu'à ces hypothétiques fusées luisantes. Était-elle seulement capable de goûter leur intimité ? Voyait-elle même leurs corps ? Sentait-elle la chaleur des doigts de Bruno sur ses seins ? Ses sens admettaient-ils les effets fugaces de leurs baisers ? Ne scrutait-elle que son seul ciel anéanti ? Sous lui, il avait sans cesse l'impression qu'il n'y avait personne. D'autres fois, Judith l'immobilisait sèchement sur sa poitrine pour lui dire en pleurant qu'il n'aimait pas faire l'amour avec elle, qu'elle le sentait, qu'il allait la quitter, qu'elle voulait qu'ils arrêtent. Quand il la pénétrait sans la caresser, Bruno sentait qu'ils n'allaient nulle part, qu'ils ne s'acheminaient vers aucun dénouement, et qu'elle ne pensait qu'à ça ; elle ne retenait plus rien, il le sentait, ni les sensations qu'auraient dû lui transmettre ses caresses, ni la déliquescence de son moral. Et si Judith multipliait les caresses les plus irrésistibles, les *blow jobs* les plus torrides, elle déclinait systématiquement ses préliminaires à lui ; il n'était jamais parvenu à embrasser son sexe, Judith se redressant subitement comme une poupée terrorisée pour l'attirer à elle par les épaules toutes les fois qu'il s'aventurait vers son entrejambe. C'est ton plaisir qui compte, s'excusait-elle en rougissant ; le mien n'a aucune importance.

La Chevrolet s'était à peine dissoute dans les lumières du trafic qu'il s'éveilla soudain au spectacle de la ville : il se découvrit sur le bord d'une avenue bruyante, au pied d'une falaise grise d'immeubles ; au loin, fermant la perspective, l'enseigne monumentale du Pan Am Building ; sous ses doigts, une vieille poubelle grillagée ; allongé par terre sur une couverture, un homme qui l'insultait ; de l'autre côté de l'avenue, un *delicatessen* où ils avaient pris plusieurs fois leur petit déjeuner ; privé soudain des rêveries capiteuses qu'il avait déroulées depuis son départ de Paris, confronté au caractère inexorable de l'absence de Judith comme à un mur, à ces façades vertigineuses qui l'entouraient, il constata avec surprise qu'il avait mal. Trente minutes le séparaient du rendez-vous qu'il avait donné à l'homme d'affaires et à sa femme au bar de leur hôtel : que faire ? Imaginant qu'une lettre elliptique révélerait son irruption d'une manière tout aussi déflagrante (l'en-tête du Gramercy Park Hotel ne lui dirait-il pas immédiatement, lorsqu'un portier lui remettrait l'enveloppe, qu'il séjournait à Manhattan ?), il recopia dans sa chambre un texte rédigé à la hâte dans son carnet lorsqu'il avait reçu la dernière lettre de Judith ; il cacheta l'enveloppe, prit l'ascenseur, traversa le hall de l'hôtel, longea les grilles de Gramercy Park, salua les écureuils furtifs qui descendaient des troncs des arbres, emprunta Irving Place, remit sa lettre au groom élimé qui surveillait l'immeuble et retrouva l'homme d'affaires et sa femme au bar de leur hôtel. Son stratagème sentimental mis en place, il n'avait plus qu'à attendre qu'elle lui téléphone ; il alla dîner avec le couple directorial dans une taverne irlandaise de la 18e Rue. Comme il l'avait prévu, Judith appela et courut rejoindre Bruno dans sa chambre. Quelle surprise merveilleuse, s'extasia-t-elle, tu ne peux pas t'imaginer à quel point cette visite me fait plaisir ! Elle était assise sur le lit à côté de lui et alluma une cigarette, comme l'été précédent à Las Vegas. Tu fumes ?, s'étonna-t-il ; non, lui sourit-elle, je n'ai pas fumé une seule cigarette depuis ton départ ; mais je recommence à fumer à chacune de nos rencontres ! Bruno dévisageait Judith gravement, regardait ses doigts, ses lèvres, sa nuque, ses vêtements, des souvenirs délicieux coulaient dans sa tête comme d'une plaie vive – sécrétion douloureuse. Ces retrouvailles tant désirées allaient donc être cruelles ? Judith était belle, radieuse, aérienne, et semblait s'être enfuie avec aisance des souvenirs de leur liaison. J'ai mis trois semaines à accepter cette rupture, lui confia-t-elle un peu plus tard, c'était horrible. J'ai tout fait pour t'oublier, pour oublier ces moments sublimes que nous avons vécus, reprendre goût à la vie. J'en ai été la première surprise, s'exclama-t-elle, mais j'y suis très bien parvenue ! Elle avait rencontré un homme dont elle était tombée amoureuse, l'entendit-il lui raconter, mais elle l'avait congédié au bout d'un mois ; il était stupide, un jeune businessman ; et côté sexe, n'en parlons pas ! Elle lui souriait, épanouie, et semblait voguer très au large de leur histoire : celle-ci n'était plus pour elle, aperçue par le hublot d'un paquebot confortable, qu'une île lointaine qui scintillait dans la lumière ; et Bruno, depuis vingt minutes, tournait sur cet îlot comme un Vendredi maladif, regardait s'éloigner sur la ligne d'horizon le paquebot blanc sur le pont duquel elle était allongée. Allongée sur le lit, Judith éclata de rire ; il suffisait qu'il embrasse ma poitrine, cet abruti, pour éjaculer ! Bruno ne pouvait plus parler, il savait qu'il éclaterait en sanglots, il regardait pensivement la moquette en l'écoutant. Comment avait-il pu laisser partir cette femme ? Où trouverait-il la force d'accepter l'évidence qu'il était trop tard ? J'ai besoin d'un ami comme toi, avoua-t-elle en lui prenant la main, nos conversations m'ont manqué. Excuse-moi, bredouilla-t-il en détournant la tête, je reviens. Il s'enferma dans la salle de bains et se retint de pleurer, lacérant ses pouces, essuyant la larme unique qui avait perlé sur sa joue.

Le lendemain soir, Bruno pleura pendant des heures. Il pleura comme on saigne, il assista désarmé à l'orage inéluctable qui ravageait son organisme. À peine s'était-il assis à une table du Barocco qu'ils avaient réservée qu'une goutte de tristesse perla d'une image de leur séjour estival à Manhattan, larme mentale dont l'humide homologue perla bientôt sous ses paupières. De l'autre côté de la table, Judith avança la main et souleva son visage. Qu'est-ce que tu as ?, s'étonna-t-elle, tu pleures ? Il contemplait Judith et revoyait leur chambre à Las Vegas, leur virée poussiéreuse sur une piste du désert, leurs longues conversations au bord de la piscine, il regardait ses doigts et revoyait leur pique-nique estival dans Central Park, leurs promenades nocturnes dans la moiteur de Manhattan, l'affiche rouge de *Jour de fête* qu'elle avait transportée sur sa tête, les sourires de Judith lui martelaient qu'il l'avait perdue, lui disaient l'erreur irréparable qu'il avait commise, l'introduisaient cruellement dans la crypte de leurs souvenirs pour lui dire qu'ils étaient révolus – à jamais. Il avalait sans en sentir le goût la nourriture qu'il avait dans son assiette, sans achever ses plats et sans savoir qu'il ne les achevait pas. Mais Bruno !, lui glissait-elle avec tendresse en caressant ses joues, pourquoi pleures-tu ? Bruno répondait qu'il n'en savait rien, qu'une telle chose ne s'était jamais produite, qu'il n'avait jamais été aussi heureux qu'avec elle ; il suffisait qu'il la regarde pour qu'une crue inondât ses yeux, qu'un sanglot invincible déboulât dans les rires d'excuse qu'il lui dédiait, comme un orage en plein soleil. Le serveur apportait les plats, desservait la table, époussetait la nappe, prenait note des commandes que Judith lui dictait, leurs voisins de table posaient sur Bruno des regards aussi perplexes qu'attendris. Judith le consolait avec une tendresse amusée, comme on apaise la détresse d'un enfant : Bruno l'aimait.

J'ai gâché ma vie, lui confia-t-il lorsqu'ils furent chez elle, installés tous les deux sur le canapé du salon ; j'ai foutu ma vie en l'air. Caressant d'une main délicate la tête de Bruno posée sur ses cuisses, Judith parachutait sur son visage des paroles douces ; le chat avait fait danser sa méfiance sur les accoudoirs du canapé pendant plusieurs minutes, hésitant, et ronronnait maintenant sur le ventre de Bruno. Un léger carrousel métallique monté sur une aiguille tournoyait sur le buffet, animé par la chaleur ambiante ; il se souvint qu'il avait été gêné, lors de sa première visite, par cet objet stupide ; il songea qu'un certain nombre d'indispositions de cet ordre avaient catalysé leur rupture, comme si les poupées tricotées, le chariot de western miniature et les draps brodés qu'il avait découverts dans cet appartement avaient stigmatisé des divergences de goût rédhibitoires : Judith n'avait aucun goût, s'était-il dit l'été dernier, et cette seule certitude les avait privés d'avenir. Et maintenant cette population inanimée dégustait sa vengeance, il suppliait cette délégation ridicule d'excuser son arrogance, lui expliquait qu'il s'était laissé piéger par son mépris et qu'il fallait qu'elle lui pardonne ; il aimait Judith, pensa-t-il en s'essuyant les yeux, et comprenait ce soir qu'il ne lui était pas supérieur. Il inspecta la pièce avec attention, tous les objets dont il avait gardé le souvenir étaient bien là, l'armoire rustique, les rideaux roses, les trois plantes vertes, sa bicyclette, la chaîne stéréo, la table en bois clair, disparates : rien n'avait changé, le temps s'était arrêté pendant cinq mois, ils pourraient reprendre leur histoire où ils l'avaient interrompue ; il n'était pas un seul détail, jusqu'au verrou doré de la porte, modèle américain dont il avait fallu apprendre le fonctionnement, jusqu'à l'usure des lattes du parquet dans l'entrée, jusqu'aux babioles de laine que Judith laissait traîner sur le sol pour ses deux chats, qui n'éveillât dans sa mémoire le souvenir d'instants précis liés à son séjour estival. Allons, Bruno, glissa-t-elle, ça va s'arranger, tu verras ! Tu verras !, ajouta-t-elle avec délicatesse. Judith lui souriait comme à travers une vitre, son destin luisait comme un diamant dans une vitrine, elle vivait désormais dans une autre histoire que la sienne ; d'autres que lui flânaient du bon côté du verre, il les voyait distinctement, l'un d'eux s'emparerait du cœur de Judith et l'épouserait ; ne lui avait-elle pas avoué qu'elle s'était inscrite dans un club de rencontres ? Ses yeux s'imprégnèrent de larmes, voluptueusement, et la vitre s'embua. Encore !, s'exclama-t-elle, mais tu ne vas pas pleurer toute la nuit ! Tu ne vois donc pas qu'on est ensemble ? Tu ne vois donc pas que je suis là ?! Justement, soupira-t-il, justement. Justement quoi, monsieur Bruno, murmura-t-elle, justement quoi ? Bruno ne répondit pas et maîtrisa une irruption de sanglots, contemplant longuement sans répondre un poster qui représentait la promenade des Anglais ; il s'attarda au pied d'un palmier, longea des yeux la longue falaise de palaces blancs qui dominait la mer. Justement quoi ?, insista-t-elle, qu'est-ce que tu veux dire ? J'aime beaucoup cette affiche, répondit-il d'une voix tremblante, tu l'as achetée en France ? Bon, très bien, conclut-elle avec un sourire, tu ne veux pas parler ; on va aller dormir. Une nouvelle coulée brûlante le soulagea des pensées qui l'assaillaient, il s'abandonna à nouveau à la plénitude de ses sanglots et ouvrit les yeux ; Judith attrapa une larme avec l'ongle comme une coccinelle et éclata de rire.

Dans l'ascenseur de l'hôtel, le lendemain matin, l'homme d'affaires lui demanda pourquoi il avait les yeux rouges. Qu'est-ce qui vous arrive ?, l'interrogea-t-il tandis qu'ils pénétraient dans l'ascenseur, vos yeux sont rouges et gonflés ; vous avez des ennuis ? Non, pas du tout, bredouilla Bruno, sans doute une allergie ; une allergie à la poussière, la chambre n'est pas très propre. Bon, vous me rassurez, soupira-t-il en scrutant Bruno avec scepticisme, on dirait que vous avez pleuré toute la nuit ! Non, pas du tout !, s'efforça-t-il de s'exclamer, pas du tout ! Le timbre de l'ascenseur tinta, Bruno détourna les yeux et sortit de la cabine. Vous me semblez soucieux, tout de même, lui fit observer sévèrement son patron dans le couloir, ce n'est pas le moment de se laisser abattre ; quelque chose ne va pas ? Si, si, tout va bien, murmura Bruno d'une voix tremblante, ça va. On se retrouve dans le hall dans un quart d'heure ?, enchaîna l'homme d'affaires. D'accord, dans le hall, très bien, répondit Bruno en s'éloignant vers la porte de sa chambre, dans un quart d'heure.

Le lendemain soir, un taxi les déposa au pied du pont de Brooklyn. De là, une passerelle destinée aux piétons les conduisit à l'intérieur de l'édifice, la nuit tombait, une crinoline de lumières pâles voilait la ville. Modulés par leur conversation, suspendus par les stations qu'ils s'octroyaient, leurs pas tranquilles les éloignèrent de la ville, ils s'envolèrent de leur histoire comme des anges pour la voir de l'extérieur, la surplombant : Bruno la voyait briller dans la nuit, son histoire, se refléter dans l'East River, et il l'aima à la folie. Il s'arrêta de marcher et contempla les buildings du Financial District, cette ville insensée produisait sur ses sens une excitation irrésistible ; il releva son col et tourna la tête, Judith frappait l'un des piliers du pont. Ça y est !, hurla-t-elle, je suis arrivée au premier tiers ! Bruno s'arrêta à côté d'elle le long de la balustrade et alluma une cigarette à l'intérieur de son manteau ; pénétrée par l'air froid qui circulait sur la passerelle, Judith sautillait sur place comme un boxeur à l'entraînement ; un avion de ligne qui clignotait dans la nuit survolait les buildings illuminés, il dépassa la flèche écailleuse du Chrysler Building et progressa vers l'Empire State ; Manhattan scintillait d'un nombre incalculable de lumières, comme la toile peinte d'un ciel étoilé qu'on aurait décrochée des cintres d'un théâtre pour la réparer. Bruno tourna la tête et aperçut Judith, un peu plus loin, qui considérait les entrailles de l'édifice ; il s'approcha d'elle par-derrière en l'attrapant par les hanches, lui embrassa l'oreille, respira sa chevelure défaite, ferma les yeux. Tu vois, l'entendit-il murmurer, je me demande parfois si ce n'est pas de New York que tu es amoureux ; en réalité, j'en suis sûre, c'est Manhattan que tu aimes. Surpris comme on peut l'être par une vérité inattendue, une vérité lumineuse qu'on s'étonne de n'avoir jamais considérée, il hésita à répondre. C'est exactement ce que tu disais à Wasmuth, à Las Vegas, dans la file d'attente, quand nous nous sommes rencontrés, poursuivit-elle : tu disais qu'en voyage tu n'étais plus dans ta vie, mais uniquement dans ta tête ; j'en ai un souvenir très précis, c'est cette phrase-là qui m'a fait sourire ; quand je pense que c'est à cause de cette phrase que nous sommes là tous les deux à nous demander si tu vis bien dans la réalité ! Bruno rouvrit les yeux, les baissant vers l'étage inférieur du pont. Judith avait raison : il racontait souvent qu'il se réfugiait dans l'étrangeté théâtrale de ses voyages d'affaires comme dans une salle de cinéma au cœur d'une ville, qu'il se promenait la nuit dans ces villes inconnues comme un personnage de film, qu'il considérait ses rencontres de hasard comme d'irréelles émanations urbaines, des données romanesques ; mais avec cette femme qu'il connaissait maintenant depuis six mois, n'était-ce pas tout à fait différent ? Mais pas du tout, protesta-t-il, comment oses-tu dire ça ! Tu veux dire que tu m'aimerais de la même manière si j'habitais Paris ? Ils s'étaient arrêtés et considéraient les gratte-ciel du Financial District, leurs mains sur le fer gris du parapet. Je t'aimerais tout autant si tu habitais dans l'Oklahoma, martela-t-il en l'enlaçant, je n'ai jamais été aussi heureux qu'avec toi. Et si on rentrait à Paris tous les deux ?, suggéra-t-elle ; j'ai une semaine de vacances à prendre… Bruno détourna le regard, des frissons parcoururent son épine dorsale, il transpira. Cette idée n'a pas l'air de t'enthousiasmer !, protesta Judith ; tu n'en as pas envie ? Si, c'est pas ça, balbutia-t-il, pourquoi pas ? C'est à cause de Margot ?, insista-t-elle ; tu ne veux plus rompre ? Cette phrase le foudroya : ces deux femmes lui semblaient n'être liées par aucune relation causale. Non, pas du tout, c'est une très bonne idée, déclara-t-il, nous rentrons tous les deux. Judith courut sur la passerelle en agitant les bras, il la regardait s'éloigner vers la ville illuminée.

On l'applaudit bien fort !, hurla l'animateur en désignant l'éleveur. Fabriqués dans l'intense lumière du plateau par des mains moites, les applaudissements retentirent dans l'obscurité de la chambre ; l'animateur courut rejoindre la table où l'attendait son acolyte, un bristol salvateur dans les doigts, et leur invité principal, un artiste de variétés. Sally racla l'écran du téléviseur avec ses griffes, Bruno déposa la cendre de sa cigarette sur la table de nuit, la sirène d'une voiture de police hurlait sur le boulevard, il sortit d'une poche de sa veste le morceau de nappe grossièrement découpé sur lequel il avait pris des notes. Il avait aimé cette femme comme un malade en sursis, déchiffra-t-il en enjambant les ratures, comme un malade dont les jours sont comptés. Bruno ferma les yeux – cette phrase cruciale désignait l'obsession qui l'avait poursuivi durant six semaines, lorsqu'il avait fallu choisir. Cet été-là, l'hypothèse insensée d'une maladie mortelle n'avait pas cessé d'entraver ses pensées : s'il lui restait deux ans à vivre, il s'installerait à Manhattan. Même, depuis leur rupture, il avait évoqué plusieurs fois cette hypothèse : après trois ans d'éloignement, elle le prévenait qu'elle était atteinte d'une maladie incurable ; et il était probable, déclarait-elle au téléphone en pleurant, qu'il l'avait contractée lui aussi. Privé d'avenir, acculé à envisager leurs relations non plus comme une union durable, une liaison inscrite dans leur vie, mais comme un intervalle qui porterait leur histoire à incandescence, qui la leur déroulerait comme une succession d'instants paroxystiques, il bouclait ses valises sans prévenir personne et courait rejoindre Judith à Manhattan. Oui : il souhaitait souffrir à ses côtés d'un virus qu'elle aurait transmis à son organisme ; il souhaitait souffrir avec elle d'une sécrétion miraculeuse, à trois ans de distance, des six mois révolus qu'ils avaient vécus. Peut-être, comme la lumière des étoiles mortes, subsiste-t-il une trace indélébile de leurs étreintes ? Peut-être cette histoire vive, dont il ne cesse par l'écriture, depuis trente mois, suicidairement, d'enregistrer la grâce, s'est-elle inscrite dans son sang ? Si seulement Judith pouvait l'appeler pour lui dire qu'elle était malade, s'était-il dit mille fois, si seulement une maladie mortelle pouvait remettre leur passé sous leurs pas comme un trottoir ! David n'avait-il pas été un séducteur effréné ? N'avait-il pas trompé Judith avec des filles douteuses ? Non, pas du tout, c'est une très bonne idée, avait-il protesté ce soir-là sur la passerelle du pont de Brooklyn, nous rentrons tous les deux. Bruno avait savouré comme un élixir chaque minute de cette longue traversée, leur histoire n'avait sans doute jamais été aussi irréelle et aussi belle que dans cet espace clos suspendu minuscule dans l'immensité du ciel nocturne, que lors de cet arrêt du temps, que lors de cette disparition complète de tout repère géographique : ils s'étaient débrouillés pour être assis l'un à côté de l'autre en zone fumeur, elle dormait sur son épaule, l'appareil somnolait dans une demi-pénombre intime. Le lendemain leur histoire exploserait, une collision aussi tragique qu'une catastrophe aérienne reléguerait ces six heures dans l'espace des féeries révolues, le lendemain ils se verraient pratiquement pour la dernière fois. Z'avez pas honte !, explosa l'animateur dans la lucarne luminescente, zigounette !, foufoune !, pilou-pilou !, crac-crac ! Une déferlante d'applaudissements salua les cascades syntaxiques du bouffon, qui s'inclina. Vous serez donc au Palais des Congrès à partir de lundi prochain, poursuivit-il, et jusqu'au 30 ; oui, confirma l'artiste, du 20 au 30. Bruno se leva, enfila son manteau, chercha des yeux dans l'obscurité la silhouette de Sally, localisa ses prunelles phosphorescentes sur la boîte de factures de Margot, alla dans la cuisine, préleva ses clés sur la tablette du réfrigérateur, longea le couloir, ouvrit la porte blindée et s'avança sur le palier.

Merde, la lettre à Brochard, marmonna-t-il. Bruno fit demi-tour sur le palier, rouvrit la porte blindée, progressa dans l'obscurité vers son bureau ; il alluma la lumière, posa ses clés sur la table, déplia la lettre qu'il avait écrite durant l'après-midi et s'assit sur une chaise. *Monsieur le directeur*, commença-t-il à lire. *Je ne saurai trop vous remercier d'avoir donné la suite que nous savons aux quatre entretiens que vous avez bien voulu m'accorder. Compte tenu du nombre considérable de candidatures que vous avez reçues, cette distinction est un honneur auquel je reste sensible. Je n'ignore pas que je dois commencer demain matin et que nous avons rendez-vous à neuf heures précises. Il se trouve qu'un concours de circonstances pour le moins inattendu m'oblige à revenir sur mes engagements. Croyez bien que je le regrette. Je vous l'ai dit la semaine dernière, ma joie était immense de contribuer au rayonnement d'une entreprise telle que la vôtre. Vous n'aurez sans doute aucune difficulté à remettre la main sur le curriculum vitae du candidat auquel vous m'avez préféré. Par un effet d'optique trompeur dont vous n'êtes pas le premier à faire les frais, ses qualités vous ont semblé moins louables que les miennes. Il n'en demeure pas moins incontestable que ce candidat malheureux est sans aucun doute la personne que vous cherchiez : celui-ci s'étant trouvé juste après moi dans vos préférences, il ne peut être que le candidat idéal – je suis très bien placé pour le savoir. Il m'est agréable de penser que ce désistement vous permettra d'atteindre les objectifs dont vous m'avez parlé, et qui sont effectivement très ambitieux. En espérant que vous conserverez un bon souvenir de ces quatre entretiens, je vous prie de croire, monsieur le directeur, à l'expression de mes sentiments distingués. PS : mes amitiés à Sultan.* Bruno sourit, cacheta l'enveloppe, y colla un timbre, la glissa dans une poche de son manteau et se leva. Voilà une bonne chose de faite, soupira-t-il ; il ne reste plus qu'à en informer Margot. Bruno consulta la pendule de la bibliothèque, il était dix-huit heures trente, et sortit.

À l'heure à laquelle il atterrirait, se dit-il en longeant le boulevard Saint-Jacques, peut-être Judith étreindrait-elle un homme ? Peut-être un nourrisson dormirait-il au pied du lit ? À peine s'était-il engagé sur le boulevard qu'une tentation tout à coup surnaturellement concrète avait fondu sur lui, décrochée des cintres de la nuit : héler un taxi, se rendre à Roissy, prendre un avion, rejoindre Judith. Comme si soudain plus aucun fossé théorique n'isolait dans l'enclos des intentions vaporeuses les rêveries qu'il avait l'habitude de dérouler, il ne vit plus, mais plus du tout, sensation vertigineuse, pour quelle raison il ne partirait pas. Des visions fulgurantes traversaient sa tête, il se voyait décoller sur une piste de Roissy, survoler l'Atlantique, considérer par l'ovale du hublot les hangars de JFK Airport. Bruno posta sa lettre et s'assit sur un banc, une multitude de cartouches lumineux avait essaimé sur le boulevard ; un taxi libre réitérait à tout instant la possibilité, aussi concrète qu'irrésistible, d'embarquer ses fictions dans l'image tremblée qui les débutait toutes : un taxi libre hélé dans la nuit. Chaque taxi semblait traverser brièvement la réalité pour lui offrir de l'acheminer vers ses visions, il pourrait être à Manhattan le lendemain, il poursuivrait son travail d'écriture dans une chambre du Gramercy Park Hotel et chercherait Judith… Le marchand de journaux apparut sur le trottoir, transporta dans sa boutique les présentoirs métalliques des quotidiens, il éteignit la vitrine et s'éloigna dans l'arrière-salle éclairée. Si seulement l'existence pouvait être semblable à un long vol nocturne, pensa-t-il, si seulement une guerre atomique pouvait éclater ; si seulement une maladie mortelle que Judith aurait transmise à son organisme pouvait l'affranchir des directives craintives de sa raison ! Subitement, la lumière de l'arrière-salle s'éteignit. Un casque à la main, enroulé dans une longue écharpe, vêtu d'un anorak, le marchand de journaux apparut derrière la caisse, marcha vers les vitres, sortit sur le boulevard et s'agenouilla sur le macadam. Cadenassée à un panneau, une mobylette répondait comme une rime au casque que l'homme avait posé sur le bitume. Bruno bondit du banc, traversa le boulevard en courant et s'approcha du marchand de journaux. Accroupi, un gant sur la serrure, il verrouillait la porte vitrée. Excusez-moi, lui dit-il, vous êtes fermé ? Vous voulez *Le Monde* ?, répondit l'homme ; vous, alors, vous êtes incroyable ! Excusez-moi, s'excusa Bruno sans conviction. L'homme tourna la clé dans la serrure, déplia son corps transi, ouvrit la porte, disparut dans l'obscurité (il dut déménager des cartons, car Bruno entendit un choc sourd et un juron), puis il revint avec *Le Monde* plié en deux en boitant légèrement ; vous me paierez demain matin avec le *Libération*, lui dit-il. Merci, répondit Bruno en glissant le journal dans la poche de son manteau, c'est très gentil. Quand je vous ai vu vous asseoir sur le banc, il y a une heure et demie, reprit-il en décadenassant sa mobylette (Bruno écoutait l'homme d'une oreille distraite, une main sur la selle), j'ai pensé que vous viendriez ; puis je me suis dit que vous attendiez quelqu'un, et que vous aviez déjà acheté le journal ; parce que si vous ne l'aviez pas encore acheté, conclut-il en enroulant bruyamment la chaîne autour du guidon, vous auriez eu toutes les raisons de le faire à ce moment-là, ça vous aurait sans doute aidé à passer le temps. L'homme enfila son casque, sangla la jugulaire et releva son col en silence ; d'autant qu'il s'est passé aujourd'hui des choses assez intéressantes. Debout sur la mobylette, les bras tendus, ses gants sur les poignées caoutchouteuses, il démarra la mobylette en pédalant stylistiquement dans le vide, au ralenti. Puis, dans les pétarades du moteur, il descendit la mobylette de sa béquille ; allez, dit-il, un pied sur le trottoir, à demain ! Merci, répondit Bruno, bonne soirée ; l'homme laissa un taxi libre dévaler le boulevard, s'élança à sa suite et disparut dans les lumières de la ville – identifié par la maladive lueur rouge qui clignotait sur le garde-boue.

Lorsqu'il ferma la porte blindée derrière lui, Margot venait juste de rentrer ; elle décachetait des enveloppes, son manteau sur le dos. Elle l'embrassa d'un baiser bref sur les lèvres, un baiser bref d'une grande douceur, et lui demanda comment il allait ; sur la commode de l'entrée, il aperçut l'une de ses vestes emballée dans un plastique de teinturier – une étiquette rose agrafée sur la manche. Ça va, répondit-il, ça peut aller. Ta veste est prête pour demain, ajouta Margot en décryptant une facture de l'EDF ; le mois prochain, nous irons t'en acheter de nouvelles. Je ne l'aime plus tellement, cette veste, hasarda-t-il, je ne l'ai plus mise depuis deux ans ; mieux vaut encore porter ma veste en angora ! Mais ça ne va pas !, s'écria Margot en enlevant son manteau, tu veux vraiment passer pour un clochard ! Je l'aime, cette veste, elle est beckettienne, surtout les trous ; n'importe qui d'un peu versé dans l'esthétique vestimentaire te dira qu'il vaut bien mieux des trous dans du bel angora qu'une laine banale sans accrocs ! Margot éclata de rire malgré elle et s'avança dans le salon, Bruno la suivit pas à pas comme s'il espérait qu'elle s'immobiliserait à un endroit où il pourrait lui parler ; sa plaisanterie l'avait fait rire, c'était déjà un grand pas de fait. Tu ne changeras donc jamais, mon pauvre Bruno !, s'exclama-t-elle en s'installant sur le sofa ; tu garderas ta veste en angora pour tes activités beckettiennes du dimanche, ajouta-t-elle, et nous irons t'en acheter de nouvelles pour le travail ; en angora, même, si tu veux… Avec une cravate noire à pois crème, glissa Bruno, j'en rêve depuis des semaines ; et un pantalon cigarette, une chemise blanche, des gilets gris, un nouveau Borsalino ; si ma veste en angora t'indispose, qu'est-ce que tu dois penser de mon Borsalino ! Il est effectivement dans un piteux état, commenta-t-elle ; en tout cas, il n'est pas question que tu le portes pour aller travailler ! Elle alluma une Royale ultra-légère, Bruno sentit qu'il allait bientôt pouvoir lui parler ; il était calé dans son fauteuil, la première phrase qu'il allait dire était prête, il allait pouvoir se lancer. S'il ne s'écrasait pas en bout de piste à toute allure, s'il parvenait à faire s'élever du goudron la lourde carlingue du baratin qu'il avait inventé, tout irait bien ; Margot pleurerait, il la consolerait, ils feraient l'amour sur le sofa – comme ils en avaient pris l'habitude tous les soirs où elle portait ses escarpins saumon. Dans le cas contraire, pensa-t-il en allumant une cigarette, si Margot détectait la supercherie, si sa colère l'amenait à dénuder son affabulation avec la cruauté intellectuelle qu'il lui connaissait, ou si elle se mettait à concocter dans l'urgence des stratégies lumineuses de contre-attaque, ou si elle l'acculait à admettre qu'il n'était pas possible de protester auprès de l'employeur, il n'aurait plus qu'à attendre sagement son extermination. Il lui restait trois minutes de cigarette, il songea qu'il serait préjudiciable à sa concentration d'aborder son histoire au moment même où il devrait l'écraser. Je ne sais pas si tu as intérêt à prendre le RER et à changer à Châtelet-Les Halles, poursuivit-elle avec allégresse, ou à prendre le métro direction Charles-de-Gaulle-Étoile. Il faudra que tu chronomètres, ajouta-t-elle, c'est difficile à dire ; l'immeuble est loin du métro ? Brochard m'a appelé tout à l'heure pour me dire qu'il devait revenir sur ses engagements, s'élança Bruno ; il en était sincèrement désolé. Comment ça, revenir sur ses engagements !, s'exclama Margot, interloquée ; qu'est-ce que tu veux dire ! Qu'une personne chaudement recommandée par la direction du groupe va être embauchée à ma place ; le neveu du président du directoire, je crois, s'aventura-t-il, un nom à particule. Le détail de la particule, pensa-t-il en achevant sa phrase, avait sonné sous sa langue comme un mensonge flagrant ; s'il n'avait pas inventé cette histoire, il n'aurait jamais songé à évoquer ce détail. Brochard m'a dit qu'il était sincèrement désolé, qu'il ne pouvait faire autrement, qu'il y avait dans cette volte-face des enjeux politiques qui nous dépassaient tous les deux. Margot ne répondait rien, Bruno tira sur les quarante-cinq dernières secondes de sa cigarette, il en allumerait une autre lorsqu'ils aborderaient la deuxième phase des opérations : la réaction de Margot. Il croisa les jambes, respirant péniblement ; Sally entra dans la pièce et vint s'enrouler le long des chevilles de Margot, sur le sofa.

Le téléphone sonna, Bruno se leva pour aller répondre, laisse sonner, ordonna-t-elle sèchement, il se rassit et alluma une nouvelle cigarette. Le président du directoire, dis-tu ? Oui, confirma-t-il, le président du directoire ; son neveu, ou quelque chose de ce genre. Quelque chose de ce genre, murmura-t-elle lentement ; son neveu, ou quelque chose de ce genre… Bruno pensa aux duels des westerns, à ces duels minimalistes au milieu d'une rue déserte ; Margot allait dégainer d'un seul coup, son geste serait si vif qu'il s'écroulerait sur le parquet avant même d'avoir pu réagir. La sonnerie du téléphone avait fini par s'interrompre, Bruno songea que le marchand de journaux avait dû le prendre pour un fou, il était resté assis en face de sa boutique pendant une heure et demie. Des enjeux politiques, dis-tu ?, s'anima-t-elle ; des enjeux qui vous dépassent tous les deux ? Ce sont ses termes, confirma-t-il en tirant sur sa cigarette. Il ne te plaisait pas, ce travail ?, l'interrogea Margot délicatement ; tu ne penses pas qu'il aurait pu t'apporter des choses ? Si, bien sûr !, s'exclama-t-il, pourquoi tu dis ça ? Pourquoi tu dis ça !, répéta-t-il ; qu'est-ce que ma motivation a à voir avec cette magouille ? Margot se leva et disparut dans la cuisine, il écrasa les trois minutes de cigarette qu'il lui restait à fumer – il aurait dû acheter un cigare. Bruno !, entendit-il hurler sèchement ; viens voir ! Il se leva à son tour, sortit du salon, suivit le couloir avec crainte et pénétra dans la cuisine ; il ne comprenait rien, elle l'obligeait une fois de plus à s'orienter dans l'obscurité ; son baratin en fonte s'était envolé sans difficulté, ça n'augurait rien de bon. Qu'est-ce que c'est que ça, lui dit-elle en désignant la charrette. Ben tu vois bien !, s'étonna-t-il, ce sont les courses ! Je vois bien, que ce sont les courses, je ne suis pas idiote ! Eh bien alors, où est le problème ? Et ça, tout au fond du caddie, trancha-t-elle, qu'est-ce que c'est ? Merde, balbutia-t-il, les surgelés ; j'avais complètement oublié… Excuse-moi, ajouta-t-il, je vais les ranger. C'est trop tard, répliqua-t-elle, ils sont foutus ; laisse, sors d'ici, va-t'en, je m'en occupe. Non, Margot, laisse, protesta-t-il, laisse. J'étais préoccupé, enchaîna-t-il, à cause du coup de fil de Brochard. Margot s'immobilisa : à cause du coup de fil de Brochard ? Dis-moi, Bruno, lui dit-elle sur un ton glacial : tu n'as pas rangé les surgelés à cause du coup de fil de Brochard ? Tu crois que c'est simple, pour moi, murmura-t-il, d'être sans travail ? Margot essuya une larme sur sa joue et sortit de la cuisine, il hésita, courut, l'immobilisa dans l'entrée tandis qu'elle enfilait son manteau. Excuse-moi, Margot, l'implora-t-il en la retenant par les épaules, reste ici ; s'il te plaît, reste ici, nous allons parler. Margot avait ouvert la porte et scrutait la moquette du palier, il l'attira à elle et l'étreignit ; s'il te plaît, murmura-t-il, nous allons parler ; viens, rentre, je vais te dire la vérité. Margot s'échappa avec autorité, elle se libéra d'une manière douce et décidée qui n'admettait aucune résistance et disparut dans l'escalier. Margot, s'il te plaît, pardonne-moi !, hurla-t-il ; reviens, Margot ! Brochard n'a pas appelé ! Bruno ferma la porte blindée, essoufflé, et considéra Sally ; miaulant tristement sous ses yeux, elle semblait produire sur les événements des commentaires désobligeants. Tais-toi, Sally, lui dit-il, ferme ta gueule ! Il lui lâcha un coup de pied dans le ventre, la chatte hurla, sprinta vers le couloir en dérapant sur le parquet, il l'entendit crier dans la chambre. Ta gueule, Sally !, hurla-t-il, ferme ta gueule ! Il glissa lentement le long de la porte, s'agenouillant, et finit par s'asseoir par terre.

# IX

## *Las Vegas, mardi 5 juin 1990*

Lorsqu'il ouvrit les yeux, le lendemain matin, Judith le dévisageait ; elle était nue, elle lui sourit, la fenêtre était ouverte. Bonjour, lui dit-elle, tu as bien dormi ? Très bien, répondit-il d'une voix rauque, et toi ? Judith s'était assise sur lui, la tête inclinée, et lui souriait. Horriblement mal, s'exclama-t-elle en ligotant sa chevelure brune, impossible de fermer l'œil de toute la nuit ! Comment as-tu fait pour t'endormir, toi ? Tu ne t'es pas réveillé une seule fois ! La veille au soir, lorsqu'il l'avait déshabillée, Judith l'avait subjugué ; jamais son sexe n'avait été aussi long, aussi gros, aussi fort ; ils n'avaient pas fait l'amour : il avait suffi qu'elle le prenne dans sa bouche, au bout d'une heure d'étreinte, pour qu'il éjaculât. Contemplatif et incrédule, il pétrissait la poitrine de Judith ; lourde, doctorale, excessive, elle approuvait la pesanteur avec humour : ses pointes espiègles visaient les cieux. Dilatées et d'un brun à peine perceptible, ses aréoles étaient filigranées sur leur contour d'épaisses veines vertes ; plus érotique que la plus coupable des dentelles, un soutien-gorge de peau très blanche témoignait d'une récente excursion balnéaire ; il était sans doute le premier, depuis des mois, à profaner cette intimité. La tête baissée, des larmes sur les cils, elle regardait Bruno pétrir ses seins. Tant de chair blanche et fredonnante sous les phalanges d'un homme affame les sens, ceux-ci exigent de la matière d'être éprouvée, d'être éprouvée dans toute sa plénitude, son épaisseur, sa densité ; Bruno les empoigna, les comprima, lui fit mal, elle cria. J'ai envie de toi, murmura-t-il. Judith leva les yeux, le visage déformé par une grimace de regret, et lui fit non de la tête ; c'est impossible, Bruno, répondit-elle. Elle baissa les yeux, desserrant ses doigts : le sexe de Bruno martela doucement ses phalanges. À Manhattan, s'exclama-t-elle, peut-être ! Les échos lointains d'une symphonie brûlante apparurent bientôt dans son sexe sous l'effet des caresses méthodiques de Judith, il vit passer furtivement les fesses dodues d'une hôtesse d'American Airlines qui l'avait servi dans l'avion, la Cadillac bordeaux, la station de métro National, il entendit les inflexions pontifiantes de Wasmuth, aperçut l'épagneul du père de Margot, la symphonie s'amplifiait avec furie comme un cataclysme de chaux vive, Bruno serra les dents, serra les cuisses de Judith, haleta, poussa un râle, oui, oui, murmura-t-il, sa cage thoracique se contracta et la symphonie brûlante embrasa son sexe dans un finale retentissant, il rouvrit les yeux et vit la musique jaillir sur la poitrine de Judith, retomber sur ses doigts, attraper des mèches de ses cheveux et pleuvoir sur les draps, symphonie déchiquetée dont elle enduisait le sexe de Bruno en riant, oh, la, la !, avait-elle ri, quel feu d'artifice !

Judith sauta du lit et glissa à travers les rayons du soleil jusqu'à la salle de bains ; bouge pas, lui avait-elle lancé, j'arrive tout de suite ! Elle alluma d'un doigt la lumière, posa la pointe d'un pied sur le carrelage et fit jaillir une serviette blanche ; elle s'inclina vers Bruno, agenouillée sur les draps, et nettoya les éclats musicaux qui ponctuaient son torse ; puis, absorbée par la déférence qu'elles semblaient lui inspirer, elle essuya cérémonieusement les coulures qui luisaient sur son ventre, sur ses seins, entre ses doigts ; et les cheveux, lui suggéra-t-il ; les cheveux ?, s'exclama-t-elle, c'est allé jusque-là ?! Très droite, d'une préciosité de ballerine, elle s'échevela avec la serviette et la posa sur les draps froissés, blanc sur blanc. Je vais être en retard, déclara-t-elle en promenant un doigt distrait sur le menton de Bruno, il faut que j'y aille. Judith s'était absentée : enchaînés l'un à l'autre par un strabisme inquiet, absorbés par le visage de Bruno comme par une pensée fixe, ses yeux semblaient sonder les rumeurs d'un mauvais présage ; le salon ferme à midi, poursuivit-elle, et mon patron est parti ; et puis il faut ranger, remballer, mettre en caisse, renvoyer les dossiers à New York. Ça va ?, lui demanda-t-il. So, so, répondit-elle d'une voix tremblante. Judith roula sur les draps lourdement et s'enferma dans la salle de bains.

Bruno laissa Judith sur le parvis de la Foire et s'enfonça dans Las Vegas, il devait convertir en dollars les six cents francs qui lui restaient. Il suivit les longs boulevards qui quadrillaient la ville, emprunta des rues résidentielles, réalisa des ellipses poussiéreuses en bordure du désert. Il aurait pu rouler ainsi durant des heures, absent du monde, la Cadillac le conduisant où la béatitude de son esprit et les lubies fantaisistes de ses mains sur le volant l'orientaient, il erra dans Las

Vegas comme il aurait tourné dans leur chambre s'il était resté à l'hôtel à l'attendre. Il doubla une limousine et s'élança à vive allure comme si l'avenue qui s'étendait à perte de vue allait lui permettre de décoller, de se dissoudre dans l'immensité du ciel. Ils avaient pris leur temps, pensa-t-il en poussant doucement la pédale, ils avaient déroulé lentement leurs confidences ; le temps avait semblé s'écouler au ralenti, c'était à peine perceptible, les heures s'étaient attardées près d'eux comme des nomades autour d'une oasis, ils s'étaient mirés l'un dans l'autre à la faveur d'un interminable arrêt sur image. Et maintenant, désespéré par l'imminence de leur séparation, par l'empressement des horloges à les attirer vers l'heure fatidique, à précipiter l'écoulement des minutes, voilà qu'il était condamné, asphyxié, l'esprit fixe, douloureux, à visionner en accéléré les trois bobines de leur séjour. L'avenue rectiligne s'arrondit soudain, il vit surgir une courbe que la vitesse rendait incompatible avec sa trajectoire, les pneus crissèrent, l'automobile chassa sur l'asphalte chaud, ouh, la, la, la, la, fredonna-t-il en fermant les yeux, un trottoir cassa net son élan. Bruno rouvrit les yeux : la Cadillac était stationnée dans un jardin sur une pelouse émeraude, à deux mètres d'une brouette décorative. Un homme furieux poussa une porte vitrée et sortit sur la terrasse en hurlant, Bruno fit marche arrière sur le précieux gazon et s'éloigna à vive allure.

C'est peut-être là, déclara-t-elle en désignant du doigt une porte en caoutchouc ; c'est bien la salle d'expédition, confirma-t-elle lorsqu'ils se furent approchés. En quelques heures, la Foire s'était déconstruite : la représentation était finie, des techniciens démontaient les décors de leur romance, roulaient les moquettes des stands comme des crêpes, décrochaient les enseignes, dévissaient les ampoules, chargeaient sur des chariots les plantes de location, emboîtaient les chaises métalliques ; à la rumeur de la foule s'était substitué un silence religieux, interrompu ici et là par des tintements d'outils, les apostrophes des ouvriers, les crises de nerfs des visseuses électriques. Poussant la porte en caoutchouc, ils déposèrent leurs cartons sur une table ; une manutentionnaire collait des étiquettes sur les colis qui s'étaient accumulés sur le sol, les posait sur des balances, triait des bordereaux. Plantées dans ses cheveux, les lunettes noires de Judith dégringolèrent ; elle les posa pliées sur le plateau en formica, remplit les cases du formulaire d'expédition et parapha, c'était la première fois qu'il voyait sa signature. Elle tendit la feuille à une énorme femme noire, thank you, lui dit-elle, et embrassa Bruno, explorant d'une main vive l'une des poches de son pantalon ; c'est tout dur, commenta-t-elle avec espièglerie ; ça ne s'arrêtera jamais ! Miss, please, l'interrompit la manutentionnaire ; celle-ci avait laissé sur la table le volet rose du formulaire, Judith paya, la jeune femme noire marqua les trois cartons d'un coup de tampon et y colla des étiquettes ; thank you very much, have a good trip, s'exclama-t-elle en empilant leurs cartons sur un chariot, good bye !

Agenouillé sur la moquette, Bruno considérait sa minuscule valise : ça ne rentrera jamais, se désola-t-il, comment je vais faire ? Il rassembla ses vêtements sales, les plia à la hâte, Judith reconstitua avec un sourire la cicatrice de son sac d'un coup de fermeture

Éclair : voilà, je suis prête ! Elle s'avança vers le miroir en déliant sa queue de cheval, brossa sa lourde chevelure, leurs regards se croisèrent. Mais qu'est-ce que tu fais, s'étonna-t-elle en suspendant ses gestes, tu ne prépares pas tes affaires ?! Arrête, ajouta-t-elle en dévisageant Bruno à la surface du miroir, ça me gêne : depuis ce matin, tu n'as rien fait d'autre ; je n'ai pas l'habitude d'être regardée comme ça fixement… Judith lui sourit, confuse, et détourna les yeux ; c'est drôle, c'est encore plus gênant d'être regardée dans un miroir ! Bruno glissait les catalogues deux par deux à l'intérieur de sa valise, vérifiant régulièrement qu'il pouvait encore la fermer, il sortit d'une petite poche sa bombe de mousse à raser et y rangea deux prospectus, puis trois autres qu'il préleva dans la pile, Judith l'observait, assise sur le lit, il rangea la bombe de mousse puis ferma la poche.

Il leur restait deux heures, deux malheureuses heures : assis par terre, ils essayaient de manger. Bruno mâcha un morceau de viande, sa gorge était sèche, obstruée par l'anxiété, il regarda Judith et avala une gorgée de bière. Un autocollant représentant les champs de la Beauce était collé sur ses pensées comme sur une vitre : il survolait les champs de la Beauce, image horrifiante, une hôtesse de l'air leur souhaitait la bienvenue dans la capitale, ultime indélicatesse, la tour Eiffel aperçue par le hublot était semblable à l'axe en métal d'un trente-trois tours qu'il aurait trop écouté. Il esquissa un sourire, s'excusant du silence écoulé, grattant l'autocollant, et teinta un morceau d'hamburger d'une touche de ketchup ; Judith vidait lentement son verre de bière, Bruno piqua une tranche d'oignon et l'avala : il arrachait d'étroits lambeaux, laissant sur la vitre une pellicule de buvard. Qu'est-ce que tu fais ?, l'interrogea-t-elle avec sollicitude ; à voir ta tête, on dirait que tu déménages des frigos ! Non, c'est bien plus minutieux que ça, répondit-il tristement en s'essuyant les lèvres : décoller la pensée qu'on va partir d'ici exige une minutie incomparable ; qu'est-ce que tu vas faire, en Arizona ? Judith acheva de mâcher, l'une de ses mains moulinant en lisière de ses lèvres pour lui faire comprendre qu'elle ne pouvait pas parler, et s'essuya la bouche : je vais prendre une semaine de vacances, répondit-elle, c'est une région magnifique ; mais avec la chaleur qu'il va faire, je ne sais pas si j'aurai le courage de sortir pendant la journée ! Bruno écarta la coupole de son hamburger, découpa un morceau de viande, y déposa une larme de ketchup. Et puis ça va me faire plaisir de revoir cet ami, il vient d'avoir un bébé ; c'était un ami, poursuivit-elle après une pause, et puis un jour, comme ça, sans prévenir, il m'a demandée en mariage ; j'avais beaucoup de tendresse pour lui, précisa-t-elle, mais je ne l'aimais pas. Tu as bien fait de refuser, commenta Bruno, le procédé était tout de même un peu douteux ! C'est pas sûr, répondit-elle ; tu sais, aux États-Unis, ça se fait beaucoup ; tu es dans le bus avec un type avec qui tu travailles, par exemple, et tout à coup, comme ça, il te demande si tu veux bien sortir avec lui ou l'épouser ; et ce n'est peut-être pas plus mal, dans le fond : si tu apprends à aimer au lieu de lutter pour que l'amour ne meure pas, au bout de quinze ans de mariage, au lieu de ne plus aimer, peut-être que tu commences à aimer ? Bruno sourit : il s'était fait plusieurs fois cette réflexion au sujet de Margot. Et toi ?, l'interrogea-t-elle. À part un vernissage jeudi soir, répondit-il avec réticence, rien de particulier ; je n'ai plus faim du tout, conclut-il en écartant son plateau. Il marcha vers le bar, ramena son paquet de Marlboro, offrit une cigarette à Judith, l'alluma, merci, lui dit-elle, et s'allongea sur la moquette. Délimité par les minutes qu'il leur restait à partager, le salon lui sembla provisoirement aussi tranquille qu'une crique : dans dix minutes, détruisant l'illusoire bien-être qu'il éprouvait à contempler Judith, à fumer sa cigarette, à être encore dans leur séjour pour un ultime instant, ils s'élanceraient dans deux embarcations distinctes sur l'océan hostile qui s'étalait derrière les vitres. Tu es belle, lui dit-il ; Judith rougit, dispersée comme les éclats d'une assiette cassée, et détourna le regard ; non, je ne pense pas ; si, insista-t-il, très belle. Équilibre idéal, pensa-t-il : jusqu'au moment où ils se sépareraient, la somme des heures vécues à Las Vegas équivaudrait à la somme des heures qu'ils avaient vécues depuis qu'ils s'étaient rencontrés – et à la somme exacte de ce qu'ils allaient perdre en se séparant : ils allaient perdre cette identité parfaite de leur histoire et des trois jours qu'ils venaient de vivre, ils allaient la perdre pour toujours, quoi qu'il advienne de leur rencontre. Il faut y aller, l'interrompit Judith en consultant sa montre ; j'en ai peur, répondit-il en s'efforçant de sourire. Il écrasa sa cigarette sur la coque de son hamburger, la braise de son mégot grésilla, puis il grimpa lentement les escaliers.

La Cadillac dansait sur les ornières de la piste, les pneus levaient un tel nuage de poussière qu'il ne voyait plus rien dans les rétroviseurs, ils écoutaient une cassette de France Gall oubliée par Wasmuth dans la boîte à gants. Ré-siste !, entonna Judith, ses yeux brillants dévorant Bruno, prouve que tu existes !, cherche ton bon-heur par-tout, va, re-fuse ce monde égo-ïïïste !!! Elle dansait sur son siège en remuant la tête comme une chanteuse de variétés, elle tendit ses mains vers le pare-brise puis les croisa sur sa poitrine avec emphase, j'adore !, s'exclama-t-elle par-dessus les ultimes mesures orchestrales, c'est vraiment génial ! La piste s'était détériorée, des projections de graviers résonnaient sur les portières, France Gall s'était calmée et s'employait à faire pleurer la poussière. Immensément rêveuse, absorbée par les splendeurs déchirantes de l'instant, Judith embrassait l'immensité désertique à travers le pare-brise ; elle hasarda un sourire, un sourire sans sous-titre, le paysage se désaxa dans les vitres derrière son visage et Bruno corrigea d'un mouvement brusque la trajectoire du véhicule ; les chœurs reprirent, un train de marchandises acheminait ses wagons rouillés sur une colline, un convoi lent comme une pensée mélancolique, Las Vegas miroitait dans les rétroviseurs. Bruno dévisagea Judith, une larme coulait sur sa joue gauche, elle détourna la tête ; la piste s'offrait à eux, illimitée et violente, puis l'horloge digitale du tableau de bord les incita à faire demi-tour. Judith s'était cloîtrée en elle-même, son visage posé sur la vitre ; la Cadillac semblait rouler maintenant à l'intérieur d'un paysage privé d'oxygène, statufié dans une solitude cristalline. Cette ultime promenade revêtait dans l'esprit de Bruno l'allure d'un rite de séparation : ils sauraient qu'ils avaient enfoui leur séjour irréel comme un trésor de pirate dans la terre, au pied d'une vieille colline, et qu'ils pourraient venir le déterrer lorsqu'ils le voudraient. Et c'est alors qu'il fallut l'oublier et trouver la route de l'aéroport, respecter les feux tricolores, faire le plein d'essence, rouler silencieusement sur les boulevards déserts. Bruno coupa la route à un taxi et engagea la Cadillac sur une étroite bretelle autoroutière, ils empruntèrent un pont qui enjambait la voie rapide et longèrent les hangars de l'aéroport vers les guérites du *Rent a car*. Ils vidèrent le coffre et rendirent la Cadillac, puis coururent vers une navette dont les pots d'échappement qui fumaient indiquaient l'imminence du départ. Un chauffeur jeta leurs sacs à l'intérieur, ferma la soute d'un grand geste qui fit résonner les tôles, ils s'installèrent ; Bruno voyait, cadré par le rectangle du rétroviseur, les verres jaunes en forme d'œuf des lunettes du chauffeur. Bousculés par le démarrage et plusieurs virages consécutifs, Bruno et Judith décollèrent de leur peau leurs vêtements trempés. Le bus vibrait le long des pistes de l'aéroport, ils apercevaient derrière les grillages les fuselages tremblés des appareils immobilisés dans la lumière. Bruno songea, il s'en souvient, car il est parfois possible d'exhumer d'un passé lointain une pensée distraite qu'on a eue, toute furtive et anodine qu'elle ait été, tout environnée qu'elle ait pu être des rugissements d'un diesel, qu'ils avaient passé la journée à arpenter l'arrière-scène de leur histoire : dans les halls de la Foire, où des techniciens démontaient les décors de leur romance, dans leur chambre, où ils avaient rangé leurs accessoires, et dans les coulisses de la ville, derrière l'aéroport. Ils se sourirent péniblement, un virage abrupt affronté par le chauffeur à vive allure les colla l'un à l'autre et orienta l'autobus dans l'exacte direction du terminal. Chargés de leurs sacs, Judith serrant dans ses bras le pied de son appareil photographique, ils pénétrèrent dans l'aéroport. Celui-ci était un édifice de lumière, une éclatante architecture de baies vitrées béantes sur le désert : le théâtre de leur séparation serait un théâtre ouvert. Le vol de Judith précédait celui de Bruno d'une demi-heure, elle laissa son sac noir au comptoir de Southwest Airlines et retira sa carte d'embarquement. Et c'est à ce moment-là, en la voyant de loin, en la voyant accoudée au comptoir comme une inconnue, qu'il comprit qu'elle était entrée dans sa vie : son trépied dans les bras, ses cheveux retenus par un ruban, l'horlogerie délicate qui réglait les ellipses de ses gestes détraquée, elle tendait mécaniquement son passeport comme un automate élémentaire ; mon petit rat, murmura-t-il, mon adorable petit rat. Désertée par l'extase, Judith s'était éteinte : la fatigue et la tristesse avaient atténué son charme, son visage n'était plus qu'une architecture encombrante : un nez proéminent, une lèvre inférieure tombante, des yeux enclavés, protégés par les auvents bombés des arcades sourcilières. Et c'est alors, lorsqu'il la vit revenir vers lui et lui sourire, lorsqu'il vit s'approcher cette silhouette approximative et vacillante, cet air abandonné, qu'il en tomba amoureux ; c'est cette séquence inquiète et clandestine qui déclencha l'amour, cette bobine de lendemain de tournage, ces rushs volés, et non pas la silhouette musicale qu'elle avait promenée sur le dallage de la piscine, et non pas sa langueur de ballerine, ses sourires féeriques, ses frayeurs de funambule... Ils arpentèrent l'aéroport en attendant leurs vols, des cascades de lumière rectiligne tombaient des baies sur le carrelage ; Judith alla acheter des magazines, et Bruno considéra Las Vegas avec perplexité à travers les vitres ; si grotesque qu'eût pu lui paraître cette hypothèse avant de partir, cette ville de téléfilm était entrée dans sa vie. Ironie du destin : il n'avait vécu dans aucune ville sérieuse une rencontre aussi bouleversante : Las Vegas vibrerait dans sa mémoire éternellement comme elle vibrait maintenant dans la lumière du soir derrière les vitres, il le savait. Et c'est sans doute pourquoi, lorsqu'elle le rejoignit, lorsqu'elle considéra à côté de lui à travers les vitres le béton blanc qui étincelait dans la lumière, Judith pleura. Elle ne chercha même pas à endiguer ses larmes, à contenir ses sanglots, à réfréner ses soupirs, elle pleura comme elle aurait parlé, elle lui pleura sa peine durant les trois quarts d'heure qui précédèrent le vol. Bruno la consola en l'étreignant, caressa son visage, murmura des paroles douces, seulement six semaines, lui disait-il, nous nous verrons à Manhattan, elle s'échappa soudain et s'élança sous les arceaux du détecteur de bombe, qui ne siffla pas : elle n'était plus qu'entrailles et douleur. Elle tourna la tête vers lui, cédant à un ultime accès de sanglots, agitant délicatement les doigts, puis s'éloigna sur la passerelle. Le cœur serré, Bruno localisa son vol sur un écran : San Francisco, Flight nº 752, 18 h 45, Gate 7, il lui restait une trois quarts d'heure d'attente. Il marcha vers les boutiques du terminal, il souhaitait s'acheter des journaux. On pense qu'on réagira bien, pensa-t-il en comptant ses dollars, on en est sûr ; on pense que la séparation laissera dans la tête, en remplacement des pensées immédiates suscitées par la présence de l'autre, des pensées d'une altitude incalculable ; on pense ça à l'instant même où l'on s'embrasse, on a confiance, ça va aller, et puis à peine l'être aimé disparaît-il du champ de vision, à peine, que plus rien n'advient dans la tête que l'absence atroce de ces pensées-là, ces pensées simples qui regardent l'autre, et aucune pensée d'altitude ne survient, bien évidemment. Bruno rempocha ses dollars, traîna les pieds jusqu'aux boutiques, son corps était lourd, la perspective du vol était lourde, les sacs en plastique étaient lourds ; aucune tristesse, non : le vide ; aucune douleur, non : l'envie de dormir ; aucune larme, non : l'envie de s'allonger sur les dalles, dans un linceul de lumière. Il feuilleta machinalement des magazines, *The New Yorker*, *New York Magazine*, *Penthouse*, poitrine en poire estampillée d'aréoles roses, soutien-gorge de peau blanche, bottes cow-boy, puis s'approcha d'un présentoir de cartes postales ; il sortit une carte postale, regarda la légende inscrite au verso, jeta un œil sur le recto, mosaïques lumineuses tumultueuses luisant sur le carton pellicule, Judith dansant dans l'habitacle, les lions blancs, puis il remit la carte postale dans son casier ; il avait étudié ainsi une trentaine de cartes postales lorsqu'il réalisa soudain qu'il était en train d'inspecter des cartes postales et qu'il s'en étonna ; il s'éloigna du présentoir en glissant son journal dans une poche de sa veste et longea les vitrines des boutiques, magnums de champagne, cercueils de grands crus, pipes, cigarettes, bouteilles de parfum, foulards, interruption des vitrines, renfoncement, tables, chaises, plantes vertes, serveuses, voyageurs attablés, pas envie de boire, musiquette entortillante, famille agglutinée autour d'une table, il s'approcha d'une verrière qui surplombait les pistes ; des camionnettes furtives s'entrecroisaient, un camion-citerne s'immobilisa le long d'un avion, un technicien en salopette orange agenouillé sur le bitume inspectait la roue d'un train d'atterrissage ; au loin, aussi lourd que Bruno, aussi lent, au ralenti, un avion décollait.

# X

## *San Francisco-Paris,*
## *du mercredi 6 juin au samedi 9 juin 1990*

J'ai un certain nombre de choses à te dire, mon bonhomme, lui murmure à l'oreille un vieillard éthylique au comptoir d'une brasserie d'Alésia ; des choses d'une importance extrême, ajoute-t-il en vidant d'un trait son verre de calvados. Le vieillard accroche son pardessus élimé à un portemanteau, commande un autre alcool et s'approche de Bruno ; ce sera long, lui dit-il, et assez douloureux. Il sort d'une poche de sa veste une feuille de papier tachée pliée en huit, la déplie consciencieusement, la lisse du plat d'une main sur le comptoir et éternue. J'ai des problèmes de mémoire, lui confie-t-il en souriant, tu es prêt ? Allons-y, alors, poursuit-il en s'éclaircissant brutalement la voix, c'est parti. Ne t'es-tu jamais demandé, espèce de bâtard, si l'attachement que tu éprouves pour cette femme n'est pas seulement dû à l'obligation que tu t'es faite de l'évoquer chaque jour depuis trente-huit mois ? Cette obligation n'est-elle pas le ressort le plus artificiel de ta vie ? Les sentiments qu'elle implique ne sont-ils pas les sentiments les plus factices qu'il t'ait jamais été donné d'éprouver ? La réalité sur laquelle ils reposent n'est-elle pas une réalité révolue ? N'entretiens-tu pas ces sentiments anciens dans l'unique but de pouvoir poursuivre ton travail ? Te représentes-tu le ridicule de cette situation ? Ne tentestu jamais d'imaginer où tu en serais si tu n'écrivais pas ce livre ? Si ton développement ne s'était pas arrêté depuis trois ans sur cette photographie d'un épisode de ton passé ? Tu pensais qu'il te serait simple de l'écrire ? Que tu l'écrirais en une seule année ? Malheureux ! Jeune blanc-bec inexpérimenté ! Sais-tu qu'achevé, dans deux ou trois années, ce livre t'aura fait prendre six ans de retard ? Ignores-tu que ce livre te condamnera à devenir l'inconsolable orphelin de ton existence ? Tu accumules les erreurs, mon garçon ! Il n'est pas possible que tu ne saches pas que les sensations qu'il t'arrive d'éprouver en traversant le parc Montsouris sont exactement les sensations qu'il t'arrivait d'éprouver en traversant Union Square ! Car, et tu le sais très bien, tu as besoin des sensations qu'il t'arrivait d'éprouver en traversant Union Square pour traverser le parc Montsouris. Sans les sensations qu'il t'arrivait d'éprouver en traversant Union Square, tu ne peux pas traverser le parc Montsouris aujourd'hui. Tu ne peux plus te sentir exister hors de ce livre, donc hors des sensations, quand tu traverses le parc Montsouris, qu'il t'arrivait d'éprouver en traversant Union Square. Tu appelles de toutes tes forces, partout, tout le temps, pour pouvoir écrire ce livre, les sensations qu'il t'arrivait d'éprouver en traversant Union Square, en longeant les grilles de Gramercy Park, en suivant les sentiers de Central Park, en descendant Madison Avenue. Et les sensations véritables qu'il t'arriverait d'éprouver en traversant le parc Montsouris, tu les connais ? Si ces sensations n'étaient pas terrorisées par les sensations anciennes que tu leur imposes, si ces sensations n'étaient pas déjà mortes avant même de s'éveiller à elles-mêmes, tu peux nous dire quelle tête elles auraient ? Les geôles de ton livre te laissent-elles entrevoir, à travers les barreaux des lignes, ce que pourrait être ton existence ? L'écriture d'un livre justifie-t-elle qu'on range sa vie dans un carton d'archive, pour la sortir plus tard, quand le livre est fini ? Bon Dieu de merde, c'est pas possible d'être aussi con ! Ne vois-tu pas que ton livre est névrotique, que c'est le livre d'un homme malade ? Tu ne me crois pas ? Tu ris ? Tu crois parfaitement dominer la situation ? Prendre des risques calculés ? Tu ris ? Très bien. Mais sache une chose : un jour, un jour prochain, crois-moi, ce passé installé en toi pour l'écriture de ce livre comme un échafaudage sur une façade, ce passé installé par toi comme un échafaudage sur ton présent, ce passé qui dissimule ton présent aussi sûrement qu'un échafaudage dissimule la façade sur laquelle il s'appuie, tu ne pourras plus l'enlever : il se sera greffé sur ton cerveau à l'endroit même où tu l'auras installé, aux premières loges, juste derrière tes yeux. Voilà, c'est tout, déclare l'homme en pliant sa feuille. Vous voyez, ajoute-t-il en l'empochant, je n'ai pas eu besoin de mes notes. Robert, tu m'en mets un autre, s'il te plaît ?

Immergé dans les mélodies grinçantes de Roxy Music, il emprunta la même route qu'à l'aller. Adoucis par les souvenirs, allégés par les rêveries illimitées qui les accompagnent, les retours de voyage s'expédient aussi rapidement qu'une cassette vidéo qu'on rembobine sur un magnétoscope : à l'aller les avions s'empêtrent dans les nuages, les aiguilles peinent, les bus sont lents et les serveurs des bars d'escale paresseux, tandis qu'au retour les étapes s'enchaînent les unes aux autres avec une fluidité irréelle, Las Vegas laissa place en fondu enchaîné à San Francisco, l'aéroport de San Francisco à celui de

New York, le vol domestique d'American Airlines au lancer transatlantique de Pan Am, les hôtesses bleues aux hôtesses rouges, les plateaux aux plateaux et aux sustentations hâtives, sur des tabourets de bar. Bruno avait passé la nuit dans le même hôtel qu'à l'aller, près de l'aéroport. Il se souvient qu'il écoutait *Street Life*, vacarme amical apprivoisant l'anonymat du lieu, lorsqu'il pénétra dans la salle de bains et se regarda dans la glace. Il se décasqua et composa sur le téléphone, comme la combinaison d'un coffre-fort, les douze chiffres du numéro de Margot. La porte du coffre s'ouvrit, béante sur son obscurité glaciale, et la voix de métal de Margot articula l'allô autoritaire qu'il lui connaissait bien, l'allô machinal et vaguement excédé des individus qui passent leur journée à faire taire des sonneries. Terne, décollée, broussailleuse, la voix de Margot alternait sur ses lèvres avec la cigarette qu'il devina qu'elle fumait. Parti comme c'était, je n'y croyais plus, lui disait-elle. Beaucoup bossé, répondait-il ; pas facile, aussi, avec Wasmuth dans la chambre. Oui, disait Margot, c'est sûr. C'est ça, c'est ça, s'attendait-il à l'entendre lui lancer, mais elle n'était pas d'humeur ironique ; elle acquiesçait aux échappatoires de Bruno en soufflant la fumée. De toutes petites heures à peine après qu'il eut quitté Judith, cette conversation s'avérait délicate. Il n'avait pas envie de dissimuler à quiconque la douceur mélancolique de son état, il aurait voulu ne parler à personne, ou ne parler que de ça, et continuer à laisser bondir en lui cet oiseau palpitant qui s'était laissé emprisonner. Sa voix désaccordée racontait son séjour, contredisant ses paroles rassurantes ; ces triples croches indisciplinées, car il parlait vite, parlait mal, balbutiant, n'allaient-elles pas l'alarmer ? Il arrivait après-demain matin, lui disait-il, pourrait-il aller dormir chez elle ? Elle devait partir tôt, répondait-elle d'une voix terne, les clés chez la concierge. Bon, disait-il, bon, bon. Ils raccrochèrent, se levèrent, il marcha d'un pas nerveux autour du lit et s'essuya le visage avec les rideaux. Un avion décollait, guirlande de hublots lumineux survolant l'hôtel dans un vacarme de scie circulaire qui traversa la chambre comme une lumière – et lui fit percevoir clairement, dans la déchirure, le visage de Judith. Il délaça ses chaussures, fit glisser ses chaussettes silencieuses, les lança roulées en boule à travers la chambre, visant un abat-jour. Conjugués aux cris clairs des Boeing et aux automobiles qui glissaient sur la route derrière les rideaux, les éclats de rire mécaniques d'une émission de télévision qui traversaient la cloison achevaient de construire la maçonnerie triangulaire d'une misérable arène nocturne, à égale distance des plaisirs révolus et du retour à la réalité. Bruno se leva, ses pieds nus dégoûtés par la moquette, et éteignit la lumière. Il s'approcha des vitres et suivit des yeux, à travers les croisillons scintillants du grillage, une limousine fantomatique qui passait sur la route. Margot s'était probablement recouchée, pensa-t-il, le halo d'un fort soupçon au ciel de ses paupières, comme une pleine lune.

Eh bien ?, lui demandait son patron, costume sombre et voix claire. Parfait, répondait Bruno, le monde est à nous ! À nous ?, s'étonnait Judith, le monde est à nous ? Oui, répétait-il, à nous deux, nous ferons l'amour aux quatre coins de la terre ; rayonnante, elle entrouvrit sa veste : la cravate verte de l'homme d'affaires descendait comme un fil à plomb entre ses seins. Assoupi sur son siège, les yeux fermés, la tablette rabattue sur ses jambes, Bruno pinça furtivement son prépuce. Wasmuth m'a dit que tu avais rencontré une jeune femme, à Las Vegas, intervenait Margot. Oui, répondait Bruno, j'ai joui dans ses cheveux inondés de lumière ; et dans ma bouche, aussi, précisait Judith. Le principal, ne l'oublions pas, déclamait l'homme d'affaires en caressant la poitrine de Judith, étant les contrats que vos talents de négociateur nous permettront bientôt de signer ; en attendant, vous avez bien mérité vos orgasmes ! Aime-la, décidait Judith, aime Margot. Elle a raison, intervenait son patron : une fois les contrats signés, finie la bagatelle ! En plus, ajoutait Bruno, Judith est tellement niaise ! Cette histoire de lions blancs ! Elle pleurait ! Et puis elle est incapable de jouir ! Et elle est si romantique ! Ses sentiments ressemblent à des tentures Laura Ashley ! Ça ne m'étonne pas de toi, répondait Margot, les narcissiques adorent qu'on leur dégouline dessus. C'est une entreprise intéressante, ça, Laura Ashley ? Non, répondait Judith en pivotant vers l'homme d'affaires, rhabillée, c'est la décoratrice qui a aménagé l'intérieur de ma tête. Ne compte jamais sur moi pour t'inonder d'un amour aussi sucré, ajoutait Margot. Je vous félicite, concluait son patron. Laisse-moi te prendre dans ma bouche, chuchotait Judith. Tea, coffee ? Bruno rouvrit les yeux : une hôtesse s'était inclinée vers son compagnon de vol, un plateau sur une main ; and you ?, l'interrogea l'hôtesse ; coffee, please, répondit-il en pinçant son sexe sous la tablette, thank you. Cette érection transatlantique, la même que celle qu'il avait eue à l'aéroport en embrassant Judith, il pensa qu'il l'entretiendrait le plus longtemps possible :

tant qu'il n'aurait pas joui, son sexe vivrait dans la continuité concrète de leurs étreintes, dans la même unité temporelle étirée, comme si cette seule journée inaboutie allait devoir s'éterniser jusqu'à l'orgasme ; et s'il patientait jusqu'à New York, pensa-t-il en observant les oreilles de l'hôtesse, Judith conclurait l'érection qu'elle aurait créée deux mois plus tôt : c'est la semence conçue à Las Vegas qui giclerait sur sa poitrine et dans ses cheveux, une déflagration à retardement. Bruno pinça son sexe et prit la tasse que lui tendait l'hôtesse, thank you, balbutia-t-il, et la posa sur la tablette.

La Mercedes s'engagea sur une étroite bretelle autoroutière, elle semblait rouler en marge d'un spot publicitaire vantant les vertus discrètes des voitures françaises. Elle doubla une Citroën AX, contint ses cylindres derrière une vieille R12 immatriculée en Seine-Saint-Denis qui s'effaça, l'Asiatique s'élança dans l'interstice en rasant la glissière de sécurité, le ciel était bleu. Conduisent n'importe comment, ces abrutis !, s'exclama-t-il en dévalant vers l'autoroute du Nord, n'importe comment ! Vous avez des nouvelles de Leconte ?, l'interrogea Bruno. Qui, qui, qui ?, s'énerva-t-il, qui vous dites ? Bruno passa sa tête entre les deux sièges, la remorque d'un poids lourd qui s'approchait opacifia bientôt leur pare-brise ; attrapant la barrette des appels de phare, l'Asiatique illumina rythmiquement les asperges de la nature morte publicitaire dessinée sur les portes, rétrograda, fouetta d'une gifle la tige du clignotant et obliqua sur la droite ; ils longèrent la remorque qui dansait sur le bitume, promenade le long des entrailles encrassées du monstre, et allaient déboîter sur la file de gauche à la hauteur de la cabine quand l'engin leur coupa la route ; la Mercedes entrevit l'humiliante perspective d'encastrer sa calandre aristocratique sur le visage simplet d'une 4L verte, l'Asiatique pila net et s'échappa des pointillés du carambolage en s'enfuyant par la bande d'arrêt d'urgence, un immense panneau publicitaire planté dans un pré montrait un Boeing au décollage. Qui vous dites ?, l'interrogea-t-il distraitement, l'air de rien, qui vous dites ? Leconte, bredouilla Bruno, paralysé par les audaces sportives de son chauffeur, tennis, Roland-Garros : il a gagné ? Non, répondit-il, perdu : partie lamentable. Merde, répondit Bruno ; qui a gagné, alors ? Pourquoi vous dites alors ?, chipota l'Asiatique, subtil dialecticien : vous pensiez qu'il allait gagner ? Dégrisé par l'incident, il maniait sa Mercedes comme un brancard d'hôpital. Oui, c'est un peu ça, répondit Bruno, amusé ; qui a gagné, dans ce cas ? Bruno songea, voyant frémir la nuque de l'Asiatique, qu'il pourrait mettre le pilote automatique, sauter d'un bond sur la banquette arrière et l'assommer : la prochaine fois, il choisirait un immense chauffeur noir dans des sièges jaunes minuscules. Taisez-vous, trancha l'Asiatique, qui brancha la radio des taxis, je ne parle jamais en conduisant. C'est très aimable à vous, commenta Bruno avec un sourire, merci bien. Rue Pierre-Charron 10-12, égrenait la standardiste, rue Pierre-Charron 10-12, rue des Francs-Bourgeois 10-12, rue des Plantes 5-7, rue des Plantes 5-7, rue Pierre-Charron 10-12. La Mercedes sortit du périphérique par une bretelle de sortie puis s'élança sur un boulevard désert le long d'un parc. Les litanies répétitives de la standardiste soulignaient ce que les façades, familières et tout aussi répétitives, confirmaient platement et sans entrain : ils étaient à Paris. Comment peut-on vivre dans une ville qui se ressemble tellement ? Comment peut-on supporter cette désespérante tautologie, visage et miroir dans la même expression figée ? Ville narcissique ne reflétant rien d'autre qu'elle-même ! Il retrouvait les platanes du boulevard avec la même tristesse révoltée qu'on revoit ses collègues de bureau après un mois de vacances ; les palmiers lui manquaient, pensa-t-il, de même que la chaleur et la lumière du désert, les piscines des grands hôtels amarrés comme des paquebots le long des boulevards, l'humeur festive et lucrative du Strip. Dans cette ville dévolue à l'argent, il avait vécu à l'indicatif présent ; et à Paris, ville vitrifiée, ville distante, conjuguée au passé, il vivait au futur. L'Asiatique redémarra, doublant une fourgonnette des Postes, et traversa à vive allure un large carrefour. Rencontrée à Las Vegas, une femme inédite était entrée dans sa vie. Inédite : Bruno n'avait jamais été aimé d'une étrangère, Bruno n'avait jamais aimé ailleurs qu'à Paris, Bruno n'avait jamais été aimé par une femme qui semblait sortir d'un magazine de charme, Bruno n'avait jamais senti crépiter sous ses yeux avec un tel lyrisme la sensibilité d'une femme. New-yorkaise, juive, plastiquement parfaite, elle triplait la mise des mystères qu'on embrasse lorsqu'on embrasse la vie d'une femme. Bruno décollait sur la vitre l'étiquette translucide des tarifs des taxis, ses mains étaient sales, ses ongles étaient noirs ; ayant dormi tout habillé, il s'était imprégné des odeurs d'un vieux sac ; il sentait sur son visage, lorsqu'il bâillait, une pellicule de sueur séchée. Épuisé par le voyage, vidé par les rêveries récurrentes qu'il avait déroulées, il sentit qu'il était privé de la possibilité de dormir, comme un mourant qui n'arrive pas à mourir ;

il s'allongerait sur le lit, liquéfié, abrégé par le décalage horaire, mais n'arriverait pas à fermer les yeux, ni à apaiser l'excitation qui animerait son esprit. L'Asiatique s'arrêta à un stop, secouant lentement la tête pour lui-même, ses pouces colériques frottant la circonférence du volant, et s'engouffra sur le boulevard Arago. C'est là, intervint Bruno lorsqu'ils s'approchèrent du 84, merci. L'Asiatique freina doucement, doucement, doucement, enclenchant son clignotant, et arrêta sa limousine avec délicatesse le long du boulevard. Bruno paya, s'échappa du véhicule, sortit ses bagages, empoigna sa lourde sacoche et s'éloigna en laissant béante la malle arrière de la Mercedes. L'Asiatique bondit sur la chaussée, insultant Bruno qui marchait vers l'entrée de l'immeuble sous les voûtes musculeuses des marronniers.

Les graviers du patio luisaient au soleil, il entrouvrit la baie vitrée, la température était douce. Il s'assit sur une chauffeuse le long des vitres ; à sa gauche s'ouvrait l'obscurité terrifiante de la chambre, les draps froissés, où il pensa qu'il lui faudrait passer la nuit… Il se leva et alluma une cigarette, la première de la journée, la fumée s'enroula voluptueusement dans la clarté du salon. Ses sacs encombraient la pièce, éventrés ou entrouverts, ses affaires s'étaient répandues sur la moquette et sur les sièges, deux ou trois souvenirs fragiles qu'il avait achetés à l'aéroport de Las Vegas traînaient sur la table. Dialoguant avec les sentiments nostalgiques qui l'imprégnaient, ce désordre de retour de voyage lui plaisait : tant qu'il n'aurait pas rangé ses affaires, tant qu'il n'aurait pas joui, tant qu'il sentirait sur sa peau les odeurs de l'avion, il vivrait encore dans son voyage, entre parenthèses. Il enjamba son sac noir et sortit du salon, chercha un cendrier dans les tiroirs de la cuisine, sur la paillasse, à l'intérieur des placards, effrita sa cigarette dans l'évier, ouvrit la porte du réfrigérateur, posa sur la paillasse un pack de lait, en plâtra un grand verre qui séchait sur l'égouttoir et s'arrêta à l'entrée du salon. Appuyé au chambranle de la porte, Bruno avala une gorgée de lait en inspectant les meubles. Il éprouva la sensation, posté comme une sentinelle à l'extérieur du salon, d'examiner l'existence de Margot comme une sculpture. N'était-il pas toujours, comme il l'était maintenant en restant sur le seuil de cette pièce, à l'extérieur de Margot ? Était-il jamais entré dans cette femme ? Bruno avala une gorgée de lait et s'essuya la bouche avec la main, jamais cet appartement ne lui avait semblé aussi froid. Dans cette pièce pas davantage que dans ses attitudes Margot n'entrouvrait son intimité, ces trente mètres carrés renseignaient seulement les visiteurs sur sa passion pour l'art contemporain, des lithographies d'artistes qu'il connaissait mal tapissaient les murs. Paradoxalement, cet environnement glacial était très personnel : s'il n'exprimait rien d'une quelconque intimité, si l'on n'y trouvait aucune photographie, aucun désordre, aucun souvenir, aucun sédiment d'expériences, on y décelait en revanche les attributs d'une culture parfaitement circonscrite : saturant sa personne de signes distinctifs, elle était la femme la plus caractérisée qu'il connaissait. Bruno s'avança dans le salon, fit coulisser la baie vitrée et sortit sur le patio ; la cour de la résidence était déserte et silencieuse, exception faite des échos des klaxons et des sirènes, derrière les immeubles, au-delà des murs de la parenthèse, qui réveillaient régulièrement la pensée qu'il irait travailler le lendemain. Il s'assit sur le muret, son visage offert au soleil, les yeux fermés, et convoqua l'image de Margot. Il aimait sa culture et son art de vivre, cette surface saturée de signes, mais aucune passerelle n'existait qui reliât la glace au tréfonds, son implacable intelligence aux faiblesses qu'elle dissimulait. Margot l'écrasait : elle était trop précise et trop intelligente, aucun flottement, aucune zone hasardeuse, elle semblait toujours avancer dans la vie avec une justesse sidérante, avec une exactitude lumineuse et définitive, comme si elle lisait dans son intelligence comme dans un livre et qu'elle en tirait dans l'instant des conclusions déflagrantes, le téléphone sonna. Il se rappela ce jeu d'enfance qui consistait à opposer, illustrés par les doigts d'une main, une pierre, une feuille et des ciseaux : Bruno était la feuille lorsqu'elle était les ciseaux, il était les ciseaux lorsqu'elle était la pierre, elle l'écrasait alors d'un coup de granit irrévocable, il était la pierre lorsqu'elle était la feuille, la dialectique de ses points de vue enveloppant son cadavre à la manière d'une toile cirée… Vous êtes bien chez Margot, entendit-il, le seul moyen de savoir si je suis là est de laisser un message ; merci, au revoir et à bientôt ! Bruno, c'est Margot ; j'avais l'intention de passer à l'heure du déjeuner, mais je n'aurai pas le temps ; bon, tu dois dormir, repose-toi, je t'embrasse. Le répondeur émit des bips stridents, avant de s'éteindre : le silence le plus absolu, baigné de soleil, régna sur le patio. Bruno se leva et pénétra dans le salon, emportant des graviers sur la plante de ses pieds.

Lorsqu'il rentra, après deux heures de promenade aux abords de la gare d'Austerlitz, il s'aperçut que

Margot était passée : les volets avaient été déroulés, la baie coulissante verrouillée, ses sacs se trouvaient rassemblés dans un coin du salon. Merde, jura-t-il en s'avançant dans la pièce, merde, merde, merde ! Putain, on peut dire que ça commence bien ! Bruno ouvrit la baie, saisit la tige de l'enrouleur, transforma son extrémité plastifiée en une demi-croix gammée, tourna la manivelle ainsi faite à toute vitesse, le rideau métallique se soulevait lentement, révélant peu à peu dans un accès de clarté les graviers du patio, fais chier, grommela-t-il, le rideau dénuda entièrement l'espace des vitres, Bruno lâcha la tige et s'effondra sur le sofa. Quel abruti, grogna-t-il, quel con ! Comment avait-il pu partir comme ça en laissant tout ouvert et en abandonnant ses affaires sur la moquette, au beau milieu de la pièce ? Nul, nul, nul, se lamenta-t-il, nul ! Merde, marmonna-t-il en projetant dans l'herbe son mégot consumé, debout dans l'encadrement des baies, merde, merde, merde !

L'interlocuteur de Bruno poursuivit son monologue, évoquant les progrès qu'avait réalisés l'artiste depuis sa dernière exposition ; sans l'écouter, Bruno dévorait des yeux les bras blancs d'une jeune femme brune dont les longs doigts s'agitaient dans une coupelle de cacahuètes. Vous ne trouvez pas que les toiles de votre oncle témoignent d'une belle maîtrise de la couleur ? Sans doute, répondit-il distraitement, vous avez raison. Une cacahuète entre les dents, la jeune femme lui sourit ; regardez celle-là, par exemple. La tête inclinée, il désignait un triptyque du menton ; oui, vous avez raison, l'approuva Bruno, les couleurs sont étonnantes ; excusez-moi, j'ai aperçu un ami. Il progressa parmi les convives, sa coupe à hauteur d'oreille, et s'arrêta au milieu de la galerie. Un peu plus loin, luisant d'angoisse et d'euphorie, s'échappant par instants pour caresser des yeux les toiles qu'il avait peintes, son oncle avalisait par des éclats de rire les compliments qu'on lui lançait. Bruno progressa dans la salle et avisa la vitrine, Margot poussait la porte ; elle s'immobilisa à l'orée du vernissage, inspectant la galerie d'un œil alerte, et s'éclaira soudain ; désignant d'un sourire désolé l'obstacle de la foule, elle répondit d'un signe de tête au salut du peintre et s'avança vers le plus proche tableau, le reste d'un sourire sur les lèvres. Bruno chercha des yeux son cendrier unijambiste, celui-ci avait été planté un peu plus loin à la périphérie d'un conciliabule enfumé ; un homme énorme tapotait d'un doigt bouffi à la verticale du cendrier la texture rêche d'un long cigare, sa voix d'opéra couvrait les acquiescements flûtés des trois jeunes femmes qui l'écoutaient. Bruno écrasa sa cigarette, posa sa coupe en équilibre sur la corolle d'une colonne et entreprit de rejoindre Margot. Des bustes bombés caressèrent son torse, des bijoux anguleux raclèrent sa poitrine, des verres d'alcool barrèrent sa route, de gros plans de rouge à lèvres hurlèrent dans ses oreilles, pardon, excusez-moi, pardon, disait Bruno, il finit par déboucher à la gauche immédiate de Margot, il tremblait ; lui tournant le dos, elle étudiait les motifs mystérieux d'une grande toile.

Ça va, répondit-elle, et toi ? Il alluma une cigarette et rempocha son briquet, étalant sur son visage un sourire artificiel, et déclara qu'il était fatigué ; neuf heures de décalage horaire, ajouta-t-il. Margot !, s'exclama l'artiste en l'étreignant, comment vas-tu ? Ils s'embrassèrent, l'artiste complimenta Margot sur son allure, tu es radieuse, ce soir, lui dit-il en souriant ; j'ai déjà vendu six toiles, c'est incroyable ! Magdalena n'est pas là ?, l'interrogea Margot. Si, elle est en train d'entreprendre un collectionneur américain ! Ça ne m'étonne pas d'elle, commenta Margot ; tu vas voir, elle va vendre toutes tes toiles en trois jours ! Bonsoir, Bruno, lui dit-il tout à coup ; et ce voyage à Las Vegas, ça s'est bien passé ? Très bien, babutia-t-il en rougissant violemment, Las Vegas est une ville étrange ; une ville bizarre, complètement délirante. La présence clandestine de Judith dans ses pensées, aussi dangereuse qu'une dose de cocaïne dans la doublure d'une veste, lui fit soudain terriblement peur ; Margot observait froidement ses joues rougies, il bredouilla qu'il avait eu du mal à s'adapter à cette surenchère de kitsch ; mais qu'une fois qu'on avait dépassé cette dimension, Las Vegas vous emmenait très loin. Où ça ?, lui demanda-t-elle. C'est difficile à dire, comme ça, hésita-t-il, ruisselant de sueur. Je voulais te présenter quelqu'un, Margot, l'interrompit brutalement son oncle, c'est un historien d'art ; je lui ai parlé de toi, tout à l'heure ; un gros homme chauve avec une cravate rouge, on ne peut pas le rater ! Bruno écrasa sa cigarette à moitié consumée dans le cendrier et risqua sur les toiles de son oncle une phrase de teinturier ; Margot sourit, indulgente, et l'artiste détourna la conversation sur les commentaires qu'il avait entendus ; tout à l'heure, au buffet, une femme disait qu'elle ne supportait plus la violence ! Je ne vois aucune violence dans ton travail, déclara Margot ; tes toiles sont très religieuses, au contraire : cette lumière qui frémit dans l'au-delà du tableau, derrière la matière, derrière les couleurs, pour moi, c'est comme un salut, une rédemption. C'est très juste, ce que tu dis, l'approuva l'artiste avec émotion ; moi, personnellement, intervint Bruno, j'ai toujours senti cette aspiration religieuse ; et c'est la raison pour laquelle il est très restrictif d'apparenter ton travail à l'expressionnisme abstrait, ajouta Margot ; excuse-moi de t'avoir interrompu, Bruno. Tiens, s'exclama l'artiste, je vous cherchais ; laissez-moi vous présenter Margot, dit-il à l'historien en l'attirant vers elle. Bruno détourna les yeux et localisa dans la foule la jeune femme aux bras très blancs, elle laissait tomber du bout des doigts dans la bouche d'un jeune homme des cacahuètes dorées ; ils avaient l'air de n'avoir aucun souci de substance, eux, aucun problème de désertification mentale.

Allongé sur les draps, il feuilletait un magazine ; Margot sortit de la salle de bains, éteignit la lumière derrière elle, fit glisser sa robe de chambre et entra nue dans les draps. L'observation fusillante qu'elle avait faite au sujet des volets s'était résumée à une phrase : c'est pas un hôtel, chez moi. Bruno eut envie d'elle, ou plutôt il eut envie d'avoir envie d'elle, car la certitude qu'il échouerait dans ses tentatives dispersa tout désir : son sexe n'était plus qu'un lambeau de chair, vagabond recroquevillé sur le trottoir d'une cuisse. Il lança l'hebdomadaire sur la moquette, retira son caleçon, embrassa Margot par petites touches, puis entreprit un ambitieux baiser. Elle n'aimait pas les longs baisers, il le savait, mais ça ne signifiait rien, elle n'était pas la première femme qu'il rencontrait qui n'aimait pas les longs baisers. Elle avança une main vers le sexe de Bruno, l'emprisonnant dans son poing doux comme un moineau ; il était mou, fiévreux, moite, maladif, il le sentait. Il écarta les draps, appliqua ses lèvres sur la poitrine de Margot, mordillant les aréoles ; leur désarroi occupait l'espace de la pièce comme une énorme pensée suspendue, il entendait Margot penser, il en captait les vibrations dans l'atmosphère. Il s'affairait sur sa poitrine comme s'il marchait tout seul en plein désert, hors de portée, loin du théâtre de leur accouplement ; c'est d'ailleurs là qu'il aurait voulu être, dans le désert, à une demi-douzaine de méridiens des minutes de plomb qui pesaient sur leur lit. Margot posa sa main sur la nuque de Bruno, conciliante : dodo, dit-elle. Il l'approuva, évoquant les aléas du décalage horaire, et rentra dans les draps. Margot tapota son oreiller, embrassa Bruno sur la bouche comme on dit bonjour à sa boulangère et éteignit la lumière.

Lorsqu'il déboucha sur le trottoir du boulevard Arago, le lendemain matin, sa doublure héroïque s'élança dans les airs en hurlant. Il s'arrêta au bord du boulevard, traversa, s'orienta vers le métro, sa doublure fusait comme un volatile suicidaire à travers les branches des marronniers, des brindilles accrochées dans ses cheveux ; oooouuuuuaaaaahhhhh !, hurlait-elle, oooouuuuuaaaaahhhhh ! Elle s'élança sur une trajectoire verticale, s'immobilisa à la surface du ciel et salua Bruno, qui bouscula une vieille dame ; le facétieux volatile éclata de rire, excusez-moi, dit Bruno, je ne vous avais pas vue, il s'attarda un instant auprès de la vieille dame, ça risquait pas, ronchonna-t-elle, lorsqu'on marche la tête en l'air en hurlant, vous pourriez tout de même faire attention ! Bruno abandonna la vieille à sa colère, un cortège de passants dont il partageait l'intention d'emprunter la ligne 8 accompagna ensuite ses pas vers le métro, l'oiseau calamiteux s'abandonna à la vitesse d'une chute vertigineuse et le ventre de Bruno se souleva avec une délicieuse sensation de vertige, Judith était apparue nue sur le trottoir. Il gravit les marches du métro aérien, glissa un ticket dans la fente d'un tourniquet et pénétra sur le quai ; il grimpa dans une voiture, s'installa près d'une fenêtre, sa doublure l'y attendait, les jambes croisées, sifflotante, les portes claquèrent, Judith s'éloigna sur la pointe des pieds. Faudra lui concocter un rapport cristallin, à l'autre abruti, pensa-t-il en souriant : monter la mayonnaise, lui faire miroiter sa bonne fortune dans les vitres des gratte-ciel de New York, éviter de rougir lorsqu'il m'interrogera sur mon séjour, j'aurais dû cirer mes pompes. La rame s'acheminait dans la ville à une altitude de trois étages, le tracé tremblant des wagons dessinait sur les façades une ligne de flottaison en deçà de laquelle les rues semblaient déshéritées, englouties dans une pénombre fermentée. La doublure héroïque de Bruno bondissait sur les arceaux métalliques de la passerelle, suivait la rame en voltigeant, elle s'élança vers les cimes d'un immeuble Haussmann et s'immobilisa en surplomb des antennes. Jackpot !, roucoula la perruche excitée, jackpot ! Et dans un mois, gros veinard, pffuittt !, adiós !, croassa-t-elle en caracolant sur les toits, en route pour Manhattan ! La rame arriva à la station Daumesnil, Bruno emprunta les couloirs bondés du métro, réapparut lentement à la lumière debout sur un escalator – héros d'une courte résurrection. Équipée d'une batterie de fumigènes, sa doublure dessinait dans le ciel le patronyme de l'élue.

Bruno avait poussé la porte vitrée sur rue, s'était entretenu brièvement avec l'aide-comptable et avait traversé la réserve de livres. Il avait entraperçu l'homme d'affaires dans son bureau, la tête rentrée, imperturbable, qui parlait au téléphone ; sans s'arrêter et sans attendre qu'il lève la tête, il était entré dans sa pièce, avait lancé sa sacoche sur un fauteuil, inspecté la surface de sa table, s'était souvenu qu'il l'avait rangée avant son départ, trois périlleuses hautes piles de dossiers non classés en occupaient les angles, strates de trois mois de travail ; une seule des douze loupiotes du téléphone était allumée, lueur rouge sur le plastique brun, celle de son patron. Bruno avait parcouru les en-têtes des enveloppes déposées sur sa table, rien qui appelât un décachetage immédiat, et s'était assis. Il attrapa sa sacoche, la loupiote rouge était encore allumée, sortit son carnet d'adresses, feuilleta les pages, s'arrêta à la lettre A : Judith Agatstein, 132 East 18th str., Appt # 6V, 10012 New York, NY NY. Je t'aime, murmura Judith, ces trois jours à Las Vegas ont été les plus beaux jours de ma vie. Bruno sourit, son sexe tendu à se rompre, et suivit des yeux dans la pièce sa poitrine suspendue ; bonjour, Bruno. Il sursauta, baissant la tête, et vit son patron ; il ne l'avait pas entendu raccrocher, ni traverser son bureau, ni s'approcher du sien, ses Weston noires résonnant sur le bref itinéraire carrelé qui reliait leurs bureaux. Bruno rectifia l'expression béate de son visage, bonjour, balbutia-t-il, comment allez-vous, l'homme d'affaires l'invita à le suivre, il contourna sa table et pénétra dans l'antre directorial. Votre voyage à Las Vegas fut productif ? Vous êtes content ? L'homme d'affaires n'avait esquissé aucun sourire, n'avait prononcé aucune parole avenante, quelque chose n'allait pas, il tripotait un trombone. Bruno lui répondit d'une voix décidée qu'ils n'auraient pu espérer de meilleurs contacts, il allait lui préparer un rapport détaillé, une liste des partenaires les mieux placés pour les soutenir, quelque chose n'allait vraiment pas. Martyrisant l'ancien trombone, un bout de métal tordu comme une trompette dynamitée, l'homme d'affaires l'écoutait sans sourciller ; il n'exprimait aucun enthousiasme, aucune satisfaction, aucune curiosité. En tout cas, poursuivit Bruno d'une voix tressaillante, il est très probable que certaines des entreprises les plus performantes seront disposées à étudier avec nous les principes d'une collaboration. Parfait, conclut son patron en levant les yeux, nous verrons ça plus tard. Il n'avait pas envie de regarder Bruno, c'était flagrant, ses yeux étaient dirigés sur lui mais semblaient hostiles à tout mélange, ils se retenaient tout autant qu'ils se refusaient. L'homme d'affaires baissa la tête lorsqu'il commença à parler, il commença après une longue hésitation pendant laquelle Bruno put consulter avec effroi l'épais nuancier des catastrophes possibles ; il pensa aux hautes piles de dossiers non triés, à la soirée qu'il avait passée sur le minitel à courtiser des inconnues (France Telecom leur envoyait sans doute un relevé détaillé, paniqua-t-il), à un courrier resté en souffrance pour lequel son patron l'avait sollicité plusieurs fois. Bruno n'apprécia pas la gravité des faits dès les premières phrases ; mais à mesure que l'homme d'affaires progressait dans son exposé, à mesure que l'ancien trombone renaissait à l'existence sous la forme d'un ustensile aussi complexe qu'inutile, il comprit l'importance accordée à l'événement dont il était l'artisan et pâlit. Cette catastrophe-là, il n'aurait jamais imaginé qu'elle pût advenir ; il en avait oublié jusqu'au détonateur, une conversation anodine qu'il avait eue avec un ami et au cours de laquelle il avait révélé des informations confidentielles. Colportée dans tout Paris, cette indiscrétion avait entraîné une terrible réaction en chaîne. Je viens de recevoir un coup de téléphone de nos associés, affirmait son patron, ils sont furieux, furieux, furieux, les entreprises du groupement les menacent de représailles ! C'est la révolution, s'emporta-t-il ; j'ai passé trois heures au téléphone avec eux hier soir, je ne sais plus comment faire ! C'est très grave, très grave, très grave ! Son patron leva les yeux lorsqu'il eut fini d'égrener les conséquences de sa bévue – et cette fois son regard était vivant, terrorisant, une lame de rasoir. Je ne doute pas de votre bonne foi, lui dit-il, naturellement ; mais il n'y a pas que ça, ajouta-t-il, car il existe aujourd'hui à votre encontre un ensemble de présomptions extrêmement préoccupant. L'épouse de l'homme d'affaires pénétra dans la pièce timidement, posa sur la table une liasse de papiers, dévisagea Bruno avec tristesse, elle avait dû entendre parler des événements toute la nuit ; merci, lança froidement l'homme d'affaires à sa femme, je ne te retiens pas ; bonjour, Bruno, lui dit-elle du bout des lèvres tandis qu'elle reculait, à tout de suite. Elle ferma la porte derrière elle avec tact, la clenche sembla lui transmettre des condoléances, il croisa les jambes en soupirant. Tout à l'heure, reprit l'homme d'affaires lorsqu'il fut sûr que la porte fut bien fermée, je vous ai surpris dans une attitude béate. Vous étiez là depuis vingt-cinq minutes, précisa-t-il, et vous n'aviez décacheté aucune lettre : vous regardiez fixement le plafond en souriant. Vous n'aviez donné aucun coup de téléphone, vous n'aviez sorti aucun dossier, votre ordinateur était éteint. Il considéra

Bruno bien en face, pleins phares : vous avez regardé le plafond en souriant pendant près d'une demi-heure ? La première chose que vous auriez dû faire, en arrivant, poursuivit-il en époussetant sa table, c'est aller voir Marie-Françoise. Y a-t-il des messages ? S'est-il passé des choses pendant votre absence ? Marie-Françoise a-t-elle exécuté correctement les diverses missions qu'elle s'était vu confier ? Les relevés de vente du mois de mai sont-ils arrivés ? Ils sont arrivés, les relevés de vente, dans l'hypothèse où ça vous intéresse, précisa-t-il, et vous feriez bien d'y jeter un coup d'œil. Tout ça est très préoccupant, reprit-il en levant les yeux, je ne vous le cache pas. J'ai détecté chez vous, dans votre comportement, depuis quelque temps, par touches légères, ici et là, poursuivit-il en agitant ses doigts dodus, des signes alarmants : distraction, dispersion, négligences diverses, concentration défaillante. Et même, autant appeler les choses par leur nom, un léger laisser-aller qui pourrait facilement dégénérer en fumisterie. Certes, nuança-t-il, vous n'avez pas démérité : vos résultats sont bons, vous êtes sérieux, ponctuel, intelligent, mais toutes ces qualités sont aujourd'hui en équilibre au sommet d'une pente savonneuse. J'avais l'intention, du reste, s'assouplit-il, d'avoir cette petite conversation avec vous. Il eût été préférable pour vous que le contexte en fût plus paisible ; seulement voilà, entre-temps, vous avez trahi la confiance que j'avais mise en vous ; et ça, autant l'avouer d'emblée, j'ignore s'il me sera possible de vous le pardonner. Lorsqu'il sortit du bureau, une demi-heure plus tard, pantelant, vacillant, des larmes dans les yeux, son ventre dans la bouche, Bruno n'envisagea aucune autre alternative qu'un prompt licenciement. Son patron n'avait-il pas déclaré qu'il n'avait encore pris aucune décision, qu'il devait réfléchir, que Bruno s'était rendu coupable de ce que les prud'hommes appellent une faute grave ? Assis sur sa chaise, la tête levée vers les vitres (il n'y avait plus ni immeuble, ni jardin, ni peuplier, mais une immense tache blanche lumineuse), il était assis sur sa chaise et regardait par les vitres. L'algarade qu'il avait subie s'était violemment substituée à ses souvenirs ; ceux-ci n'étaient plus qu'une lointaine image sans substance, un voilier minuscule sur la ligne d'horizon. Rejoints par la réalité, les souvenirs de Las Vegas qu'il ne pouvait malgré tout s'empêcher d'évoquer le faisaient souffrir au plus profond de lui-même : Judith dévisageait l'individu pitoyable qu'il était aujourd'hui avec les yeux admiratifs de la veille. C'est ce qu'on appelle, dans les bistrots, un dur retour sur terre.

Bruno déverrouilla la porte et entra dans son studio, ça sentait le renfermé. Il posa ses clés sur le bar, traversa la pièce, décacheta en marchant une enveloppe de l'EDF qu'il avait ramassée sur le paillasson et crocheta grand ouvert l'un des six vasistas qui éclairaient sa mansarde. Il sortit la lettre de l'enveloppe, son studio était dans un état de saleté déplorable ; les vêtements qu'il avait portés à Londres avant son départ pour les États-Unis traînaient par terre au milieu de la pièce, un empilement de vaisselle sale pourrissait dans l'évier. Le règlement de votre facture du 23 04 ne nous est pas encore parvenu, disait la lettre. Le montant restant dû est de 657,79 francs. Peut-être avez-vous effectué ce paiement très récemment ? Dans ce cas, nous allons le recevoir et ce rappel devient sans objet. Néanmoins, nous vous invitons à respecter à l'avenir la date limite de paiement portée sur chaque facture, lisait Bruno en s'approchant du répondeur, mais peut-être s'agit-il d'un oubli ? Alors, adressez-nous votre règlement… ceci évitera… toutefois… des modes de paiement… CCP… votre agence vous donnera… l'expression de nos sentiments distingués… partie détachable… 657,79. Bruno laissa tomber la lettre sur un amoncellement de papiers et s'installa sur la moquette devant son répondeur, la loupiote rouge clignotait. Il enfonça une touche, la bande se rembobina, stoppa net, des grésillements sortirent du haut-parleur. Bruno aperçut près du téléphone deux enveloppes de l'EDF qu'il n'avait pas décachetées ; il en prit une dont il inspecta la date d'expédition, il avait complètement oublié leur existence. Salut, c'est Olivier, mardi matin, j'espère que tu n'as pas laissé toutes tes économies dans les *slot machines* ; je te rappellerai plus tard, salut. Des bips sonores sifflèrent dans la pièce, la facture avait été postée trois semaines auparavant… Bonjour ma puce, c'est Emmanuel, je ne sais plus quand tu rentres de Las Vegas ; tu as eu tort de partir comme ça, j'en ai profité pour séduire Margot, il me semble qu'elle est folle amoureuse de moi, il faudrait qu'on en parle, bisous. La machine se tut après un dernier bip strident, il n'y avait pas de message de Judith. Bruno ouvrit la penderie, en sortit du linge propre qu'il rangea dans une petite valise, ramassa ses vêtements sales dispersés par terre et les cacha dans un tiroir. Il aspergea les empilements de vaisselle d'une salve de liquide vert et fit couler de l'eau chaude. L'humeur lourde, démoralisé, il s'assit sur le lit et souffla, le visage dans ses mains. Pourquoi n'avait-elle pas laissé de message ? Une lumière crue tombait des vasistas sur la moquette et les murs, débusquant les moutons échevelés qui dansaient dans les courants d'air ; dégrafant son pantalon, Bruno sortit son sexe qui palpita dans les rayons du soleil. Il se leva pour aller boire un verre d'eau fraîche derrière le bar, il le vida en caressant d'un long regard songeur à travers le vasistas l'étendue bleue du ciel, les trompettes d'une annonce publicitaire résonnaient dans la cour. Le verre qu'il avait lâché dans l'évier sombra doucement dans la cocotte-minute remplie d'eau ; son sexe regorgeait d'explosions suspendues, il avait mal.

# XI

*Paris, mardi 2 mai 1995*

Deux temps : le moment où s'envole l'innocence, pensa-t-il en marchant sur le boulevard Saint-Jacques, et celui où l'on comprend qu'on l'a perdue ; et qu'on a parcouru un drôle de bout de chemin, depuis, de plusieurs années, et qu'il est impossible de faire demi-tour : c'est comme lorsqu'on oublie son parapluie dans un hôtel de Porto, pensa-t-il en poussant la porte cochère, et qu'on s'en aperçoit deux jours plus tard à Lisbonne. Bruno gravit les escaliers, ramassa trois enveloppes déposées par la gardienne sur le paillasson et ouvrit la porte blindée ; Sally accourut dans l'entrée et réclama son déjeuner, miaulant d'indignation. On réalise un jour qu'on a perdu son innocence, pensa-t-il en ouvrant une boîte de Whiskas, et pourquoi, et quand : on sait très bien pourquoi, et on sait quand. C'est quand même d'une perversité suprême ! Notre innocence agonise sans qu'on le sache et c'est quatre ans plus tard, par hasard, qu'on s'aperçoit qu'elle est morte ! Bruno jeta sa veste sur le lit, inspecta les enveloppes qu'il avait posées sur la table et pénétra dans la salle de bains ; il y avait à nouveau une lettre de la Sécurité sociale, c'était au moins la sixième qu'il recevait depuis sa brève hospitalisation du mois précédent. Il se lava les mains, se recoiffa, observa longuement son visage dans la glace et s'aspergea d'eau de toilette. C'est la mort de l'enfance, le plus souvent, pensa-t-il en éteignant la lumière, qui blesse les hommes pour le restant de leurs jours. Or il avait détesté et détestait son enfance, toute son enfance avait été marquée par la haine de l'enfance, la haine d'être enfant et la haine des enfants ; son enfance, de ce fait, pensa-t-il, ne fut pas innocente. L'innocence advint plus tard, à dix-huit ans, lorsqu'il déserta la maison familiale pour monter à Paris, lorsqu'il liquida l'amour de sa mère et ses angoisses de mère craintive ; il accéda à l'innocence lorsqu'il comprit qu'un monde nouveau s'ouvrait à lui, lorsqu'il écrivit ses premières pages, lorsqu'il s'aperçut qu'il plaisait aux filles. Et c'est à trente ans qu'il réalise qu'il l'a perdue, qu'il la perdait quatre ans plus tôt, en même temps qu'il renonçait à Judith ; leur histoire était l'ultime chef-d'œuvre de son innocence, cette romancière stupéfiante. Désormais il devra écrire sa vie tout seul, pensa-t-il en décachetant l'enveloppe de la Sécurité sociale, des pages sans déraison, sans insouciance, sans envolée lyrique, des pages plates sans péripétie, des fictions sans fiction, il entra dans son bureau et alluma son ordinateur. Il vida son cendrier sur le parquet et s'installa à sa table, réglant la position de sa chaise avec la même précision décisive qu'un pianiste. Les algarades de l'homme d'affaires avaient-elles terni son ivresse, ses souvenirs de Las Vegas, les préparatifs de son séjour à Manhattan ? À peine, pensa-t-il. Il avait vécu cet épisode et les menaces de son patron avec l'insouciance d'un papillon tournoyant dans une usine, il s'était comporté comme un élu à qui la grâce est due, comme un créancier des sublimes soirées tièdes qu'il avait passées à rêver, à voir danser sous ses yeux son avenir comme on contemple une flamme : il n'avait pas hésité une seule seconde à subordonner ses devoirs aux splendeurs d'une excursion amoureuse, aux promesses d'une amplification soudaine des contours de son existence. Bruno considéra avec inquiétude la lettre de la Sécurité sociale qu'il avait posée sur sa table, il n'osait pas la lire ; il se souvenait seulement qu'une jeune femme blonde inquiétée par son comportement avait brisé la glace d'un poste d'appel sur un quai du métro ; il s'était évanoui en voyant surgir la police, il s'en souvenait, et s'était réveillé dans une chambre d'hôpital ; la jeune femme s'était éclipsée sans donner d'explication aux policiers, si bien que personne, mis à part lui, à travers de brumeux souvenirs d'orteils, de voûte plantaire et d'érection, ne savait ce qui s'était passé sur ce quai ; il avait dû s'égarer, en contemplant les orteils de la blonde, dans un délire irrépressible de succion. Bruno cliqua sur le dossier « Rupture Judith » et alluma une cigarette. Il se leva après avoir relu les trois premières pages, incapable de se concentrer, et classa la lettre de la Sécurité sociale dans son dictionnaire des synonymes.

Poussant du bout du pied dans son bureau une canette de bière aplatie, il songea avec amertume à la soirée de la veille. Il l'avait passée avec Margot chez Cécile et Emmanuel, au dernier étage d'un immeuble moderne érigé en bordure du cimetière Montparnasse. Cécile avait acheté chez un traiteur italien de toutes petites tomates confites et des pâtes fraîches qu'ils avaient avalées en buvant du valpolicella. Puis ils avaient débarrassé la table à la hâte, Emmanuel avait déplié sur le chêne une pièce de feutrine verte, Margot réparti en quatre piles les plaques de bakélite, Cécile tracé sur une feuille des colonnes surmontées par leur prénom. Et comment marche ta dernière escroquerie commerciale ?, attaqua Margot avec ironie ; elle déplaça une pile de bakélite vers Cécile, qui taillait un crayon. Cette escroquerie, comme tu la nommes si gentiment, sursauta Emmanuel en s'emparant d'un paquet de cartes, m'a déjà rapporté six cent soixante mille francs ; est-ce ma faute si les gens sont assez cons pour mettre cent trente-cinq balles dans mes merdouilles ! Non, effectivement, acquiesça-t-elle, on peut voir les choses de cette manière. Et toi, Bruno, comme d'habitude, plaisanta Emmanuel en triant les cartes, tu ne fais rien ! Si c'est comme ça que tu cherches du travail, Margot n'est pas sortie de l'auberge ! Occupe-toi donc des digestifs ! Bruno posa sur les coussins du sofa l'hebdomadaire qu'il était en train de lire et pénétra dans la cuisine ; une équipe de chercheurs américains était parvenue à cloner des embryons humains ; ce type de manipulation, expérimenté sur les vaches, n'avait jamais été mené sur l'homme ; le directeur des recherches, qui portait exactement le même nom qu'un top model épouse d'une rock star, venait d'informer la presse qu'il n'avait pas l'intention de poursuivre ses recherches. Bruno posa sur un plateau des bouteilles de vodka, armagnac, tequila, trois verres, un sucrier pour Cécile, du chocolat, deux cendriers lavés, et réapparut dans la pénombre du salon ; ils s'étaient tous assis, concentrés, et Emmanuel comptait les cartes ; on est d'accord, n'est-ce pas, on joue avec trente-deux cartes… Bruno s'installa face au cimetière, à la place qu'il avait convaincu Emmanuel de lui laisser ; derrière les baies vitrées, une zone d'ombre quadrillée d'allées conduisait ses yeux jusqu'au *skyline* de la rue Froidevaux, il apercevait dans la nuit les rectangles gris des pierres tombales. Bruno ramassa ses cinq cartes, les disposa en éventail, soupira : deux rois, un valet, un huit, un sept. Cartes !, s'exclama Emmanuel. Deux, s'il te plaît, annonça Bruno en écartant les deux plus mauvaises ; il regarda avec anxiété ses deux prises : un roi et un neuf : brelan de rois. Servi, déclara Emmanuel avec coquetterie en déposant la pioche à côté de lui ; allons-y, Bruno, c'est à toi de jouer. Ses doigts blancs disposés sur l'envers quadrillé des cartes comme un lutrin, Margot considérait la table en silence, impassible ; il la dévisagea avec tendresse, espérant s'attirer un sourire. N'essaie pas de m'amadouer, Bruno : au poker, tu n'es plus qu'un inconnu. Et si ce n'était qu'au poker !, explosa Emmanuel ; comment veux-tu te sentir autrement que comme un être d'une autre espèce, avec un phénomène comme lui ! Tu n'as pas tout à fait tort, l'approuva-t-elle avec un sourire, arrêtez de l'emmerder, chuchota Cécile, c'est à lui de jouer, râla Emmanuel. Vingt francs, déclara Bruno en posant deux morceaux de plastique sur la feutrine ; plus dix, renchérit Margot ; je me couche, se désola Cécile ; plus trente, articula Emmanuel ; si j'étais toi, Bruno, j'irais nous préparer du café ! Bruno hésita, scruta son jeu avec inquiétude, respira profondément : plus vingt, balbutia-t-il ; plus trente, articula Margot ; Bruno la dévisagea du coin de l'œil : semblable à une espionne mémorisant des documents secrets dans un laboratoire soviétique, elle scrutait ses cartes sans expression ; plus cinquante, surenchérit Emmanuel ; Bruno releva ses manches, il avait chaud, consulta son brelan : les trois rois l'observaient en silence, aucune sympathie pour lui n'illuminait leurs traits ; alors, Bruno, s'exclama Emmanuel, on va pas y passer la nuit ! La nuit, justement : elle était éclairée par la somme des lumières de la ville comme par un clair de lune ; l'enseigne rouge du PLM Saint-Jacques signalait sans le savoir le territoire d'errance de Samuel Beckett ; elle semblait l'encourager, la beauté banale et stupéfiante de la ville, et Bruno lui répondit non ; je me couche, déclara-t-il ; pour voir, conclut Margot en s'alignant sur l'ultime mise d'Emmanuel ; très bien, répondit-il. Il déposa son jeu sur la table : deux paires dont une aux as ; c'est pas assez, s'illumina Margot. Elle tomba son jeu : un brelan de huit. Bravo, commenta Emmanuel, bien joué ! Tu ne dis rien, Bruno, ça ne va pas ? Si, ça va, éluda-t-il, j'ai bien fait. Emmanuel ramassa les cartes dispersées sur la feutrine et les mélangea au pot, qu'il coupa pour Bruno. Je pensais bien la ramasser, celle-là, déclara-t-il en allumant une cigarette ; avec une double paire dont une aux as sur la première donne, j'aurais dû l'emporter ! Mais comme dirait Émile Brochard, le célèbre philosophe suisse, ce n'est pas parce qu'on pense être en tête qu'on l'est en réalité ! Très drôle, répliqua Margot tandis qu'elle ramassait les cartes qu'avait distribuées Bruno, très amusant ; tu ne pourrais pas changer de registre ? Bruno avait ouvert son jeu et s'éventait mécaniquement avec un éventail bien pourvu : un brelan de dames. Un roi et un valet leur tenaient compagnie, ils semblaient plaisanter dans la pénombre prometteuse d'un jardin florentin, les trois dames riaient aux éclats en accueillant leurs propositions malhonnêtes. Bruno distribua les cartes, deux pour Margot, une pour Cécile, trois pour Emmanuel, une seule pour lui – il avait sacrifié l'éphèbe. Bruno superposa ses cartes, qu'il décala une à une avec son pouce en tremblant : il retrouva la dame de cœur, la dame de trèfle, la dame de pique, le roi barbu qu'il avait conservé ; il respira profondément, jeta un œil sur le cimetière, ferma les yeux, les rouvrit : la cinquième carte était un roi. Merci, exulta-t-il intérieurement en sondant l'obscurité du cimetière, merci la nuit : un full aux dames par les rois. Margot avait posé deux plaques de bakélite sur le tapis, Cécile trois plaques, Emmanuel six plaques, Bruno hésita. C'est drôle, commenta Emmanuel, la vitesse de croisière de la partie s'interrompt tous les quatre coups comme si nous traversions un village ; il y a une limitation de vitesse dans ton cerveau ?, poursuivit-il, tu as peur des radars ? Toute la tablée éclata de rire, les plaisanteries d'Emmanuel faisaient mouche à chaque fois ; à quarante-cinq ans, il avait un brillant avenir de *sniper* devant lui. Le roi de pique ressemble à la description qu'on nous a faite un jour de Brochard, ironisa-t-il en dévisageant Margot, tu ne trouves pas ? Bruno avait posé huit plaques sur la feutrine, Margot s'était couchée en fusillant Emmanuel d'une répartie cinglante, Cécile aussi mais en silence, un hélicoptère survolait les abords du cimetière. Emmanuel tortura Bruno en décomptant cruellement dix-sept plaques devant lui, qu'il poussa au milieu de la table. L'hélicoptère clignotant dialogua avec une pensée lente qui survolait la tristesse de Bruno, pales violentes tournant dans sa tête qui lui disaient qu'Emmanuel profitait des circonstances désastreuses de sa vie pour l'affaiblir ; il songea à l'aller-retour Paris-Biarritz qu'il avait fait la veille en poussant sa charrette de sandwichs et détesta Emmanuel ; tapis, l'agressa-t-il. Il déplaça au milieu de la table la plage de galets rouges sur laquelle bronzait son briquet, et alluma une cigarette. Tu fais tapis !, s'exclama Margot, mais tu es fou ! Tu ne vois donc pas qu'il a un jeu d'enfer ! Emmanuel dénombra les galets avec une allégresse anticipée, aligna sa mise sur la mise suicidaire de Bruno et pivota vers lui : pour voir, dit-il. Bruno paniqua : pour quelles raisons cet imbécile était-il si sûr de lui ! Pour voir, répéta Emmanuel avec un sourire arrogant. Bruno l'observa : dénouée sur l'éclatante blancheur de sa chemise, la cravate grise qu'il arborait lui fit peur ; la même tuyauterie qui l'enrichissait dans la vie l'irriguait sans doute comme par miracle de carrés d'as, de quintes flushs, de fulls servis ; Bruno n'avait pour seul avenir qu'un full aux dames par les rois et son amour de la nuit, un avenir bref délimité par les cinq cartes qu'Emmanuel tenait dans ses doigts. Notre ami semble avoir un léger malaise, commenta Emmanuel ; je crois qu'il a compris qu'il vient de faire une connerie ! Téléphone à ton ami Brochard pour lui taper cent balles !, ricana-t-il, le téléphone est dans la chambre ! Bruno posa ses cartes sur le tapis, dans les exclamations générales de la tablée : full aux dames par les rois !, s'exclama Margot ; mon pauvre Emmanuel, s'attrista Cécile, c'est pas ton jour de chance ! Vous êtes des amateurs, susurra-t-il ; nous ne jouons pas dans les mêmes sphères ! Emmanuel écrasa sa cigarette et jeta négligemment ses cartes sur le tapis les unes derrière les autres : un huit de cœur, une dame de cœurs, un dix de cœur, un six de cœur ; d'après toi, Bruno, chantonna-t-il en écoutant ses joues bleuies crépiter sous sa dernière carte, c'est un bluff ? Non, malheureusement, je ne pense pas, marmonna Bruno. Emmanuel jeta sa carte sur la feutrine : un valet de cœur. Une couleur !, s'extasia Margot, une couleur ! Et avec trois cartes rejetées, s'enorgueillit Emmanuel ; Bruno m'a gentiment filé trois cœurs, cet imbécile ! Il est impayable, si je peux me permettre cette expression de mauvais aloi ! Impayable !

Il débarquait sur l'île après une longue traversée, avait-il rêvé la veille de son hospitalisation, d'éclatantes falaises blanches s'étaient profilées tout à coup dans la lumière de l'aube. Elle est inconsolable, lui confiait la sœur de Judith en pleurant tandis qu'ils traversaient des patios blancs, elle va bientôt mourir ; elle va bientôt mourir, répétait-elle en pénétrant dans une salle sombre, c'est imminent. Il marchait vers Judith sur une terrasse qui surplombait la mer, une longue robe blanche reproduisant les entrelacs bleu ciel des tasses de porcelaine étincelait dans la lumière, elle était d'une maigreur effrayante. Il la dévisagea, l'horizon d'un sourire apparut dans ses yeux vides puis elle sourit ; je suis contente de t'avoir revu, lui dit-elle d'une voix tremblante ; elle caressa son menton d'une main osseuse, il pleurait, on l'écarta, il s'éloigna dans les bras d'un colosse. Assise sur la margelle d'une fontaine, les cuisses écartées, sa sœur lui déclara qu'elle venait de mourir ; Judith est morte, répéta-t-elle en caressant son sexe, elle vient de mourir. Elle était épilée, il aperçut tout autour de ses lèvres des points noirs minuscules comme une barbe de deux jours. Il s'agenouilla sur les dalles, promenant sa langue sur l'aine râpeuse de la jeune femme.

Bruno finit par lire la lettre de la Sécurité sociale, il n'y comprenait rien, c'était la sixième fois qu'on l'interrogeait sur la nuit qu'il avait passée aux urgences de l'hôpital Fernand-Vidal ; il devait remplir deux formulaires, renvoyer les feuilles de remboursement, communiquer les références de la mutuelle de Margot. Il retira son gilet dans la chambre, décapsula une canette de bière et s'enferma dans son bureau.

C'était il y a un mois : il aidait son meilleur ami à repeindre son appartement, un studio en rez-de-chaussée sur une avenue, lorsqu'il crut la reconnaître ; une bourriche ronde en cuir blanc suspendue à l'épaule, ses cheveux noirs ligotés sur la nuque par un ruban, elle traversait l'avenue et révéla un profil identique au profil de Judith. Plus ça va, avait-il confié un peu plus tôt à Olivier en passant son rouleau sur la cloison, plus j'aurai du mal à trouver ; au début, quand je répondais aux annonces, j'arrivais à décrocher des entretiens ; j'ai même été embauché une fois. Bruno avait plongé son rouleau à l'intérieur du bac, sa texture spongieuse et échevelée était semblable au poil d'un animal fiévreux, l'instrument produisait sur la cloison des bruits mouillés désagréables, une sorte de crépitement de salive ; vêtu d'un pantalon troué et d'une vieille veste qu'il avait déjà utilisée pour repeindre son bureau, il recevait sur le visage des gouttelettes de peinture. Le coup de Brochard !, s'était exclamé Olivier ; celui-là, Margot n'est pas prête de l'oublier ! C'est le moins qu'on puisse dire, l'avait approuvé Bruno ; d'autant plus qu'il va sans doute falloir déménager. Il remuait la pâte collante de la peinture avec une vieille cuillère en bois, éprouvant la sensation bizarre de n'être plus dans son corps ; voyant sa main mouchetée reposer l'ustensile sur le couvercle du pot, il avait eu soudain l'impression qu'il ne l'avait jamais vue. Et tu t'amuses toujours à truffer tes lettres de fautes d'orthographe ? Non, avait-il murmuré après un long silence, je ne le fais plus ; c'était au début, quand j'étais encore susceptible de séduire des recruteurs ; maintenant, il y a un trou béant de quatre ans dans mon curriculum vitae. Recollant sur les plinthes avec du scotch la bâche en plastique qu'il avait déroulée sur le parquet, Olivier l'avait encouragé à poursuivre ; vas-y, je t'écoute, c'est cette putain de bâche qui se décolle. Bruno avait déplacé l'escabeau près de la fenêtre et regardait l'avenue à travers les vitres ; en fait, avait-il poursuivi rêveusement, j'aimerais trouver un boulot tranquille et pas trop mal payé ; un job intelligent, subtil, introspectif, dans une entreprise sensible, harmonieuse, délicate, dirigée par un patron poli, profond, métaphysique... Olivier, qui avait éclaté de rire, s'était interrompu brusquement lorsqu'il avait compris que Bruno était sérieux ; il avait essuyé son pinceau dans un chiffon imprégné d'essence en l'inspectant avec inquiétude, avant d'ouvrir un nouveau pot de peinture ; et qu'est-ce que tu vas faire ? Je ne sais pas, avait marmonné Bruno d'une voix à peine audible ; en attendant de trouver, j'ai la possibilité de travailler dans les trains ; tu sais, les types qui circulent dans les allées avec une charrette en criant « sandwichs, boissons fr... ». Qu'est-ce qui t'arrive ?, l'interrogea Olivier ; tu la connais ? Non, rien, ça va, bredouilla Bruno, immobile devant les vitres. Non, pas du tout, poursuivit-il en suivant des yeux la jeune femme, mais elle ressemble à une femme avec qui j'ai eu une aventure ; c'est fou, cette ressemblance ; je suis sûr que c'est elle. Tu l'aurais reconnue immédiatement, lui lança Olivier ; or, ton premier sentiment a été qu'elles se ressemblaient. Bruno ne répondit pas, passa sur son visage un chiffon moite qui exhalait des effluves de térébenthine et ramassa son rouleau desséché ; tu n'as pas l'air d'aller très bien, depuis quelque temps, avança Olivier avec prudence, et c'est un euphémisme ; tu ne penses pas que tu devrais faire quelque chose ? C'est elle, marmonna-t-il, j'en suis sûr ; attends-moi là, j'arrive tout de suite. Il sortit du studio en claquant violemment la porte, courut vers le carrefour, s'essouffla sur l'avenue ; il s'élança dans la rue Ducouëdic, explora des yeux les rues voisines, sonda la rue Hallé, l'aperçut qui sortait d'une boutique. Un coude de la rue l'avala, Bruno courut, toussa, sa salive s'épaissit, il parvint en haut de la rue : elle avait disparu. Au terme d'une vingtaine de minutes qu'il passa à courir sur les trottoirs, à grimper sur les bancs, à sonder par les vitrines l'intérieur des boutiques, Bruno capitula ; il s'orienta découragé vers la rue Rémy-Dumoncel et bouscula la jeune femme. Excusez-moi, lui demanda-t-il, vous êtes Judith ? Effectivement, lui dit-elle, comment le savez-vous ? Elle le dévisageait avec familiarité, comme s'ils s'étaient déjà rencontrés ; il la reconnaissait à peine, comme dans ses rêves où elle se révélait métamorphosée. C'est Bruno, lui dit-il sur un ton hésitant ; tu vas bien ? La jeune femme éclata de rire : mais qu'est-ce que vous racontez ! Tu n'es pas Judith Agatstein ? Vous n'êtes pas tombé très loin, lui sourit-elle : Judith Veinstein. Bruno scruta la jeune femme avec intensité, le visage de Judith hantait ses traits ; Veinstein, s'obstina-t-il, c'est votre nom de jeune fille ? Vous n'êtes jamais allée à Las Vegas ? Non, affirma-t-elle, jamais ! Je ne suis jamais allée à Las Vegas ! Il allait lui dire qu'elle se trompait, qu'elle ne s'en souvenait pas, qu'ils s'étaient connus cinq ans plus tôt, quand la jeune femme le salua avec allégresse. Je vous en supplie, lui dit-il. Elle pivota vers lui, renonçant à partir ; de quoi me suppliez-vous ? Il ne répondit pas, décrypta ses traits, avala plusieurs rasades de souvenirs comme à une fontaine, la jeune femme se laissait boire avec gentillesse, un vague sourire sur les lèvres ; la place Denfert-Rochereau, derrière son visage, ressemblait à Union Square, et le boulevard Raspail à la rayure oblique de Broadway. Margot, lui demandait Judith avec un léger sourire sur les lèvres, c'est la femme de ta vie ? Ça y est ?, s'impatienta l'inconnue comme si elle posait pour un sculpteur ; je peux m'en aller ? Je peux m'en aller ? Vous avez terminé ? Ouh ouh !, s'exclama-t-elle en agitant ses doigts devant les yeux de Bruno, vous avez un problème ? Tu sais, aux États-Unis, ça se fait beaucoup, lui expliqua Judith ; tu es dans le bus avec un type avec qui tu travailles, par exemple, et tout à coup, comme ça, il te demande si tu veux bien sortir avec lui ou l'épouser. Et ce n'est peut-être pas plus mal, dans le fond : si tu apprends à aimer au lieu de lutter pour que l'amour ne meure pas, au bout de quinze ans de mariage, au lieu de ne plus aimer, peut-être que tu commences à aimer ? Excusez-moi, monsieur, déclara l'inconnue à un obèse à casquette qui s'était arrêté pour poster une lettre, ce jeune homme ne semble pas aller très bien. Que se passe-t-il, mademoiselle ? Tu ne veux pas finir ta salade, Bruno ? Mais tu n'as rien mangé ! Ça va s'arranger, tu verras ! Le principal est d'avoir pris ta décision, tu ne crois pas ? Je ne sais pas, répondit l'inconnue, il me dévisage avec insistance depuis dix minutes sans bouger ni rien dire ; je trouve ça inquiétant. Ce jeune homme vous importune ? Il vous a suivie ? Il faudrait qu'on trouve une jolie petite auberge avant la nuit, chantonna Judith dans la voiture ; et qu'on ne rentre à New York que demain matin ! Cette région est si belle ! Là n'est pas la question ; je vous dis que ce garçon ne va pas bien du tout ; regardez-le, regardez ses yeux fixes ! Regarde-toi dans une glace, Bruno ! On dirait que tu n'as pas dormi depuis cinq jours ! Et tu es tout ébouriffé ! Il te reste même des brindilles de Central Park dans les cheveux ! Judith regarda Bruno avec inquiétude et approcha son visage tout près du sien ; il n'est pas camé, déclara l'inconnu ; il ne va pas bien, c'est tout. Monsieur !, vociféra l'obèse à casquette, monsieur ! Répondez-nous ! Tu n'as pas l'air d'aller très bien, Bruno, qu'est-ce qui t'arrive ? Tu penses à Margot ? Tu te sens coupable ? Ces trois semaines à New York n'ont-elles pas été merveilleuses ? Et notre week-end dans le Massachusetts ! Il faudrait l'asseoir sur un banc, suggéra l'inconnue, et appeler les pompiers. C'est vrai qu'il est étrange, déclara l'obèse à casquette, on dirait qu'il est sonné ; il ne vous quitte pas des yeux ; et qu'est-ce que c'est que ce rouleau de peinture ? J'ai toujours aimé les sirènes de pompiers, la nuit, dans Manhattan ; c'est rassurant, tu ne trouves pas ? Elles me manqueraient beaucoup, les sirènes de pompiers, si j'habitais Paris ! Vous avez raison, poursuivit l'obèse à casquette, il faudrait l'asseoir, mais je doute fort que nous puissions le déplacer. Judith le prit par les épaules et l'avança avec délicatesse devant l'aquarium des poissons-clowns ; ces poissons sont beaucoup plus drôles, plaisanta-t-elle, ça va faire une photo géniale ! En plus, je trouve qu'ils te ressemblent ! Et ton patron va être ravi, si tu lui montres une photo de toi devant ces espèces rares ! Asseyons-nous sur ce banc, Bruno, j'ai quelque chose à te dire. Ça ne va pas du tout, murmura l'inconnue en s'installant à côté de lui ; nous ne pouvons pas le laisser comme ça. J'ai trente-trois ans, je vis seule, je veux fonder une famille, s'attrista Judith en lui prenant la main ; tu pars de New York demain soir et tu ne sais pas quand nous pourrons nous revoir. Il a les mains très froides, constata l'inconnue, elles sont glaciales. Monsieur !, lui dit-elle en caressant ses joues, monsieur ! Il a des papiers sur lui ?, suggéra l'obèse à casquette. Judith glissa une main dans la poche de sa veste et en sortit un billet d'avion : ton vol est à dix-neuf heures quarante-cinq à JFK Airport, lui dit-elle ; il faut partir de Gramercy vers dix-huit heures. Bruno Stepffer, répondit l'inconnue ; il habite boulevard Saint-Jacques. Donnez-moi ça, intervint l'obèse à casquette, il faut téléphoner à la police. Judith lui sourit, attentive, elle avait pris ses deux mains dans les siennes ; ça va aller, monsieur, lui dit-elle avec un sourire ; les secours ne vont pas tarder. C'est pas la peine, bredouilla Bruno, merci ; il récupéra son passeport et s'éloigna sans rien dire, somnambulique, et s'engouffra dans une bouche de métro derrière une jeune femme blonde qui portait des sandalettes.

# XII

## *Paris, du samedi 8 au jeudi 13 décembre 1990*

À la suite de leur conversation décisive sur la passerelle du pont de Brooklyn, Judith avait raccompagné Bruno à Paris : il l'aimait, il allait rompre avec Margot. Arrivés un samedi matin, ils avaient passé la matinée dans la chambre d'hôtel de Judith ; Bruno l'avait trouvée trop maigre, banale, peu désirable, s'était trouvé nerveux, tendu, crispé, peu inspiré, ils avaient déjeuné dans une luxueuse brasserie du pont de l'Alma, flâné longuement dans les jardins des Tuileries, suivi les galeries glaciales du Palais-Royal. N'ayant pas prévenu Margot qu'il ne rentrerait qu'en fin d'après-midi, il avait concocté un mensonge improbable. Ils s'étaient réfugiés frigorifiés dans un café du Palais-Royal et Bruno était descendu téléphoner ; il faut que j'appelle Margot, lui avait-il dit, tu n'aurais pas deux pièces de un franc ?

J'ai rencontré dans l'avion un ancien copain de lycée qui travaille aujourd'hui à New York, confia-t-il à Margot, l'avion a eu du retard, nous avons atterri à onze heures ; nous sommes allés déjeuner à son hôtel, au Meurice, il est agent de change, ça m'a fait tellement… Tu t'amuses bien ?, l'interrompit-elle d'un ton cynique ; j'imagine que ta princesse américaine est avec toi ? La faïence brune du sous-sol tournoya, les battements de son cœur s'accélérèrent, il tomba comme dans une crevasse dans l'insinuation laconique de Margot. Pourquoi tu dis ça ?, trouva-t-il la force de murmurer, agrippé au vieux téléphone écaillé, qu'est-ce que tu sous-entends ? Un jeune homme vêtu d'un imperméable sortit des toilettes, s'approcha des lavabos et scruta son visage dans la glace ; Bruno entendait Margot respirer, sa voix lourde était semblable à un animal malade, les pattes ballantes. Pourquoi tu ne restes pas avec elle, répondit-elle après une brève hésitation, si elle te manque tant lorsqu'elle est à Manhattan ? Le jeune homme releva les manches de son imperméable, fit tourner sur son axe un savon sphérique et frotta ses mains sous l'eau en sifflotant, ses yeux perdus sur la façade rugueuse de son visage ; ah !, lâcha-t-elle sarcastiquement, tu ne dis plus rien ! Si, répondit-il en tremblant, que veux-tu que je réponde ? Tu pourrais dire que tu rentres immédiatement pour t'expliquer, par exemple, répondit-elle. T'expliquer quoi ?, répliqua-t-il, terrorisé ; Bruno sentit, et il en aurait volontiers différé l'avènement par une adroite diversion, que la prochaine phrase de Margot lui passerait sur le corps comme un train ; j'ai trouvé un carnet, dans ta bibliothèque ; l'accablant document s'imprima dans l'esprit de Bruno avec la précision d'une photographie ; à l'intérieur, continua-t-elle, il y a un brouillon de lettre ; tu vois ?, ajouta-t-elle, ou faut-il te rafraîchir la mémoire ? J'arrive, répondit Bruno ; et il serait utile qu'elle t'accompagne, conclut Margot. Il raccrocha, liquéfié, et posa son front sur la carcasse de métal gris du téléphone : putain, merde, merde, merde, murmura-t-il, merde. Le sous-sol n'était plus un sous-sol, l'homme en gabardine un homme en gabardine (celui-ci actionna la soufflerie du sèche-mains et caressa ses phalanges à la manière d'un professeur d'amphithéâtre en dévisageant Bruno), le téléphone mural un téléphone mural, l'escalier qu'il gravit lentement un escalier, la table qu'il renversa dans la salle une table qu'il renversa, l'insultante réflexion du serveur qui ramassa sur le carrelage les débris d'une bouteille d'Orangina une insultante réflexion, Judith Judith, ni même une femme, ni même une statuette, l'inquiet *qu'est-ce qu'il y a ?* qu'elle prononça un inquiet *qu'est-ce qu'il y a ?*, ni même une phrase : le monde et sa ronde anxieuse de matériaux, de chair, de bruits, de désirs, de grammaires, de chevelures, de nuages, de soupirs, d'argent et d'uniformes s'était éclipsé, Bruno n'était plus dans cette salle qu'un monticule de peur ; viens, répondit-il, il faut y aller. Il oublia de payer, bouscula le serveur comme un vaisselier placé en travers de sa route, chercha vers les cuisines la porte vitrée sur rue (où tu vas ?, lui dit Judith) puis ils sortirent. Mais enfin, Bruno, que se passe-t-il ?, l'implora Judith sur le trottoir ; Margot a tout découvert, lui dit-il, il faut que je rentre ; comment ça, tout découvert ; viens, je t'expliquerai.

Pour la millième fois, pensa-t-il, c'est une vieille lettre, je n'ai couché avec elle qu'à Las Vegas, j'ai éprouvé pour elle des sentiments très forts, c'est vrai, je l'admets, mais c'est fini, terminé, c'est une amie, je l'aime bien, c'est tout. Vieille lettre ! Elle a été écrite avec le stylo plume qu'elle t'a offert cet été ! Ne le nie pas, trancha-t-elle, c'est écrit ! Tu prétendais d'ailleurs que tu l'avais acheté toi-même, tu t'es vraiment foutu de ma gueule ! Comme si on s'achetait soi-même un stylo Sheaffer à deux mille balles ! Je ne l'ai jamais envoyée, répéta-t-il calmement, c'est une lettre idiote écrite l'été dernier, un soir de spleen ; tu ne vas pas en faire tout un plat ! Tu as couché avec cette pétasse à Las Vegas et à New York et tu voudrais que j'avale cette histoire avec le sourire ! Margot, s'il te plaît, une bonne fois pour toutes, écoute-moi : oui, j'ai rencontré cette femme à Las Vegas ; oui, elle m'a plu ; oui, elle m'a hébergé dans sa chambre ; oui, j'ai passé une nuit avec elle ; une seule, ajouta-t-il, j'insiste ; oui, nous nous sommes revus cet été et cette semaine à Manhattan, c'est vrai, parce que je l'aime bien, qu'elle est adorable, qu'elle vit seule… Plus pour très longtemps, l'interrompit Margot en éclatant de rire, si j'ai bien compris ta lettre ! S'il te plaît, Margot, laisse-moi parler ; mais je n'ai pas couché avec elle à Manhattan, poursuivit-il, et je ne l'aime pas… Oui je l'aime !, tu devrais dire !, explosa-t-elle à nouveau, c'est écrit *noir sur blanc* ! Tu lui écris qu'elle sera toute ta vie la femme que tu aimeras, je ne rêve pas ! Tu me prends pour une conne ?! Et pourquoi crois-tu que je n'ai pas envoyé cette lettre, d'après toi, bredouilla-t-il, pourquoi ? Tu ne penses pas que ça peut arriver, d'écrire des choses qui vous dépassent ? Trente-huit francs, s'il vous plaît, déclara le chauffeur en arrêtant le compteur ; sur quarante, répondit Bruno en lui tendant un billet de cinquante francs. Tu ne penses pas qu'il est possible, certains soirs, d'écrire de telles choses ?, continua-t-il ; merci, déclara-t-il en ouvrant la portière, au revoir. Non, je ne pense pas, rétorqua Margot tandis qu'il poussait la porte cochère, je ne crois pas qu'il est possible d'écrire des choses qu'on ne pense pas ; et si tu les as pensées un soir de spleen, comme tu dis si joliment, d'une certaine manière tu les penses encore ; et tu les penseras encore et encore, dans l'avenir, conclut-elle. Non, insista-t-elle tandis qu'il s'enfermait dans l'ascenseur, tu ne me feras jamais avaler ça ; maintenant, tu peux t'en aller. Margot, écoute, pensa-t-il en poussant la porte de l'ascenseur et en s'avançant sur le palier, écoute : je ne l'aime pas ; elle m'a charmé, c'est vrai, séduit, d'où cette lettre, pensa-t-il en cherchant ses clés, d'où cette lettre écrite un soir où cette femme se promenait dans mes pensées, mais je n'ai pas cédé, je te le jure ; non, même si cette femme a exercé sur moi l'été dernier un certain attrait, j'ai mesuré à quel point tu m'étais précieuse : je me suis raisonné, et sans doute cette lettre est-elle un exorcisme, et j'ai décidé de considérer cette femme comme une amie. Bruno poussa la porte, pénétra prudemment dans l'appartement, ferma la porte derrière lui et s'avança : assise sur une chaise, Margot s'entretenait avec sa meilleure amie. Bonjour, hasarda-t-il ; je vous laisse, chuchota l'amie fidèle, je t'appelle. Elles s'embrassèrent d'un baiser soufflé sur le bout des doigts, Marie-Jeanne enfila son manteau pêche, salua Bruno à la hâte et ferma doucement la porte derrière elle. Il passa derrière le bar, remplit d'eau un verre à pied qui séchait sur l'égouttoir et s'assit sur un tabouret. Alors, lui dit-il, qu'est-ce qui ne va pas ? Tu ne vas pas faire toute une histoire pour une vieille lettre que je n'ai même pas envoyée, écrite un soir de spleen ! Un long silence s'installa, Sally les considérait tour à tour avec inquiétude, réfugiée sous une chaise. Tu ne dis rien ?, s'enquit Bruno ; tu ne réponds pas ?, reprit-il au bout d'une minute de silence ; tu as décidé de te taire ? Il respira profondément, sentit Judith dans sa tête qui l'emportait vent arrière comme le spinnaker d'un voilier, il irait la voir à Manhattan un week-end sur deux. Comment veux-tu que nous puissions résoudre ce malentendu, si tu ne veux pas dialoguer ! J'ai, sur la question, des choses extrêmement précises à dire ; mais si tu ne dis rien, si tu ne réagis pas, comment veux-tu que nous avancions ! Les yeux dans le vide, Margot semblait tourner dans sa tête la même pensée lancinante ; Bruno sortit une cigarette de la poche de son manteau, l'alluma, déplaça sur le bar le cendrier en marbre, Sally l'observait sévèrement. Parti comme ça, ajouta-t-il au bout d'une minute de silence, j'ai bien peur que nous n'arrivions à rien ! Margot leva sur lui un regard vide, un coup de tonnerre le terrassa et ses veines colportèrent comme un orgasme la pensée qu'il retrouverait Judith à son hôtel le lendemain. Écoute, Margot, ajouta-t-il après un nouveau silence : ce que j'ai à te dire est très simple. J'ai eu effectivement une aventure avec cette femme à Las Vegas ; oui, lorsqu'elle m'a hébergé dans sa chambre, comme tu t'en doutes, j'ai passé la nuit avec elle ; mais il ne s'est rien passé d'autre, il ne s'est rien passé à Manhattan, il ne s'est rien passé cette semaine, voilà la vérité ; j'aime bien cette femme, c'est vrai, c'est une amie, mais il n'existe aucune ambiguïté entre nous : je n'éprouve pour elle aujourd'hui, tu peux me croire, aucun sentiment amoureux ; tu crois que c'est simple, pour moi, de te dire ce genre de choses, tu ne crois pas que j'aurais préféré les laisser où elles étaient, enfouies dans ma mémoire ? Margot leva sur Bruno un regard mort, deux yeux huileux, et continua à considérer fixement les lattes du plancher. Dix minutes passèrent pendant lesquelles Bruno suivit des yeux sur la pendule la trotteuse rouge et l'aiguille verte des minutes, il dérivait comme un matelas pneumatique entraîné vers le large par une brise espiègle ; relevant la tête de temps à autre, il constatait qu'il s'était laissé entraîner trop loin de Margot et revenait vers le littoral en pagayant. Si j'en juge par ton comportement, se reprit-il brusquement au moment où l'employée d'une agence immobilière poussait la porte d'un loft de Tribeca, mes explications ne t'ont pas convaincue ? Tu en veux plus ? Tu veux des détails ? Que faut-il te dire pour te convaincre ? Tu m'appelles ce soir ?, murmura Judith le long des façades du Palais-Royal ; je t'aime, ajouta-t-elle doucement, compatissante ; appelle-moi, mon amour ; caresse-moi, Bruno, chuchota-t-elle, caresse mes seins… Visiblement, reprit-il, tu ne me crois pas ? Non, répondit brutalement Margot. Et pourquoi ? Tu m'appelleras, Bruno, tu ne m'abandonneras pas ? Et pourquoi ?, répéta-t-il au bout de quelques minutes de silence. Bon, soupira-t-il, si c'est comme ça… Il se leva, contourna l'extrémité du bar, pénétra dans la chambre, enleva son manteau, entra dans la salle de bains, alluma la lumière, aperçut dans la glace la gueule blême d'une sculpture animalière, passa ses mains sous l'eau, les essuya, traversa la chambre, entra dans la bibliothèque, sortit d'une poche de sa veste un ticket de métro oblitéré, recopia sur le cadran du téléphone à la lumière des réverbères du boulevard un numéro écrit sur le carton, alluma une cigarette et poussa la porte du pied. Hôtel des Grandes-Écoles, bonsoir ; bonsoir, répondit-il, pourrais-je parler à Judith Agatstein ? La branche grise d'un platane gravait derrière la vitre les confidences d'un hiéroglyphe indéchiffrable ; il faisait froid, la nuit était grise, semblable à la fourrure d'un chat de gouttière ; putain, pensa-t-il en longeant l'écorce des yeux, merde, merde,

merde… Allô ?, entendit-il dans l'écouteur. Judith, lui dit-il, c'est Bruno. Ça va ?, paniqua-t-elle. Ça va, répondit-il, ça va aller : Margot fait la gueule ; le principal, pour le moment, est d'éviter les dégâts ; pour la suite, on verra plus tard. Tu ne vas pas la quitter ? Non, répondit-il, pas ce soir, c'est impossible. Mais pourquoi ne la quittes-tu pas ce soir ? Non, pas ce soir, c'est impossible ; tu comprends ? Oui, articula-t-elle, je comprends ; au fait, comment sait-elle ? Je t'expliquerai, répondit-il. Je t'aime, murmura-t-elle. Moi aussi, répondit-il. Appelle-moi, sanglota-t-elle ; c'est horrible. Demain, chuchota-t-il. Il raccrocha, reposa l'appareil sur la table, regarda par la fenêtre, traversa l'obscurité de la chambre, pénétra dans la salle à manger et reprit son poste derrière le bar, Margot n'avait pas bougé d'un cil. Ta chérie va bien ?, s'enquit-elle avec ironie. Écoute, Margot, arrête, s'il te plaît, l'interrompit-il en s'asseyant sur le tabouret. Tu peux la rejoindre, tu sais ? Mais ça ne va pas, bondit Bruno, tu te rends compte de la situation dans laquelle tu l'as mise ! Cette pauvre fille qui débarque à Paris pour ses vacances et qui se retrouve dans une situation infernale sans qu'elle y soit pour rien ! Il éteignit sa cigarette dans le cendrier (huit mégots y avaient déjà été écrasés) et songea qu'il ne s'en sortirait peut-être pas aussi facilement qu'il l'avait cru : cette première version des faits, en dépit des aveux qu'elle contenait, n'était pas suffisante. Écoute, Margot, finissons-en : il est dix heures moins vingt, je parle tout seul depuis deux heures, nous n'avons pas dîné, il fait froid, tu n'as pas ouvert la bouche. Tu connais la vérité, il n'y a rien d'autre à ajouter : oui, j'ai couché avec elle à Las Vegas ; non, il ne s'est rien passé d'autre par la suite ; non, je ne l'aime pas ; maintenant, si tu m'en veux d'avoir eu une aventure avec elle il y a six mois, parlons-en ; et si tu veux me quitter, dis-moi clairement : je veux te quitter. Et pourquoi (aux paroles de Margot, les premières de la soirée, une étincelle d'espoir s'alluma dans l'esprit de Bruno) n'es-tu pas venue avec elle, comme je te l'ai demandé tout à l'heure ? J'étais gêné que tu la rencontres, répondit-il, même si c'est terminé ; tu veux boire quelque chose ?, s'anima-t-il ; du vin, répondit-elle. Bruno déboucha une bouteille de gigondas, remplit deux verres, en posa un sur la table pour Margot, revint s'asseoir derrière le bar et alluma une cigarette ; et je pense qu'elle aurait été gênée de te rencontrer, après ce qui s'est passé à Las Vegas… À cette délicate créature !, s'exclama Margot d'une voix métallique en levant son verre, à tes amours américaines ! Désorienté, il leva son verre et avala une gorgée de vin ; Sally s'avança prudemment dans la pièce, fixa Bruno avec des yeux ronds et s'installa d'un bond sur les cuisses de Margot. Tu vois, même Sally n'est pas convaincue, l'attaqua-t-elle en caressant la chatte ; tu mens, il n'est pas possible d'avoir écrit ces lignes sans être amoureux ; si tu ne me dis pas la vérité, ça risque de très mal se passer. Et après ?, hasarda Bruno en tremblant ; après quoi ?, l'interrogea-t-elle d'une voix cinglante, le regard froid ; après la vérité…, compléta-t-il ; je ne sais pas, répondit-elle, mais tu pourras te vanter d'avoir été courageux : jusqu'à présent, mon pauvre Bruno, tu as été assez lamentable ! La vérité, c'est que je n'aime pas cette femme, répondit-il en bégayant. En l'occurrence, l'interrompit Margot, si tu n'agrémentes pas cette vérité irréductible d'un discours un peu plus crédible sur l'origine de cette lettre, j'ai bien peur que tu ne puisses la faire avaler à personne ! Si, dans deux heures, tu n'as pas rassemblé assez de courage dans ta cervelle de lâche pour me dire la vérité, j'ai bien peur que ça ne se passe très mal. Débats-toi comme tu peux avec tes sentiments, avec tes doutes, avec tes contradictions, car cette lettre en révèle un certain nombre, sans compter qu'elle jette une lumière très instructive sur ta personnalité, mais démerde-toi pour cracher la vérité. Si seulement tu étais capable de dire que tu l'aimes ! Mais non seulement tu m'as trompée, non seulement tu m'as manipulée et humiliée, mais en plus, pris au piège, acculé, accusé par des preuves tangibles, tu n'es même pas capable de reconnaître les faits ! Inaccessible et effrayante, hautaine et démesurée, opaque et miroitante, Margot s'exprimait du haut d'un piédestal de granit, elle était sublime de beauté. Il alluma une cigarette (elle est à l'envers, lui fit observer Margot sur un ton cinglant), vida d'un trait son verre de vin et s'en remplit un autre ; tu trembles ?, lui demanda-t-elle en riant tandis qu'il remplissait son verre, tu as peur ? Bruno essuya avec un torchon la flaque de vin qui s'était répandue sur le bar, la pendule marquait minuit moins vingt (l'aiguille verte mordait sur les rotondités du huit, l'aiguille rouge acheva distraitement un nouveau tour de cadran), la chatte ronronnait sur les cuisses de Margot ; il n'existait plus entre eux aucun lien, aucune parenté, aucun passé, aucune prise qui pût servir à Bruno à l'adoucir et la ramener vers lui, elle avait *débarrassé* leur histoire comme on débarrasse une table avant de jouer au poker. Il descendit du tabouret, tourna dans la cuisine, ouvrit des portes, déplaça des bocaux dans les placards ; qu'est-ce que tu cherches, l'interrogea-t-elle ; les olives, répondit-il ; elles sont devant toi. Bruno détourna son attention des phrases boiteuses qu'il allait prononcer : les olives étaient devant lui, à côté d'un paquet de cigarettes. Il s'empara du bocal, ouvrit un placard au-dessus de lui pour prendre une tasse et la posa sur le plan de travail ; j'ai effectivement éprouvé pour elle cet été, avoua-t-il tout en dévissant le couvercle, le dos tourné, des sentiments très forts ; j'ai aimé cette femme cet été, c'est vrai, je l'admets, même s'il ne s'est rien passé à Manhattan en juillet. Bruno pivota, dévisagea Margot subrepticement (le point d'impact de ses pensées sur la cloison aurait pu servir de clou à un tableau), transvasa les olives dans la tasse et revint s'asseoir derrière le bar. Tu en veux ?, lui demanda-t-il ; non, balaya-t-elle d'un revers de syllabe. Tu sais, ajouta-t-il après un long silence (c'était comme si la trotteuse rouge, dont il suivait les révolutions monotones sur le cadran, rédigeait frénétiquement pour lui sur une Underwood le texte de ses déclarations), il y a des choses qu'on ne peut pas comprendre avant de les avoir vécues ; par exemple, avant cette aventure, il m'avait toujours semblé improbable de pouvoir aimer deux femmes en même temps ; eh bien oui, Margot : il est possible d'aimer deux femmes différentes dans deux parties différentes de son cerveau, et *a fortiori* lorsqu'elles n'habitent pas sur le même continent ; oui, la situation à laquelle j'ai été confronté cet été est celle-ci : j'ai aimé Judith sans cesser de t'aimer, je vous ai aimées toutes les deux simultanément pendant trois mois sans être capable de prendre une décision, comme cette lettre en témoigne ; j'ai effectivement écrit cette lettre en août dernier parce que j'étais amoureux d'elle, je l'avoue. Bruno dénoyauta une olive à l'intérieur de sa bouche comme un rongeur, en expulsa le noyau, essuya ses doigts à un torchon suspendu sur la paroi du bar et but une gorgée de vin ; puis j'ai choisi de vivre avec toi, j'ai reconnu dans notre amour un amour durable et profond, et dans mes sentiments pour elle des sentiments dictés par les circonstances, créés par le dépaysement, des sentiments comparables à un parfum, le parfum de Manhattan, de Las Vegas, des décalages horaires, et j'ai rompu avec elle au début du mois de septembre ; nous avons alors emménagé ici tous les deux, boulevard Saint-Michel, sur mon initiative ; je te le rappelle, Margot, au cas où tu l'aurais oublié : sur mon initiative. Puis elle m'a écrit il y a dix jours, juste avant mon voyage : elle écrivait qu'elle respectait ma décision mais qu'elle avait envie de me revoir ; nous nous sommes donc revus, comme tu le sais, et nos retrouvailles ont été très fortes. Bruno marqua une pause et interrogea la trotteuse : des sentiments fraternels, disons, lui dicta la pendule. Margot émit un sarcastique soupir d'incrédulité, un ricanement étouffé à peine perceptible, et écrasa sa cigarette. Bruno leva les yeux : elle caressait Sally et continuait à maintenir fixement sur le mur, comme un clou, la même aquarelle invisible. J'ai proposé à Judith de lui faire visiter Paris, continua-t-il d'une voix mal assurée (son discours ne prenait pas, pensa-t-il avec effroi, comme un mortier plein d'eau), elle avait une semaine de vacances à prendre ; j'avais d'ailleurs l'intention de l'inviter à dîner à la maison. Ça va, comme ça ?, lui demanda la trotteuse, essoufflée ; c'est pas mal, répondit-il, merci. On s'approche de la vérité, commenta-t-elle en avalant une gorgée de vin ; il ne nous reste plus, comme tu l'avais prévu, qu'à inviter ton Américaine à dîner. Bruno acheva de ronger une olive avec ses incisives, fit tomber le noyau sur le carrelage (merde, marmonna-t-il), descendit du tabouret, subit de plein fouet une nouvelle phrase de Margot (c'est à ton tour de ne plus répondre, Bruno, cette offre honnête te poserait-elle un problème ?), ramassa le noyau, l'expédia dans la poubelle et grimpa sur le tabouret. Si j'ai bien compris, insista-t-elle, tu refuses de l'inviter à dîner ? Je n'en ai pas tellement envie, répondit-il en détournant le regard ; je m'en doute !, s'exclama-t-elle, il ne s'agit pas de s'amuser ! Alors même que cette invitation nous permettrait d'aller au bout des choses, tu t'obstines à la refuser ? Oui, bredouilla Bruno. Tu veux dire que tu ne veux pas qu'elle vienne dîner ? Oui, répéta-t-il. Tu ne veux pas que je fasse sa connaissance ?, ironisa Margot ; si je comprends bien, tu désires continuer à la voir seul dans mon dos ! Semblable à un multicoque de course qui découpe sans états d'âme sur l'océan des creux de huit mètres, toutes voiles dehors, Margot éclata de rire : tu préfères préserver cette pétasse d'Américaine ! Il ne répondit pas, aperçut avec terreur dans ses yeux l'équipage survolté qui moulinait les winchs, le multicoque vira de bord en un éclair sur la crête d'une vague monumentale et Margot explosa : je m'en doutais, c'est bien ce que je pensais ! Elle consulta sa montre (Bruno jeta un regard oblique sur la pendule : deux heures moins dix), la suite demain, déclara-t-elle sèchement ; elle se leva, vida d'un trait son verre de vin, préleva sur la table ses cigarettes et son briquet, attrapa au vol son sac à main et disparut dans la chambre. Bruno s'effondra sur le bar, son front sur les carreaux glaciaux.

Et ça s'est passé comment ?, l'interrogea Judith au café Bonaparte le lundi soir. Mal, murmura-t-il, très mal. La nuit avait enseveli la place Saint-Germain-des-Prés, il faisait froid, ils s'étaient installés à une petite table le long des vitres ; Bruno était tendu en surplomb du week-end qu'il venait de vivre, son cerveau aussi crispé que le muscle d'une cuisse. Samedi elle s'est tue, pratiquement tue, poursuivit-il, elle est restée assise sur la même chaise à m'écouter pendant sept heures. J'ai parlé tout seul jusqu'à deux heures du matin, Margot répondait ponctuellement, elle s'est mise en colère deux ou trois fois. Dimanche, en revanche, nous avons parlé sans nous arrêter de midi jusqu'à quatre heures du matin ; j'ai bu les deux tiers d'une bouteille de Jack Daniel's, Margot une demi-bouteille de vodka, nous avons fumé chacun trois paquets de cigarettes. Bruno s'arrêta de parler, sauta comme dans un bus dans une pensée qui passait sous ses yeux et alluma une cigarette, il aperçut Judith dans les vitres qui l'observait minutieusement. Margot a parlé autant que moi, reprit-il avec lenteur, elle était déchaînée. C'est curieux, d'ailleurs, comme une rupture peut transformer la personne la plus réservée en une espèce de bête de scène : nous parlions tous les deux avec une aisance incroyable, je ne m'étais jamais exprimé avec autant d'éloquence, Margot marchait dans la chambre comme une comédienne shakespearienne sur une scène, elle se lançait dans des diatribes d'une intensité dramatique exceptionnelle. Le serveur arriva avec les plats, guilleret, et leur tendit leurs assiettes ; la tarte salée salade verte ?, les interrogea-t-il ; c'est pour moi, répondit Bruno en éloignant les couverts empaquetés dans une serviette en papier ; hop !, s'exclama le serveur en posant l'assiette, et l'omelette mixte pour la petite dame ! Il coinça une bouteille de Perrier entre ses cuisses, la décapsula, la posa sur la table avec un verre, Bruno contemplait fixement l'église à travers les vitres, examinait comme les murs d'un appartement sordide dans lequel il aurait emménagé les conséquences de la décision radicale qu'il avait prise, il s'était réveillé du jour au lendemain dans un décor radicalement nouveau, un décor qui semblait contenir des pièges, de fausses cloisons, des oubliettes, un décor où il eut peur d'avoir commis l'irréparable, de disparaître par une trappe, d'être acculé à la plus triste des solitudes, un décor où il éprouva la sensation que d'autres que lui avaient déjà séjourné et souffert, douleur classique, mais où lui-même ne s'était jamais aventuré, les affrontements du week-end vibraient encore dans sa tête d'une manière effrayante. Le serveur déposa les tickets sur la table, dégrafa un stylo bille d'une poche de son tablier, Judith scrutait Bruno gravement, inquiète, vous avez pris des cigarettes, déclara l'homme, il griffonna la somme sur l'addition et coinça les tickets sous un cendrier, Bruno eut subitement envie de vomir. Tu parlais d'actrice shakespearienne, poursuivit-elle. Oui, reprit-il sur un ton monotone, nous nous sommes fait peur mutuellement plusieurs fois, elle était terrorisante. À un moment, vers quatre heures de l'après-midi, j'ai quitté l'appartement pour m'aérer et acheter des cigarettes ; il faisait froid, le ciel était gris, il n'y avait pratiquement personne dans les rues, tous les tabacs étaient fermés, j'ai fini par trouver des cigarettes dans un café à l'angle de la rue Gay-Lussac. J'ai bu un double express au comptoir et là, debout, exténué, poursuivit-il en embouchant une feuille de salade, j'ai compris qu'il fallait partir le plus vite possible sans ménager Margot. Bruno mâcha, avala, s'essuya la bouche avec sa serviette et porta son verre de bière à ses lèvres ; ces heures sordides m'avaient laminé, avaient émoussé ma culpabilité, rendu insensible et glacial, j'ai envisagé mon avenir pour la première fois avec un certain soulagement. J'étais libre, seul, responsable de mes mouvements, j'ai éprouvé tout à coup rétrospectivement une sensation d'étouffement insoutenable, j'ai vu frémir derrière les vitres la possibilité d'une vie nouvelle, comme si un couloir de lumière s'était ouvert dans la brume. Et je me suis senti bien, calme, serein, apaisé, j'ai pu éprouver concrètement la plénitude anxieuse que j'éprouverais après l'avoir quittée. J'ai peur de la solitude, Judith, ajouta-t-il, voilà la vérité, la solitude me terrorise ; j'ai peur de moi, dans la solitude, comme on peut avoir peur d'un cambrioleur dans l'obscurité. J'adore être seul, précisa-t-il, j'adore marcher seul, passer seul mes soirées, dîner seul, voyager seul, mais j'ai peur d'être seul dans ma vie. C'est la raison pour laquelle, cet été, je t'ai demandé des garanties ; tu m'as envoyé paître, tu as eu raison, c'était malsain, c'était complètement stupide de ma part. Pour être honnête, je n'étais pas absolument certain, en arrivant à Paris avec toi samedi matin, d'être capable de rompre avec Margot : il est même tout à fait probable que je n'aurais pas rompu avec elle, que j'aurais fait traîner. Mais là, en évoquant cette solitude, en évoquant mes peurs, en évoquant cette vie nouvelle, en prenant conscience qu'il fallait diriger sa vie avec droiture et témérité, en exigeant de moi-même le courage d'affronter mes angoisses, en imaginant la satisfaction et la fierté qu'on peut éprouver à balayer ses lâchetés, à agir courageusement, à être honnête et clair envers soi-même, je me suis senti fort, apaisé, heureux. Oui, répéta-t-il du même ton désolé qu'on avoue une tristesse insondable : heureux. Bruno s'arrêta de parler, envisagea dans la panique son avenir immédiat, comptabilisa ses jours de vacances, pensa qu'il irait les passer à Manhattan le mois prochain et trébucha dans un trou noir d'une profondeur incalculable, comme si cette dernière pensée avait été la plus haute marche d'un escabeau disposé en bordure d'une falaise ; il avala une gorgée de bière en tombant dans l'obscurité, dévisagea Judith qui n'avait pas touché à son assiette et s'écrasa sur la pensée qu'il renouerait avec Margot. J'ai pensé à toi, continua-t-il en posant son verre de bière sur la table, je me suis dit que tu serais fière de moi, je suis descendu t'appeler, tu n'étais pas là. Je voulais te dire que j'allais rompre, te dire que j'étais libre, que j'avais pris mes responsabilités ; te dire que je ne la quittais pas à cause de toi, mais parce qu'il le fallait ; te dire que j'avais compris qu'il fallait déconnecter notre histoire de cette rupture, la mettre à l'abri, la laisser sous une bulle de verre ; te dire que nous étions libres de nous aimer, de construire sereinement quelque chose qui ne soit plus clandestin. J'ai payé puis j'ai marché le long de la Seine en pensant à la manière dont nous nous organiserions pour nous voir, j'ai regretté qu'il n'y ait pas au milieu de l'Atlantique une île quelconque qui nous mettrait à trois heures de vol l'un de l'autre. D'ailleurs, c'est amusant, j'allais oublier cette anecdote, se reprit-il en essayant de sourire ; en sortant du café où j'avais pris ma décision, j'ai vu sur la bâche en m'éloignant vers les jardins du Luxembourg qu'il s'appelait Le Départ ; comme quoi la vie ne se prive jamais d'un bon mot ! Oui, c'est drôle, commenta-t-elle avec un sourire, c'est un signe de bon augure. En rentrant, poursuivit-il, je lui ai dit que c'était fini. Nous nous sommes affrontés jusqu'à quatre heures du matin, mais dans un registre totalement nouveau : tout en m'attaquant avec une violence inouïe, elle s'est battue comme une furie pour me convaincre de rester. Jusqu'à présent, c'est-à-dire samedi soir et dimanche matin, j'avais vainement tenté d'obtenir son pardon ; et là, tout à coup, bâbord toute, elle s'est battue pour essayer de comprendre les raisons pour lesquelles je partais. Margot s'est installée chez sa meilleure amie, elle m'a dit qu'elle rentrerait mercredi soir, la veille de mon départ pour Londres. Tu pars à Londres ?, s'étonna Judith. Oui, jeudi et vendredi ; mon patron m'a annoncé ça ce matin, cette escapade n'était pas prévue. Et qu'est-ce qui va se passer, mercredi soir ?, l'interrogea-t-elle naïvement. Je lui confirmerai notre séparation, répondit-il ; nous avons un préavis de trois mois pour l'appartement, il faudrait que l'un de nous deux s'installe ailleurs. On y va ?, proposa-t-il. Mais il n'est que dix heures ! Et tu n'as rien mangé ! Je n'ai pas faim du tout, répondit-il, et j'ai sommeil. Tu veux dormir avec moi ? Non, pas ce soir, s'il te plaît, j'ai besoin d'être seul.

À l'aide d'une spatule en plastique, il décolla délicatement du plan de travail la pâte à tarte qu'il venait d'aplanir ; le disque de pâte s'étant brisé (bordel, s'emporta-t-il, c'est pas possible !), il l'installa par morceaux à l'intérieur du plat, cimenta les fissures et les trous, y versa la mixture à base de thon qu'il avait concoctée, ouvrit la porte du four et y rangea la tarte. Il épousseta la poussière de farine de ses mains, les passa sous l'eau en accompagnant les paroles de *Do the Strand* qu'hurlait Brian Ferry dans l'appartement et orienta ses pas vers le salon. Une clé tourna dans la serrure, la porte blindée claqua et Margot apparut dans la salle à manger ; bonjour, dit-elle en croisant son regard. Elle se déchargea de son sac en soufflant (c'est lourd, murmura-t-elle) et pénétra dans la pièce ; ça sent bon, observa-t-elle, qu'est-ce que c'est ? Une tarte au thon, répondit-il. Tu ne peux pas mettre un peu moins fort, s'il te plaît ? Bruno disparut dans la chambre, s'excusa auprès du crooner, tourna la molette de l'amplificateur et revint dans la pièce ; Margot s'était défaite de son manteau, jeté sans égard sur son sac, et assise sur une chaise. Tu vas bien ?, l'interrogea-t-elle avec bienveillance. Oui, répondit-il, et toi ? Oui, dit-elle. On ne pouvait concevoir réponse plus alarmante : le oui fugace qu'elle avait murmuré semblait être un oui dièse, un oui légèrement décalé vers des arrière-pensées mystérieuses, un oui comme on avance d'un pas vers le bord d'une falaise ; ce oui-là, pensa-t-il avec inquiétude, n'était pas un oui rond, un oui sûr, ni même un oui diplomatique, ni même un oui mensonger ; elle allait bien, visiblement, observa-t-il du coin de l'œil, mais d'une manière curieuse : elle allait bien comme le silence d'une forêt vierge est inquiétant. Elle se leva, saisit son sac à main sur la table et disparut dans la chambre, Bruno l'entendit ouvrir la porte de la salle de bains ; lui parvinrent des toilettes la mélodie gracile d'un long pipi, le grondement de la chasse d'eau, le choc brutal de la porte, il écrasa sa cigarette, pénétra dans la cuisine, entendit l'eau du lavabo, éplucha une gousse d'ail, entendit dans la chambre le crissement d'une brosse, le claquement mat d'un poudrier, imagina la rotation d'un tube de rouge à lèvres, il fit pleuvoir l'ail broyé sur la vinaigrette et s'installa sur un tabouret. D'un pas nuptial (avec, à son bras, en queue de pie grise, l'incarnation du calme), Margot réapparut dans la pièce et s'assit sur une chaise ; elle s'était coloré les joues, les lèvres, les paupières, observa-t-il avec plaisir, et s'était coiffée. On ne boit rien ? Bruno descendit du tabouret, déboucha une bouteille de graves, remplit deux verres, porta l'un d'eux à Margot en sifflotant mentalement *Let's Stick together* et revint s'asseoir derrière le bar. Si on allait dans la bibliothèque ?, proposa-t-elle ; si tu veux, répondit-il. Il contrôla d'un œil rapide l'aiguille verte des minutes (neuf heures moins vingt : il fallait qu'il retire la tarte du four à neuf heures dix) et rejoignit Margot : assise à une extrémité de la table, dos au boulevard, elle l'invita à s'installer à l'autre extrémité ; en dehors d'irrégulières séances de travail, c'était la première fois qu'ils s'asseyaient tous les deux dans la bibliothèque pour boire un verre. Où en est-on ?, l'interrogea-t-elle avec calme en trempant ses lèvres dans son verre ; comment ça, répondit-il ; oui, précisa-t-elle, quelle décision as-tu prise, finalement : j'ai besoin de savoir. Bruno marqua une pause, avala une gorgée de vin, Margot décryptait fixement son visage, il se racla la gorge, chercha ses mots, conçut coup sur coup plusieurs phrases (quelle décision as-tu prise, finalement, répéta-t-elle délicatement), il posa son verre sur la table, fit courir ses yeux sur les rayonnages, s'attarda sur la tache rouge des œuvres complètes de Raymond Roussel, s'orienta vers l'étage des surréalistes, pensa à *Nadja* et à *L'Amour fou*, à sa gentillesse inexplicable et à sa douceur, la fixité tragique de son comportement l'effrayait. Comment ça, quelle décision j'ai prise, répondit-il ; tu t'en vas toujours ?, insista-t-elle ; oui, articula-t-il craintivement en levant les yeux sur elle. Eh bien voilà !, s'écria-t-elle avec tristesse, il suffisait de le dire ! Tu peux le dire, tu sais, je ne vais pas t'assassiner ! Bruno avala une gorgée de graves et s'aperçut qu'elle tremblait, son visage et ses doigts tremblaient, des grésillements parcouraient l'intérieur de sa peau ; tu pars toujours à

Londres ? Oui, répondit-il, demain matin : j'ai un avion à huit heures. Margot sortit d'un paquet pratiquement vide une Philip Morris Ultra Light (merde, je n'ai plus de cigarettes, déplora-t-elle ; j'en ai, la rassura-t-il), l'alluma en tremblant et souffla la fumée dans la pièce. Il faut qu'on déménage, osa-t-il ; en attendant, tu peux rester ici, j'irai m'installer chez mes parents. Ce ne sera pas nécessaire, déclara-t-elle. Comment ça, pas nécessaire : il faut bien que l'un de nous deux s'en aille ! Non, répondit-elle, tu peux rester… Et toi ?, tu as l'intention d'aller où ? Simplement, poursuivit-elle en enjambant sa question (comme une valise dans un couloir de train), j'ai besoin de quelques jours ; j'aimerais que tu me laisses deux ou trois jours ; si ça t'est absolument insupportable, absente-toi d'ici momentanément, ce ne sera pas long. Margot fixe en face de lui, il s'enlisa peu à peu dans la perplexité la plus marécageuse : un point d'interrogation en fer forgé oscillait doucement sans grincer en surplomb de la table, effrayant. Je ne comprends rien, Margot, qu'est-ce que tu veux dire ? Rien, répondit-elle : des affaires urgentes à régler, avant de partir. Quelles affaires ?, l'interrogea-t-il anxieusement, avant d'aller où ?! Je dois voir ma banquière, lui confia-t-elle, et je ne sais pas combien de temps prendront mes démarches ; d'ailleurs, avant de partir pour Londres, il faudrait que tu me donnes ton numéro de compte. Mon numéro de compte !, bondit Bruno, pour quoi faire ?! Je voudrais virer de l'argent sur ton compte : ma mère m'a laissé un plan d'épargne-logement (il doit y avoir dessus à peu près deux cent cinquante mille francs, précisa-t-elle) et j'aimerais t'en faire cadeau. Pourquoi veux-tu me laisser cet argent ?, paniqua-t-il, au bord des larmes ; pour quelles raisons stupides veux-tu me laisser de l'argent ? Je ne veux pas te laisser sans rien, répondit-elle froidement ; cet argent, ma famille en possède suffisamment pour s'en passer : il ne manquerait plus qu'ils le récupèrent ! Il est quelle heure, s'il te plaît ?, lui demanda-t-il ; Margot consulta sa montre : neuf heures vingt. Merde !, s'exclama-t-il, ma tarte au thon ! Bruno courut dans la cuisine, ganta sa main droite, ouvrit la porte du four ; il déposa la tarte sur le bar, déganta sa main droite, ferma la porte du four et l'éteignit ; putain, pensa-t-il en tremblant, il ne manquait plus que ça : merde, merde, merde, merde... Tu veux que je t'aide ? Margot était rentrée dans la pièce et s'avançait vers le bar, une cigarette à la main ; on va mettre la table, répondit-il en la dévisageant subrepticement ; très bonne idée, s'enthousiasma Margot, j'ai super faim !

Il n'y a qu'une chose qui compte, maintenant, conclut-elle, c'est ton bonheur. Margot baissa la tête, découpa dans son assiette un morceau de tarte et l'avala ; c'est très bon, lui confia-t-elle en s'essuyant la bouche. Sally, descends !, s'emporta Bruno, descends, allez ! Il poussa la chatte par l'arrière-train, celle-ci glissa sur l'acajou, attrapa d'une patte le dossier d'une chaise et tomba sur le sol ; elle se lécha, l'œil sombre, les toisa (tu pourrais quand même être gentil avec elle, commenta Margot) et s'éloigna vers le salon. Tu dis vraiment n'importe quoi, poursuivit-il en frémissant, comment peux-tu dire que tout s'arrête ! Il brisa la croûte de sa part de tarte, Margot soutint son regard sans ciller pendant plusieurs secondes et l'obligea à baisser les yeux ; tu aurais dû me laisser où j'étais, déclara-t-elle avec tendresse, tu aurais dû me laisser où j'étais ! C'est quand même toi qui es venu me chercher, s'emporta-t-elle affectueusement, tu ne comprends pas ?! C'est quand même toi qui m'as sortie de mon isolement, après la mort de ma mère ! Souviens-toi ! Tu me disais que j'étais froide, distante, glaciale, peu aimante ! Que tu ne pouvais pas le supporter, que tu ne concevais pas l'amour comme ça, qu'il fallait que je me donne ! Que tu souffrais, que tu voulais avoir des enfants avec moi, tu t'en souviens ?! Tu me disais que c'était pour ça, à cause de cette froideur, que tu n'arrivais pas à faire l'amour avec moi ! Souviens-toi, à Barcelone, la semaine qui a suivi ton retour de Las Vegas, précisa-t-elle avec malice, souviens-toi ! Tu m'as parlé pendant deux heures, dans cette chambre d'hôtel des Ramblas, pour me dire que j'étais monstrueuse, inaccessible, inhumaine ! Et je t'ai cru, Bruno, je t'ai cru ! Et j'ai changé, j'ai cédé, je t'ai fait confiance ! Je me suis laissé aimer, je me suis laissée aller à t'aimer, j'ai perdu mes défenses ! C'est comme les piqûres de guêpes, Bruno ! Certaines personnes ne peuvent pas être piquées deux fois ! Et elles le savent, ajouta-t-elle, elles en frémissent, elles savent qu'une nouvelle piqûre leur sera fatale ! Et toi, maintenant, après m'avoir attirée dans ta vie, tu t'en vas ! Tu m'abandonnes ! Après la mort de ma mère, tu m'abandonnes ! Bruno alluma une cigarette en tremblant (il cherchait une idée, une étincelle d'inspiration, la phrase et l'intonation miraculeuses) et posa son briquet sur la table. Les points d'exclamation qu'elle produisait n'étaient pas offensifs, c'était une ponctuation intime et implorante, comme de légers coups de rame sur un étang pour rejoindre l'autre rive, dans une embarcation vacillante. Et sa douleur, cette douleur insondable, c'était comme si Margot l'avait acceptée, l'avait acceptée avec grâce, et qu'elle agitait légèrement son mouchoir vers lui une dernière fois, en s'éloignant vers l'horizon ; son désespoir n'était plus une torture, c'était visible, ni même une gêne, mais une plénitude, une force, un argument. Bruno dévisagea Margot sans réagir, paralysé, elle poursuivait son monologue avec la même tranquillité qu'un somnambule, presque inconsciente, comme sous l'emprise d'une drogue. Jamais plus je ne pourrai y croire, répéta-t-elle, c'est terminé ! Tu ne comprends pas, ajouta-t-elle avec sollicitude, tu ne comprends pas qu'il n'est plus possible de continuer ?!... Elle le dévisageait avec des yeux paisibles, il pensa aux portraits de sa mère alignés sur la commode, à la névrose d'angoisse qu'elle avait développée après sa mort, aux psychiatres qu'elle avait vus, à l'impossibilité chronique à dormir seule à laquelle cette absence l'avait confrontée, à voyager seule, à sortir seule de son arrondissement, aux crises d'angoisse qui la foudroyaient tous les dimanches. Arrête de dire des choses pareilles, l'implora-t-il, s'il te plaît. Un long silence angoissé (visité seulement par le vacarme des bus sur le boulevard, et par les coups de griffes de Sally sur les coussins du salon) succéda aux points de suspension qu'elle avait abandonnés comme des cailloux sur le trottoir de son monologue. Bruno alluma une cigarette, Margot grignotait les miettes de tarte restées dans son assiette, les coups de griffes s'interrompirent, Sally apparut dans la pièce, les interrogea des oreilles, Bruno effrita sa cigarette sur le bord de l'assiette, Sally grimpa sur les cuisses de Margot, s'enroula, prit ses aises, Bruno brisa pensivement à l'intérieur du plat la bordure de la tarte, en avala un bref morceau en soufflant la fumée, *Let's*

*Stick together* continuait d'animer ses pensées sur un rythme alenti, Margot murmurait des paroles douces en caressant Sally, un bus vrombit sur le boulevard. Et quelles sont tes dernières volontés ? Mes dernières volontés ? Oui, dédramatisa Bruno : incinération, inhumation ? Cimetière de ville, de campagne ? Terre glaise, crayeuse, calcaire ? Mistral, brise marine, bise de plaine ? Incinération, répondit-elle, et mistral ; chez ta grand-mère. Chez ma grand-mère ?! Tu veux être incinérée à Avignon ? Oui, confirma-t-elle en souriant, et que vous fassiez la fête dans la maison ; et que mes cendres soient répandues dans la montagne, tout en haut, sur la corniche ; là où on a fait la balade, la dernière fois… Oui, répondit-il, au-dessus de Boulon. C'est ça, l'approuva-t-elle, Boulon… Et on va t'y emmener comment ? Ben, dans une urne ! Non, précisa-t-il, à Avignon ; en avion ? Ventre et gorge serrés, désespéré et paniqué, Bruno déroulait ses plaisanteries pour réfléchir et gagner du temps ; il tira une dernière fois sur son mégot et l'éteignit dans l'assiette. Non, répondit-elle, non, pas en avion… Par la route ? Tu veux qu'on t'y conduise en corbillard ? Pourquoi pas ?, répondit-elle. Tu crois qu'on peut louer des corbillards ?!, plaisanta-t-il. Je ne sais pas, s'amusa-t-elle ; en revanche, il faut peut-être le permis camion ; ou bien un permis corbillard ! Mon pauvre Bruno, éclata-t-elle de rire, tu vas être obligé de passer ton permis corbillard ! Et t'acheter un costume de croque-mort ! Un austère costume noir avec des boutons dorés ! Margot l'émut : il ne lui connaissait pas cette cadence mélodique, ce doux ton de voix, ces inflexions naïves. Elle retira du paquet sa dernière cigarette, Bruno l'alluma, elle souffla la fumée et s'étira longuement en écartant les bras. Tu veux du café ? Oui, répondit-elle en souriant, avec plaisir ; on est bien, tous les deux, ajouta-t-elle à tâtons, tu ne trouves pas ? Il ne répondit pas, dévissa la cafetière italienne, fit tomber par morceaux dans la poubelle à grands coups de métal sur le plastique le café détrempé, remplit d'eau jusqu'à la vis le réservoir, emboîta la plate-forme du filtre, y déposa un monticule de poudre et assembla les deux étages. Tu vois, poursuivit-elle, c'est ça qui me gêne le plus : j'ai l'impression qu'on vient à peine de commencer ; c'est dommage, c'est vraiment con… Bruno porta la cafetière sur la gazinière, la stabilisa sur la grille, alluma un brûleur, sortit deux tasses du placard, deux soucoupes, une tablette de chocolat, et disposa l'ensemble silencieusement sur le plateau. On vit ensemble depuis un an, argumenta-t-elle, et c'est comme si on avait commencé il y a une semaine… Tu veux qu'on aille le prendre dans la bibliothèque ? Si tu veux, répondit-elle. Elle se leva (Sally s'éjecta sur le parquet en catastrophe, à moitié assoupie), froissa son paquet de cigarettes et disparut dans la chambre.

Accoudé au bar, grattant d'un ongle une croûte de béchamel, ses rotules bousculant les casseroles suspendues, il attendit que le café passe ; merde, merde, merde, pensa-t-il en tremblant, abattu : là, c'est vraiment la merde ; c'est vraiment la merde, reprit-il en jetant un coup d'œil sur la pendule (il était minuit dix), c'est vraiment la merde… Margot ne profère aucune menace, raisonna-t-il, elle est radieuse… Demain matin elle lui dira qu'elle n'a pas l'intention de mourir, et il ne pourra pas partir… Bruno souffla violemment sur la poussière qu'il avait produite avec l'ongle, humecta son index, nettoya les carreaux miroitants, essuya avec un torchon quadrillé les traces de doigt ; putain, reprit-il en raccrochant le torchon, c'est pas possible... Margot n'est pas une bluffeuse, elle ne manœuvre jamais, elle est aiguë comme une sculpture d'acier ; lorsqu'elle annonce quelque chose, elle l'exécute... Les crachotements furieux d'une locomotive qui fonçait vers le bar grondèrent derrière lui, la cafetière s'emballa, des hoquets bruns giclant du couvercle maculèrent la gazinière ; il éteignit la flamme, déplaça la cafetière bouillonnante sur un brûleur endormi, épongea la tôle autour du brûleur incandescent, rinça l'éponge noircie, disposa la cafetière sur le plateau et orienta ses pas vers la chambre. Lorsqu'il passa la porte, il vit Margot qui sursautait convulsivement, recroquevillée sur la moquette.

Il se précipita dans la bibliothèque, posa son plateau sur la table et revint dans la chambre ; il s'agenouilla auprès d'elle, elle se tordait de douleur, se tenant le ventre, il se pencha, releva sa tête avec délicatesse, elle résista (Margot, qu'est-ce qui t'arrive ?), de violentes décharges nerveuses secouaient son corps, cassé en deux, ses longues jambes nues scellées comme dans du marbre, ses orteils recroquevillés ; il tenta de soulever sa tête puis la souleva tout entière, elle se laissa faire, il sentit dans son corps une raideur incroyable, une raideur de muscles durcis par la douleur, il la déplaça avec délicatesse et déposa sa tête sur ses cuisses ; il caressait ses cheveux (tu veux que j'appelle un médecin ?), des larmes coulèrent sur ses joues ; à l'autre extrémité du désastre, comme un village ensoleillé de l'hémisphère sud lorsqu'il fait nuit à Paris, ses pieds s'étaient décontractés, il y avait une tache sombre sur le sol à l'emplacement de sa bouche, elle avait bavé ; Margot fut prise d'une nouvelle crise convulsive, ses orteils se contractèrent, un râle plus long que les autres parcourut sa poitrine (Margot, s'il te plaît, dis quelque chose, tu veux que j'appelle un médecin ?) puis elle vomit ; il serra sa tête contre son ventre, caressa ses omoplates, elle vomit sur son ventre à nouveau, il passa sa main dans ses cheveux puis la serra très fort contre lui en la soulevant (Margot, Margot, Margot, s'il te plaît !), il la serra très fort contre lui en pleurant.

Il fait quel temps ? Je ne sais pas, répondit-il, sans doute assez froid. Assise en tailleur sur la moquette, Margot ouvrit la commode et lança un pull sur le lit, elle ferma le tiroir et s'éloigna vers la salle de bains ; tu es sûr qu'il faut que je parte avec toi ? Oui, répondit-il, j'en suis certain. Margot disparut dans la salle de bains (ils vont faire une de ces têtes !) et réapparut dans la chambre avec sa trousse de toilette ; ils vont faire une de ces têtes, au bureau !, répéta-t-elle ; et tu crois qu'on va trouver un billet d'avion ? On trouvera bien, répondit-il, mon premier rendez-vous est à onze heures. Bruno se leva, alla prendre la cafetière refroidie dans la bibliothèque, traversa la chambre (Margot jetait sur le lit sa robe kaki d'institutrice perverse), vida la cafetière dans une casserole, alluma un brûleur et resta pensivement à surveiller l'ébullition. Il n'arrivait plus à penser la soirée, à en penser l'aboutissement, à se penser lui-même, la pendule indiquait quatre heures moins vingt, il était laminé ; il regardait bêtement les miroitements du café dans la casserole, ceux-ci s'agitèrent légèrement, grésillèrent sur le métal, il retira la casserole du brûleur, éteignit la gazinière, orienta ses pas d'automate vers la bibliothèque et traversa la chambre ; la robe en laine était pliée, une veste de tailleur grise jetée sur le lit attendait son tour. Tu en veux ?, l'interrogea-t-il à travers la cloison ; non merci, répondit-elle. Bruno prit sa tasse et s'assit sur le lit, Sally dormait sur l'oreiller de Margot, celle-ci plia sa veste et la posa sur le sac. Je crois que je n'ai rien oublié, réfléchit-elle ; tu ne prépares pas tes affaires ? Si, tout à l'heure, j'en ai pour deux minutes. Ça y est, poursuivit-elle : moi, j'ai fini ; tu peux me donner une cigarette ? Bruno lui tendit le paquet, Margot préleva une cigarette, il l'alluma, elle alla s'asseoir sur la moquette ; c'était bien, l'amour, tout à l'heure, hasarda-t-elle, tu ne trouves pas ? Si, si ; si, effectivement, c'était très bien. Ça n'avait jamais été aussi bien, regretta-t-elle amèrement en tirant sur sa cigarette, tu peux t'expliquer pourquoi ? Tu peux m'expliquer pourquoi on se sépare ? Il n'y avait plus une seule automobile sur le boulevard, plus aucun bruit, plus aucune lumière sur les façades (en dehors des huit vignettes lumineuses de leur appartement), ils s'étaient enfoncés dans la nuit comme dans une forêt en laissant derrière eux leur vie et la réalité, il sentit tout à coup qu'il était très loin de lui-même : il ne sut plus qui il était, pourquoi ils se quittaient, ni s'il aimait Judith, ni si Margot n'était pas la femme de sa vie, ni si tout cela avait une quelconque importance… On va aller dormir, Margot, répondit-il, il faut qu'on se lève à l'aube. Il écrasa sa cigarette et disparut dans la salle de bains.

# XIII

*Paris, jeudi 27 juillet 1995*

Bruno avala une gorgée de bière et reposa la canette sur son bureau, Sally grattait à la porte. Il n'y avait plus une seule automobile sur le boulevard, lut-il sur son écran, plus aucun bruit, plus aucune lumière sur les façades ; Bruno incrusta dans la phrase, entre parenthèses, la précision suivante : en dehors des huit vignettes lumineuses de leur appartement ; (en dehors des huit vignettes lumineuses de leur appartement), relut-il, ils s'étaient enfoncés dans la nuit comme dans une forêt en laissant derrière eux leur vie et la réalité, il sentit tout à coup qu'il était très loin de lui-même ; Bruno vida son cendrier sur le parquet, à l'endroit même où s'élevait déjà un monticule de mégots, alluma une cigarette et poursuivit sa lecture : il ne sut plus qui il était, pourquoi ils se quittaient, ni s'il aimait Judith, ni si Margot n'était pas la femme de sa vie ; il ajouta au bout de la phrase, sa cigarette entre les dents, pianotant sur son clavier : ni si tout cela avait une quelconque importance... C'est mieux, comme ça, murmura-t-il en relisant ; on comprend mieux l'état d'esprit de Bruno, sa fatigue, sa déréalisation ; c'est comme les grésillements du café dans la casserole, ce seul détail mystérieusement exacerbe la dureté de la nuit, du silence, du froid ; le seul problème est qu'il faudrait qu'on sente le café : sans l'odeur du café, la scène s'écroule. On va aller dormir, Margot, répondit-il, lut-il sur son écran, il faut qu'on se lève à l'aube. Bruno écrasa sa cigarette et leva la tête, sauvegardant ses corrections d'un Pomme-S mécanique. C'est pas mal, se dit-il ; demain, il commencera à écrire leur séjour à Londres, cet épisode est la pierre angulaire de son livre. Il lui faudra raconter scrupuleusement leur arrivée, leur chambre en duplex au Fielding Hotel, la transformation progressive de leurs relations, la naissance de l'amour. Ils étaient partis du boulevard Saint-Michel en taxi à six heures du matin, une Mercedes les attendait sur le boulevard désert. Ils traversèrent Paris comme une truite qui s'éveille parcourt souplement les profondeurs glaciales d'un bassin, ils s'échappèrent par une bretelle de l'autoroute du Nord le long d'un hôtel blanc construit sur le bord du périphérique et foncèrent vers Roissy ; sur la façade de l'hôtel, à l'intérieur d'un écriteau électronique, des points lumineux indiquaient l'heure et la température : 6 h 17, – 4°. Margot dormait, la bouche entrouverte, elle respirait paisiblement. Aussi dur qu'une enclume, réveillé comme si le sommeil n'avait jamais existé, il écoutait les éditoriaux du matin en décryptant à travers les vitres les motifs de leur décision – aussi opaques que l'avait été l'ensemble de leur nuit. Le lendemain de leur arrivée, pensa-t-il, il neigea. Il n'avait pas neigé comme ça à Londres depuis vingt ans, ils restèrent bloqués trois jours et rentrèrent le lundi soir : les gares et l'aéroport d'Heathrow étaient fermés, la ville s'était drapée sous une trentaine de centimètres de neige. La lumière, les gentlemen de neige dressés dans les parcs, les plaques de glace sur les trottoirs, les embardées des taxis, les tempêtes blanches qui dansaient dans les halos des lampadaires, qui s'abattaient sur les vitrines des restaurants où ils dînaient, la bonne humeur des Londoniens, le visage de Margot dans l'ovale du foulard qui l'enveloppait, son sourire enfantin et grelottant sous les averses de neige, Margot accrochée à son bras dans les rues, glissant sur les trottoirs, jurant, riant, chutant, ses commentaires laconiques sur les Corrège de la National Gallery, ses escarpins durcis par le sel stationnés sous un radiateur de la chambre, Margot s'achetant des bottes de cow-boy et des moufles dans une boutique d'Oxford Street – tout ça il lui faudra l'écrire, pensa-t-il, l'écrire minutieusement. S'il réussit, ces cinq jours irradieront l'atmosphère d'une soirée théâtrale, Londres apparaîtra dans ces textes comme une scène de théâtre à l'instant précis où les protagonistes d'une pièce décident de leur destin, s'emparent les uns des autres, fourbissent leur sabre et s'étreignent, se jettent dans leurs répliques comme dans un gouffre, à cet instant précis où la scène s'érige en lieu mental, instant crucial où les spectateurs se projettent sur la scène, où celle-ci devient l'intérieur de leur tête ; oui, pensa-t-il, il devra faire de Londres enneigée le lieu mental où Margot surgira dans la vie de Bruno, où Bruno naîtra à Margot – le lieu mental et féerique où Bruno et Margot adviendront l'un à l'autre. Oui, dix mille images brûlantes (comme la brûlure d'un projecteur, comme la brûlure de la neige) volettent encore dans sa mémoire, les images des séquences définitives lors desquelles elle lui révélera pour la première fois son intimité, les entrailles de son être, sa nuit, son mystère, ses faiblesses – les séquences lors desquelles, éventrée dans la neige, elle lui criera silencieusement l'ampleur de sa blessure. Jusqu'alors aussi exacte et théorique qu'un planisphère céleste, Margot devint cosmos, nuit étoilée, collisions stratosphériques, elle devint tout aussi aléatoire et accidentelle qu'elle était définie et arrêtée : le planisphère céleste, nuit dessinée, devint nuit réelle. Il s'élança dans ces ténèbres et il l'aima, il la serra dans ses bras sous la neige, embrassa son visage humide, la promena par la main dans la nuit, ils firent l'amour treize fois sur le matelas grinçant du Fielding Hotel. À la suite de quoi, Margot lui fit promettre de rompre avec Judith : il dut promettre à Margot qu'il ne chercherait jamais à la revoir. À Judith, il raconta la mésaventure qu'il avait vécue : j'ai peur pour Margot, lui disait-il, il nous faudra du temps. Contre toute attente, elle compatit : elle alla même jusqu'à encourager Bruno à différer la rupture, à condition qu'il amenât Margot à consulter. J'ai réfléchi, lui disait-elle, tu ne peux pas la laisser dans cet état-là ; elle est malade, c'est très dangereux. Cette appréciation méprisante l'avait révolté, il s'en souvient : Margot n'est pas malade, avait-il protesté, Margot n'est pas malade du tout ! Elle t'a quand même fait un chantage au suicide, Bruno ! Tu m'as dit toi-même qu'elle l'aurait fait ! Tu n'appelles pas ça une maladie mentale ?! Elle en avait longuement parlé avec son psy, qui pensait qu'il était urgent d'intervenir. Tu lui as dit qu'il s'agissait de moi ? Naturellement, avait-elle répondu avec étonnement, naturellement ! Cet imbécile connaissait l'existence de Bruno sur le bout des doigts, il avait suivi leur histoire depuis le début dans ses détails les plus intimes ; il avait analysé avec elle leur rencontre à Las Vegas, leur séjour estival à Manhattan, les six semaines d'hésitations maladives de Bruno, sondant sur deux séances les motifs de son indécision. Judith en avait d'ailleurs parlé à Bruno, pensa-t-il, il s'en souvient, et entrouvert au téléphone le coffre à conclusions : il s'était senti observé à l'intérieur de sa vie à six mille kilomètres de distance, s'était senti l'objet d'une effraction, cet imbécile devait considérer Bruno comme un cas clinique exemplaire. Si quelqu'un connaît déjà les méandres de mon manuscrit, pensa-t-il en caressant la souris de son ordinateur, c'est bien lui ! Il doit d'ailleurs en exister un synopsis extrêmement précis dans ses fiches, à la lettre A ! C'est insupportable ! Tu passes ton temps à raconter ma vie à ce psychiatre ! Ta vie ?! Ta vie ?! Mais c'est la mienne, Bruno, c'est la mienne ! Tu ne penses pas que ça me concerne ?! Un soir, alors qu'elle s'étonnait que Margot ne consultât pas (avec cette gentillesse extrême qui suggérait qu'elle avait pitié d'eux), il lui déclara froidement qu'il ne voulait plus lui parler et raccrocha ; froidement, il interrompit Judith et raccrocha. Elle le rappela immédiatement, il lui répéta qu'il ne souhaitait plus lui parler et raccrocha à nouveau. Trois jours plus tard, il reçut par Federal Express une enveloppe où elle avait glissé toutes ses lettres. À l'exception d'une seule, pensa-t-il, il s'en souvient, la lettre brûlante qu'il avait laissée au portier de son immeuble un mois plus tôt, le soir de son arrivée à New York. Et après ça, quatre ans et demi plus tard, il attendait qu'elle l'appelle ! Il s'attendait chaque jour à recevoir une lettre ou un coup de téléphone ! Il souhaitait l'entendre lui dire qu'elle était malade et qu'il l'était sans doute lui aussi ! Il n'était plus allé à New York qu'une seule fois, cinq mois plus tard, il avait dû lutter pour ne pas l'appeler, ce séjour professionnel avait été pour lui une expérience de mort lente, de douleur, d'agonie, les perspectives rectilignes des avenues alignaient ses souvenirs jusqu'à l'horizon comme des reliques, la plus petite parcelle de trottoir le torturait, les gratte-ciel l'écrasaient, ces taxis jaunes qu'ils avaient pris si souvent, enlacés sur les banquettes, s'embrassant, réveillaient la douleur de ses souvenirs, il s'était mis un soir à écrire leur rencontre à Las Vegas ; il avait oublié d'aller voir Johnson, pensa-t-il, cet homme que son patron…

On sonna ; Bruno leva la tête, il n'attendait personne, une clé tourna dans la serrure. Des pas résonnèrent dans l'entrée, des chuchotements se firent entendre derrière la cloison, on frappa avec délicatesse à la porte de son bureau. Bruno resta assis et cria d'entrer, la porte s'ouvrit sur le visage de Margot ; elle fit trois pas dans la pièce minuscule, suivie d'Emmanuel, du généraliste de Bruno et d'une personne qu'il n'avait jamais vue. Un *salut mon vieux* mal à l'aise parvint à ses oreilles, suivi d'un *bonjour Bruno* distinctement articulé ; Margot n'avait rien dit et enjamba une pile de dossiers pour se poster près de la fenêtre. Bruno, dit-elle, nous sommes venus tous les quatre pour te parler ; Emmanuel est notre ami, tu peux lui faire confiance, et ton médecin m'a gentiment offert son aide ; le Dr Rosière se présentera à toi tout à l'heure. Margot s'exprimait avec douceur et fermeté, sans gentillesse particulière ni émotion ; elle semblait avoir choisi avec soin avant de venir les termes qu'elle utiliserait : de toute évidence ses phrases seraient brèves, prudentes, précises. Bruno, lui dit-elle, tu es fatigué ; tu le sais, quelque chose ne va pas. Elle marqua un temps d'arrêt, comme s'il fallait contrôler soigneusement ses réactions ; Bruno n'ayant pas protesté, elle poursuivit. Voilà deux semaines que tu n'as pas ouvert la bouche, tu passes ton temps à prendre des notes ; quand nous dînons, tu t'interromps toutes les trois minutes pour écrire sur ton carnet ; dans le lit, tu noircis les livres que tu lis ; au marché, tu griffonnes sur de vieilles enveloppes que tu sors de ta poche. Ton mutisme est total, tu ne m'écoutes plus, tu réponds par monosyllabes. Margot s'interrompit, observant ses comparses ; Emmanuel touchait timidement du bout du pied une canette de bière écrasée ; de temps à autre, il promenait sur le désordre chaotique de la pièce un regard empreint d'inquiétude. Ton bureau est un taudis, tu jettes tes mégots sur le parquet, Mme Gondran n'a plus accès à cette pièce depuis des mois ; ouvre les yeux, regarde autour de toi, voilà des semaines que j'attire ton attention sur le délabrement de cette pièce ; comment peux-tu supporter un tel désordre ? Emmanuel, les mains dans les poches de sa veste, pivota discrètement pour inspecter la bibliothèque ; il tripotait ses clés, si bien qu'un cliquetis sourd habitait les phrases sèches de Margot comme un bruit suspect le ronronnement d'un moteur. Tu portes depuis des semaines cette veste d'été à carreaux, cette vieille paire de chaussures fendues, la même chemise élimée, le même 501 troué acheté à New York il y a cinq ans. Tu ne sors plus, tu n'as pas mis un pied dehors depuis six jours ; c'est moi qui t'achète tes cigarettes, tes journaux, qui rapporte le pain, qui fais les courses ; tu ne veux plus aller au restaurant, au cinéma, voir nos amis. Et, surtout, j'ai bavardé avant-hier avec le marchand de journaux ; c'est là que je veux en venir, Bruno, et c'est la raison pour laquelle les Dr Morand et Rosière sont ici. Margot marqua une pause et entrouvrit la fenêtre ; Rosière s'éclaircit la voix, comme s'il sentait qu'il allait bientôt devoir parler ; Emmanuel tira une cigarette d'une poche de sa veste comme un prestidigitateur et dévisagea Margot. Tu sais ce qu'il m'a dit, le marchand de journaux ? Il m'a dit : il revient quand, des États-Unis, votre ami ? Voyant mon étonnement, il s'est exclamé : il n'est pas à New York ? J'ai répondu : si, bien sûr ! Le marchand de journaux a alors ajouté qu'il ne t'avait plus vu depuis l'annonce de ton voyage et qu'il en avait déduit que tu étais parti. J'ai appris par la suite, au fil de la conversation, que tu allais à New York pour écrire, que tu allais descendre dans un très bel hôtel. À l'heure qu'il est, tous les commerçants du quartier t'imaginent de l'autre côté de l'Atlantique ; je suppose que tu resteras cloîtré dans cette pièce jusqu'à la date de ton retour fictif ; c'est-à-dire, si mes calculs sont exacts, mercredi prochain. Margot retira sa veste, la suspendit derrière elle à la bibliothèque, des gouttes de sueur roulaient lentement sur les tempes d'Emmanuel ; le généraliste considérait les détritus répandus sur le sol et inclina la tête pour déchiffrer l'écriture de Bruno sur une feuille maculée ; il leva les yeux, les sourcils froncés, et scruta bêtement la chevalière d'Emmanuel. Le dénommé Rosière, figurant placide, semblait attendre Margot sur les dernières marches d'un perron ; elle n'allait pas tarder à le rejoindre, ses paroles derrière elle comme une allée de graviers, et l'inviterait à s'exprimer ; il se raclerait la gorge avec calme, s'adressant à lui d'une manière délicate. Cette fantaisie, si je puis dire, est un symptôme alarmant, poursuivit Margot, ton médecin est catégorique ; et je ne parle même pas des glacières et paniers de sandwichs que tu t'es fait voler il y a un mois pour les avoir abandonnés en gare de Toulouse en pleine nuit sans les recouvrir de la bâche réglementaire, tout ça pour traîner dans la ville toute la nuit et t'endormir sur un banc en face de l'Opéra ; ces deux anecdotes, si on les ajoute à la lettre que tu as écrite à Brochard il y a deux ans, et à ta mystérieuse syncope dans le métro il y a quatre mois, sont inquiétantes : elles mettent en évidence un refus catégorique de la réalité, une tendance à l'intériorisation qui pourrait devenir bientôt irréversible ; tu as fait disparaître de ta vie, par un curieux réflexe de défense, le monde et la réalité. Margot transpirait, elle avait élargi son lexique par mégarde, ses phrases s'étaient dilatées, elle s'arrêta de parler pour reprendre ses esprits ; Emmanuel, que l'évocation du vol des glacières en gare de Toulouse avait fait sourire, s'occupait à mordiller ses lèvres ; d'une voix à peine audible, il avait laissé échapper un *sacré Bruno* amical. Emmanuel connaît dans l'Yonne, à une dizaine de kilomètres de sa maison de campagne, un établissement où il a fait lui-même un bref séjour ; nous y sommes allés tous les deux avant-hier, poursuivit-elle, et nous y avons rencontré son directeur, le Dr Rosière ; celui-ci s'inclina en souriant, comme si Margot allait épingler une médaille au revers de sa veste. Ça n'a rien à voir avec Fernand-Vidal, l'hôpital où les pompiers t'ont conduit en avril lorsqu'ils t'ont ramassé dans le métro ; il s'agit d'un très joli château, avec un jardin de plusieurs hectares qui ressemble au parc Montsouris ; il y a des marronniers centenaires, un lac, des cygnes, c'est très romantique ; tu as besoin de repos, conclut-elle. Margot pivota vers le Dr Rosière, qu'elle désigna d'une main ; Emmanuel, qui regardait par terre un désastreux croquis du Strip de Las Vegas qu'avait réalisé Bruno aux crayons-feutres, tourna la tête vers le spécialiste avec un temps de retard. Tout à fait, mademoiselle, déclara le Dr Rosière avec une extrême lenteur, il s'agit d'un établissement où l'on accueille des personnes qui sont fatiguées, surmenées, déprimées ; personne n'est vraiment malade, là-bas, précisa-t-il en scrutant Bruno, il ne s'agit pas d'un hôpital psychiatrique ; votre cas est banal, sans gravité aucune, je pense que mon collègue est d'accord avec moi sur ce point ; je suis tout disposé, comme je l'ai dit à votre amie, à vous accueillir dans mon établissement. Nous partons tout à l'heure, l'interrompit Margot en s'adressant à Bruno, Emmanuel nous accompagne ; je resterai chez lui une semaine, afin de pouvoir te rendre visite tous les jours ; d'après le Dr Rosière, un séjour d'au moins un mois est nécessaire ; tout à fait, l'approuva celui-ci, un bon mois devrait suffire. Je suis sûre que tu vas t'y plaire, ajouta Margot, l'endroit est magnifique ; j'ai fait ta valise ce matin, pendant que tu dormais, Emmanuel va la descendre. J'ai pas fini, murmura une voix plate dans la pièce ; j'ai pas fini du tout. Tu finiras plus tard, déclara fermement Margot ; tu travailleras mieux reposé, crois-moi ; allons-y. Bruno se leva, contourna la table, s'agenouilla aux pieds du généraliste, rassembla des papiers éparpillés sur le parquet ; ses gestes étaient hésitants, il commença à lire une feuille qu'il avait ramassée et la froissa. Laisse, Bruno, intervint Margot, personne ne touchera à tes affaires ; personne n'entrera dans cette pièce en ton absence, c'est promis. Bruno éteignit son ordinateur, ramassa ses cigarettes et son briquet ; il tria sur la table des pages dactylographiées qu'il avait annotées, les glissa dans une pochette cartonnée et s'avança vers la porte. Laisse ça ici, l'interrompit Margot d'un ton autoritaire, tu n'en as pas besoin ; va choisir les livres que tu souhaites emporter et quittons cet appartement. Margot lui retira des mains la pochette cartonnée, la posa sur une chaise, accompagna Bruno dans le couloir ; la valise est dans la chambre, Emmanuel, derrière le bureau, lui dit-elle, va la chercher. Ce séjour en maison de repos me semble être une excellente idée, hasarda le généraliste en accompagnant Bruno vers le salon, Margot a eu raison d'intervenir ; votre cas est sans gravité, je ne puis que confirmer le diagnostic de mon collègue. Bruno sortit des rayonnages *La Montagne magique*, *Les Enfants Tanner*, *Histoire de l'œil*, *Ecce homo*, et s'achemina péniblement vers le couloir ; il vous faut aérer votre esprit, concluait le Dr Morand, et vous soulager des frayeurs qui vous accablent. Emmanuel apparut dans l'entrée portant une lourde valise, suivi de Margot qui avait pris une veste en lin dans la penderie de Bruno ; je ne connais pas cet établissement, murmurait Morand, mais il m'a l'air très bien. Margot vida les poches de la vieille veste à carreaux, en transvasa le contenu dans les poches de la veste en lin, ramassa un sac à dos sur le sol. Tiens, Bruno, lui dit-elle, range tes livres ; nous arriverons sans doute avant vous, ajouta-t-elle en pivotant vers le Dr Rosière, Emmanuel conduit comme un malade. Emmanuel avait ouvert la porte et s'était glissé dehors, le Dr Rosière sortit sur le palier à son tour, Morand poussa Bruno en murmurant d'ultimes encouragements, il parlait des parties de pêche qu'il avait l'habitude d'organiser dans l'Yonne, il viendrait sans doute le voir le week-end prochain, Bruno descendait les escaliers derrière le Dr Rosière, Margot verrouillait la porte blindée. Sur le trottoir devant l'immeuble, Emmanuel venait d'enfermer la valise dans la malle arrière de sa BMW, il s'essuyait les mains sur son pantalon ; Bruno s'approcha et s'introduisit dans l'habitacle, Emmanuel ferma la portière. Margot s'entretenait avec le docteur Rosière, le Dr Morand écoutait sans rien dire, Emmanuel tournait autour d'eux et alluma enfin sa cigarette, le Dr Rosière remua les lèvres, Margot répondit, elle se tourna vers le Dr Morand qui remua les lèvres à son tour, Emmanuel serra la main du Dr Morand avec un sourire, Margot serra les mains des Dr Morand et Rosière en parlant, ouvrit la portière de la BMW d'Emmanuel et s'installa à l'avant.

Emmanuel s'élança sur l'autoroute à la sortie d'un long tunnel, accablant d'appels de phare les automobilistes qui contrariaient son élan ; tu pourras dormir dans la maison de ma mère, si tu veux, disait-il à Margot, elle est à la Martinique. Bruno actionna la commande électrique de sa vitre, celle-ci se rétracta lentement, une tempête d'air chaud tournoya sur son visage ; sorry, cria le chauffeur à l'intérieur du rétroviseur, the air conditioning is broken ! Une Ford rouge roulait à leur hauteur depuis plusieurs minutes, toutes les voitures formant sur l'autoroute une longue escadrille somnolente ; bercé par la lenteur du véhicule, secoué par les anomalies du bitume, il rejoignait New York en chalutier. Je ne pense pas qu'il faille consulter Richard, disait Margot ; s'il n'a pas prévu cette clause, c'est son problème. N'empêche que ça nous fout dans la merde, disait Emmanuel ; on voit bien qu'il n'a pas à assumer lui-même les conséquences de ses conneries ! Affalé sur le volant, le Jamaïcain consignait les paramètres de la course sur un formulaire artisanal : 7 juillet 1990, trois heures dix-huit (il avait jeté un coup d'œil sur l'horloge du tableau de bord), JFK Airport, Gramercy Park Hotel, Lexington and 21st Street. Jetant sur le siège à côté de lui la planchette d'aggloméré, il soulagea l'accélérateur ; la Chevrolet glissa en silence dans les grincements du châssis et s'arrêta sous les vitres d'une guérite. I need two dollars for the toll, déclara-t-il ; the toll, s'énerva-t-il en pivotant sur son siège ; you have to pay. Bruno hésita, fouilla dans ses poches, lui tendit deux dollars, le chauffeur récupéra un ticket qu'il coinça sous la bouche quadrillée d'un aérateur en plastique et démarra avec paresse ; Emmanuel doublait sur la file de droite une grosse cylindrée, une Rover grise qui n'avait pas voulu s'effacer ; c'est pas possible d'être aussi con, disait-il à Margot, regarde-moi cet abruti qui somnole à cent soixante dans la file de gauche ! Bruno alluma une cigarette, se demandant où ils iraient passer la soirée : chez elle, au Gramercy Park Hotel, à Central Park, dans des bars ? Ils étaient convenus la veille, par téléphone, qu'elle passerait le prendre à son hôtel en fin d'après-midi. Do you have an extra ?, l'interrogea le chauffeur. Il planta dans sa bouche la cigarette que lui tendit Bruno, qui l'alluma ; la flamme qui dansait sur l'ongle de son pouce força l'imposant profil du Jamaïcain à s'incliner, une cicatrice entaillait sa tempe ; thanks, lâcha-t-il en rectifiant la trajectoire d'un coup de volant. Elle est incompétente, disait Margot, laisse tomber ; attention à la camionnette, ajouta-t-elle, elle veut doubler. Manhattan surgit tout à coup derrière les vitres, une lointaine falaise de gratte-ciel coupant la brume ; Manhattan, annonça le chauffeur en désignant la ville d'un doigt tendu, here we are ! Réduit par la distance à un cliché cloué sur les parois du ciel, poster scotché sur une cloison, Manhattan répondait d'une manière élémentaire et brutale à l'impatience qu'il avait accumulée à Paris. Aspirée par ce déclamatoire amas de matière, la Chevrolet sembla rouler plus vite et avala avec facilité les derniers kilomètres de l'autoroute ; le chauffeur s'absorba dans la contemplation du paysage en caressant la portière jaune du véhicule, il en entretenait l'élan en appuyant sur la pédale de temps à autre, l'habitacle avançait par à-coups. Ils s'engagèrent sur un pont suspendu, la musique des roues du taxi changea d'octave ; la Chevrolet longeait les courbes des filins d'acier, rebondissait bruyamment sur des tôles, la ville s'étendait sur l'autre rive derrière les vitres, une espèce de paroxysme de puissance cristallisée dans la brume, une ville longue, grise, sale, monstrueuse, désordonnée, crevée ici et là par l'irruption vertigineuse d'un gratte-ciel, flèche altière et pointue comme une aiguille, les câbles redévalèrent vers la berge adverse comme le decrescendo d'une symphonie ; le générique s'interrompit tout à coup, et le film commença. Le taxi tourna sur la gauche dans un crissement des pneus sur l'asphalte et s'amalgama au trafic qui circulait sur les voies sur berge ; il entendit des klaxons et des sirènes de police, d'épais nuages de vapeur sortaient des bouches d'égout au milieu des rues, des escaliers rouillés grimpaient sur les façades. New York venait d'entrer dans sa vie ; il lui sembla s'introduire dans l'existence de Judith, s'immiscer dans sa mémoire, rouler dans ses journaux intimes. C'est également dans son propre avenir qu'il pénétrait, New York avait été pour lui dans ses rêveries la brûlante promesse d'une histoire et cette histoire commençait. Durant douze jours, il ne verrait plus cette ville de l'extérieur : il vivrait à l'intérieur, recueilli par Judith, voyageur clandestin, exilé de sa vie réelle. Et lorsqu'il se retournerait sur son siège pour l'apercevoir par la lunette arrière du taxi, dans douze jours, sur la route de l'aéroport, Manhattan vibrerait comme l'écrin magnifique des extases parfaites qu'il aurait vécues – un générique de fin.